S언니 시대

S언니 시대

초판 1쇄 발행 2023년 7월 7일

지은이 조화진
펴낸이 강수걸
기획실장 이수현
편집장 권경옥
편집 신지은 강나래 오해은 이선화 이소영 김소원 이혜정
디자인 권문경 조은비
펴낸곳 산지니
등록 2005년 2월 7일 제333-3370000251002005000001호
주소 부산시 해운대구 수영강변대로 140 BCC 613호
전화 051-504-7070 | 팩스 051-507-7543
홈페이지 www.sanzinibook.com
전자우편 sanzini@sanzinibook.com
블로그 sanzinibook.tistory.com

ISBN 979-11-6861-152-8 03810

＊이 책은 경남문화예술진흥원의 문화예술지원금을 보조받아 발간하였습니다.

S언니 시대

조화진 장편소설

산지니

내 정체성은 무엇을 읽고
누군가로부터 배운 것이다

차례

·1부·

나, 수자

중학교에 갈 준비를 하면서 겨울 동안 집에서 놀기만 하는데도 나는, 나 자신이 부쩍 크는 것이 실감 났다. 동시에 나의 삶이 조금 뻔뻔해지고 교활해지는 것을 느꼈다. 갑자기 커버려서 어른만이 가지는 프레임 안의 비밀에 쑥 들어선 것 같았다. 어른의 대열에 진입하는 느낌은 모호하면서 비현실 같지만 실은 어떤 종류의 쾌감이었다.

점방집 언니에게 빌려온 책은 이른바 대중소설류의 어른의 소설이었다. 내가 보던 명작동화와 위인전기, 소년동아일보, 순정만화와는 질적으로 달랐다. 재미있었다. 빨아들였다. 문장은 피부를 자극시키고 세포를 깨웠다. 스토리는 내 상상의 세계를 증폭시키고 사람들의 감춰진 내면을 알아낼 수 있었다. 그러니 책에 빠지지 않을 수 없었다. 읽는 행위가 이렇게 즐거울 줄 몰랐다. 책은 쾌락으로 다가왔다. 나는 겨울 동안 이런저런 책을 읽으면서 이제까지 살던 어린아이의 삶과 이별하고 차원이 다른 새로운 세계로 들어섰다.

그런 겨울의 어느 날 전류 같은 일이 벌어졌다.

생리가 터진 것이다. 그것은 갑자기 날아든 펀치 같았다.

아직 어린아이 같은 짓에 떠밀려 동네 아이들과 공터에서 자치기를 하고 얼음판 위에서 핀 따먹기를 하고 몰려다니다 집에 왔는데 뭔가 기분 나쁜 것이 아랫도리에서 물컹 쏟아지는 것을 느꼈다. 나는 불안스레 방에 들어와 팬티를 내렸다. 붉고 진한 피가 축축이 팬티에 적셔들어 있었다. 초경은 발신인이 없는 속달처럼 왔다.

알 수 없는 당혹감과 함께 나는 울 듯이 방바닥에 주저앉았다. 큰 파도가 갑자기 덮치듯 검고 막막하고 알 수 없는 세계가 쏜살같이 내 생 앞에 도착한 것이다.

생리 처리를 위해서 엄마와 정순이 동원되었다. 엄마는 특유의 세상 다 산 것 같은 얼굴로 나를 지그시 바라보며 한숨을 내쉬었다. 엄마의 한숨은 종족 보존의 의무를 다할 막내딸에게 보내는 안쓰러운 위안의 한숨이라기보다는 여자로서 평생 겪어야 할 귀찮고 불편한 생리기간에 대한 반감의 뜻이었던 것 같다. 엄마의 표정이 그렇게 말하고 있었다.

엄마는 정순더러 거즈 비슷한 천으로 만들어놓고 쓰는 엄마의 생리대를 찾아오라고 하면서 내일은 나가서 일회용 생리대를 사 와야겠다고 말했다. 그런 건 어디서 파는지 알아봐야 한다고 혼잣말을 했다. 몹시 귀찮다는 표정을 숨기지도 않은 채.

코텍스 생리대는 나왔지만 내가 사는 읍에는 아직 없고 생리 팬티는 나오기 전이었다. 우선은 엄마 것을 써야 했는데 과정이 만만치 않았다. 나는 겨우겨우 엄마가 가르쳐주는 대로 배우면서, 생리보다 생리대를 차는 것이 더 싫고 귀찮고 짜증났다. 할 때마다 낑기고 불편해서 지옥 같은 생리기간이 다가오면 우울해졌다. 생리 중에는 노는 무리에 끼지 못하니 짜증스러웠다.

정순은 뭐가 그리 재미있는지 킥킥 웃으며 "수자야. 일찍도 한다. 요새 애들은 뭐가 그렇게 일찍 나오냐. 까져서 그런다."고 했다. 흉보는 것도 아니고 힐난하는 것도 아닌 애매한 말을 함으로써 내 기분을 쑥대밭으로 만들었다.

여기, 열네 살로 막 올라간 여자아이가 있다.

키 154센티미터, 몸무게 41킬로그램, 약간 길쭉한 얼굴에 반질거리는 검은 머리카락, 누런 피부에 긴 눈, 높지 않은 콧대, 넓진 않으나 유난히 편평한 얼굴 면적 그리고 살짝 벌려진 윗입술, 내가 봐도 그닥 예쁜 쪽으로 가닥이 안 잡히는, 집단으로 있으면 누군지 추려내지 못하게 생긴, 어디에나 있고, 어디선가 본 듯한 동양적인 여자아이. 아주 밉진 않지만 예쁘다는 소릴 별로 들을 것 같지 않게 생긴 아이가 나다.

나는 독보적이고 예쁘게 보이길 바라지만 절대 예쁘게도 독보적으로도 안 생겼다. 나의 비극은 우습게도, 안 보이는 쪽이 더 예쁘다는 데 있다. 내 귀와 발과 손가락은 내가 봐도 참 예쁘게 생겼다. 엄마도 정순도 수이언니도 인정해줬다.

나는 손거울을 들여다보며 눈 코 입 하나하나 손가락으로 튕겨보고 거울을 툭 던져버린다.

나는 손거울을 다시 집어 들고 내 얼굴에 바짝 붙인다.

평생 내가 하고 다닌, 눈썹 위에서 똑바로 자른 앞머리와 뒤는 일자단발인 멋없는 상고머리. 중학교에 들어갈 것을 고려해 앞머리를 기르느라 앞 핀을 꽂고 있다. 누가 봐도 멋을 추구하지 않는 이 스타일은 그 시절 내가 살던 읍내 모든 여자아이들의 헤어스타일이었다.

나는 이발소 가기가 죽기보다 싫었다. 이발소 안에는 남자들이 득시글대고 의자 위 판자에 앉으면 이발사는 물을 필요가 없다는 듯 기계적으로 머리를 깎아주었다. 앉으면 삐삑 소리가 나는 조폭 보스용 의자같이 생긴, 터프한 이발소 의자에 발을 디디고 판자 위에 올라앉으면 어떤 굴욕감이 솟았다. 나는 눈을 꾹 감고 어서 빨리 이발이 끝나기를 기다렸다.

엄마가 주는 돈을 들고 가서 차례를 기다리면 이발사는 누구나 똑같이 다 그런 머리스타일로 해주었다. 물을 필요도 대답할 필요도 없었다. 간혹 서울에서 친척집에 놀러오는 귀티가 나는 아이는 긴 머리를 한 갈래로 묶기도 하고 길게 풀어놓기도 해서 우리는 공주머리라고 불렀다. 그런 아이도 사실은 아주 간혹밖에 없었다.

내 얼굴은 앞 핀을 꽂아서 드러난 이마에 잔머리가 무성했다. 검고 숱 많은 머리칼은 반질거려 윤기가 났다. 누런 얼굴은 내가 봐도 솜털이 무성한 미완성의 얼굴이었다. 소녀도 소년도 아닌, 아이도 어른도 아닌, 어린애와 어른의 얼굴이 반반인 어정쩡한 아이라고밖에 할 수 없는 불완전한 존재가 나인 것이다.

생리를 하기 전 언제부턴가는 가슴이 몹시 아팠다. 멍울이 손에 잡히고 누가 툭 가슴을 스치고 지나만 가도 소스라칠 듯이 놀라고 아팠다. 그러더니 살짝 솟아오르기 시작했다. 삐쩍 마르고 키만 껑충이 컸던 나는 나오기 시작한 가슴이 부끄러워 윗옷을 몇 겹이나 껴입고 다녔다. 그래도 티가 날까 봐 몸을 구부정히 숙이고 다녀서 엄마와 정순은 볼 때마다 허리 펴라고 내 등짝에 스매싱을 가했다.

내게는 다 어른 같아 보이는 동네 남자들은 구부정하게 걸으며 옆도 안 쳐다보는 내게 아는 척을 했다. 전에는 길가 돌멩이 보듯 어린아이일 뿐인 내게 관심도 없더니만 부쩍 나를 힐끗거렸다. 나는 그들이 내 앞가슴이나 엉덩이에 눈길을 준다고 생각한 나머지 그들의 시야에서 사라지려고 느닷없이 뛰기 시작한다.

아는 동네 남자는 "수자 아니니? 너 언제 그렇게 컸냐? 중학생이지. 다 큰 처녀네." 했다. 또 누구는 "야, 수자. 너 성숙하다. 빨리 크네." 했다.

나는 이것이 또 싫었다. 처녀란 말은 불경하게 들렸다. 성숙하다는 말은 위협으로 들렸다. 그들의 그런 말은 나를 얕보고 함부로 하려는 게 아닐까 하는 두려움이 들었다. 그 끝에 반발심리가 생기고 부정적인 생각으로 굴러갔다. 이런 것에 저항하고 싶고 반발하고 싶은 마음뿐이었다.

나는 이 모든 것을 자연스럽게 받아들이는 아이는 분명 아니었다.

나는 터무니없이 예민하게 굴고 있었다.

나는 나오는 가슴이 저주스럽고 생리가 싫어 여자로 태어난 것을 부정했다. 그러나 부정은 오래가지 못했다. 누구나 그렇듯 되돌릴 수 없다는 것을 아는 지극히 상식적인 아이일 뿐이었으니까. 그것 또한 나인 것이다.

사람들은 나를 수자라 부른다.

아버지와 엄마가 머리를 맞대고 지었는지는 알 수 없으나 이왕이면 그랬기를 바란다. 난 물어보지 않았다. 이런 질문은 언제나 껄끄럽다. 내게 권한이 있다면 반드시 다른 이름으로 지었을 거다. 가령 '선재'나 '이수' 같은 남잔지 여잔지 헷갈리는 이름으로. 이름은 스스로 짓지 않으니 지극히 수용적이란 점에서 불행하다. 내가 어찌해볼 도리가 없다는 점에서. 세상에 내던져진 수자로 살아가기로 정해진 이상 규칙에 따를 뿐이다. 모두 다 그렇게 하잖는가.

방문을 걸어 잠그고 깊은 숨을 내쉬었다.

나는 큰 결심을 하고 쪼그리고 앉아 팬티를 내렸다. 거울을 들이밀고 비춰보았다. 생전 처음 보는 구멍은 낯설고 기묘하고 상상이 안 되는 어두운 동굴이었다. 앞으로 내가 부딪쳐야 할 미래처럼 음험한 구멍은 섬뜩했다.

삶에 대한 불안이 생긴 것은 이때부터였고 수줍음도 이때부터 생겼다고 믿고 싶다.

여자로서의 정체성을 받아들이기로 작정하고 나니 어른이 된 착각 속에 나는 수줍어지고 삶의 키를 잡아야 한다는 감정이 불현듯이 생겨났다. 이 이질적이고 묘한 감정은 설렘과 완전히 반대되는 피로이면서 자극을 동반한 묘한 심리상태였다.

내 삶에 닥칠 불안과 두려움을 동반한 묘한 설렘과 당혹은 실은 아이도 어른도 아닌 어정쩡한 몸만큼 내면도 똑같이 인생의 한 시기를 불안불안하게 통과하고 있는 중이었다.

나는 내 생을 따라갈 뿐이지만 깊은 내면에서는 삶의 키를 잡고 조율하며 세상과 부딪힐 일이 두렵다고 독백하고 있는 것이다.

이로써 나는 어른의 세계로 걸어 들어갔다.

새 학기

그녀는 얇은 봄 원피스를 입고 어리둥절한 채 교실 문을 열고 들어왔다. 알고 보니 그녀의 어리둥절한 표정은 수줍음을 감추려는 속임수였다. 여성스러운 원피스 차림도 여자로서는 지나치게 큰 키와 체격을 감추려는 의도였다.

그녀는 교실을 둘러보지도 않고 뒤를 돌아 칠판에 '문승희'라고 썼다.

오십몇 명의 아이들은 그녀가 교실에 들어선 순간 일제히 입을 다물고 그녀를 주시했다. 저토록 화사한 봄 원피스는 금방 눈이라도 올 듯한 우중충한 날씨와 어울리지 않는 품목이어서 더 시선을 끌었다. 교사들과 교직원들은 검은색 계열의 칙칙한 겨울옷을 아직, 모두 입고 있었다. 우중충한 날씨와 딱 어울리게 우중충한 패션 일색이었다. 3월이지만 아직 겨울은 진행 중이었다. 저런 얇은 봄옷을 입은 선생님은 아무도 없었다.

그녀는 새로 부임한 가정선생님으로 우리 반 담임이었다.

키가 너무 컸기 때문에 반 아이들은 주눅이 먼저 들었다.

상대방을 압도할 듯 큰 키가 여자로서의 매력을 약간 반감시키는지 나는 선망의 마음이 들지 않았다. 키만 삐쭉하게 클 뿐 몸매의 매력은 알 수 없었다. 그러나 사람은 겉모습만 보고는 알 수 없는 법, 시간이 갈수록 그녀는 체격과 반대로 부끄럼을 많이 타고 온순한 성격인 것이 드러났다. 목소리는 가늘고 애교도 좀 있는 편이고 수줍어서 고개를 잘 들지도 못했다. 특히 여자여자한 패션을 추구한다는 점이 매우 독보적인 것 같았다.

그녀는 작은 목소리로 자신을 소개했다.

서울의 E여대 가정과 출신에 우리 군과 경계인 K군이 고향이고 도청소재지인 S여중에서 전근을 왔다고 했다. 아이들은 옹알거리는 그녀의 목소리를 알아듣기 위해 잡음을 내지 않고 귀를 기울였다.

"일 년 동안 잘해보아요."

여전히 옹알거리듯 말했다.

"여러분은 이제 어린이가 아니에요. 성숙한 처녀가 되어가고 있는 거예요. 항상 몸가짐을 단정히 하고 초등학생처럼 행동해서는 안 돼요."

말을 전체적으로 자연스럽지 않고 겉돌 듯 하는 게 살짝 거슬렸다. 혀가 짧은 것도 아니고 더듬는 것도 아닌데 듣는 사람이 답답하고 까끌하게 느껴졌다. 원래 말투가 그런 모양이었다.

그러더니 갑자기 엉뚱한 질문을 했다.

"생리한 사람 손들어 보세요."

아이들은 킥킥거리며 눈을 가늘게 뜨고 교실을 휘둘러 보았다. 아무도 손을 들지 않았다. 그녀는 웃으며 "괜찮아요. 부끄러운 게 아니죠." 했다.

나는 뒤에서 세 번째 자리에 앉아 주위를 둘러보았다. 맨 뒤에 앉은 두 명이 부끄러운 듯 쭈뼛거리며 손을 들었다. 얼굴에는 수줍음이 가득 들어 있고 부끄럼을 참느라 다른 손은 입을 가리고 있었다. 아이들 몇이 분위기를 타고 더 손을 들었다. 맨 앞에 앉은 아동티를 못 벗은 꼬맹이들은 생리가 무슨 말인지 못 알아듣겠다는 어리둥절한 표정을 짓고 얼굴을 붉혔다. 자신에게는 영원히 그런 일이 일어나지 않는다는 듯이.

나는 손을 들지 않았다. 2월에 중학교 입학 준비를 하는 중에 나도 생리가 터졌다.

그녀는 알았다고 손을 내리라고 하더니 곧 다른 친구들도 생리가 시작될 것이라며 생리 중의 처치와 마음가짐에 대해서 길게 설명했다.

나는 완전히 다른 세계에 진입했음을 느꼈다. 비밀스런 어떤 일이 당장 닥치기라도 한 듯 포용하기 싫은 감정이었다. 막연한 설렘이 섞인 불안은 갑자기 터진 생리 때처럼 당황스럽고 생소했다.

아이들은 그녀가 서슴없이 입에 올리는 생리니 브래지어니 여성성이니 하는 단어들을 듣기가 어색한지 모두 고개를 숙이고 딴청을 부리면서도 말 하나하나 놓치지 않고 듣고 있었다. 그런 말을 하는 그녀도 어른이어서 내 상상 속의 행동도 할 수 있단 생각이 들자 나는 갑자기 어른의 존재가 무서워졌다.

나는 그녀가 보이시한 체격과 반대로 여성스런 옷차림을 선호하고 지나치게 작은 목소리와 수줍음을 잘 타는 소유자라는 것을 첫날에 간파했다.

그녀와 단순한 담임과 학생의 관계 이상으로 엮이게 될 줄 그땐 몰랐다.

맨 뒤에 앉은 두세 명은 일이 년을 꿇은(한두 해 늦게 입학한) 애들이었다. 몸은 마음보다 더 성숙했다. 얼굴에는 면적을 꽉 채워 빈틈없이 여드름이 나고 알 수 없는 성숙함이 물씬 풍겼다. 그 애들은 익을 대로 익어서 누렇게 부풀어 오른 여드름 방울을 짜느라 쉬는 시간에는 거울에 얼굴을 박고 꿈쩍도 하지 않았다. 교복 윗도리 가슴 부분은 팽팽하게 부풀어 솟아올라 터질 듯했다. 조금 나온 내 가슴은 아직 브래지어도 하지 않았다.

그녀가 또 물었다.

"브래지어 한 사람?"

아무도 손을 안 드는데 뒤의 한두 살 나이 많은 애들이 킥킥거리며 입을 손으로 가리고 멋쩍게 손을 들었다. 브래지어가 활발하게 보급되지 않던 시대였다. 아무 속옷가게에서나 살 수도 없었다. 브래지어를 사려면 읍내에서 가장 큰 속옷가게에 가서 사야 했다. 엄마도 손으로 만든 것은 집에서 하고 가게에서 산 것은 외출할 때만 했다.

한두 해 꿇은 애들은 가정형편상 집에서 놀다가 부모를 겨우겨우 설득해 중학교에 들어왔지만 동급생이니 나이가 많아도 우리들은 반말을 썼다. 2학년 선배들은 나이가 한 살밖에 차이가 안 나는데도 선배님 하며 경어를 쓰려니 자존심이 상하는지 나이 먹은 티를 내기도 했다. 그 아이들은 담임이 무슨 말을 하든 다 안다는 듯 시시한 표정으로 여유롭게 교실을 굽어보며 살짝 거만하게 굴었다.

1학년들은 한 치수 큰 옷을 산 것처럼 헐렁한 새 교복을 입고 머리는 교칙에 따라 귀밑 1센티까지 허용되었다. 귀밑 1센티 똑단발은 전교생의 동일한 헤어스타일로, 모든 아이들이 네모난 식빵 같았다. 앞머리는 이마가 보이도록 올려 검은 핀을 꽂았다. 애교머리는 교칙에 어긋난다고 금지되었다.

교복 상의에 따로 세모의 흰 칼라 깃을 빳빳이 다려 달아야 하는 일은 아침마다 스트레스였다. 빳빳한 칼라는 목을 간질이고 머리카락이 내려앉을까 봐 신경 쓰였지만 교복을 입으면 왠지 어른에 더 가까워진 기분이 들었다.

나는 성장해가는 이 변동사항을 자연스럽게 받아들이는 평범한 아이였지만, 모든 것을 있는 그대로 받아들이는 성격은 아니었다. 어른의 세계로 진입하는 건 싫지만 거부한다고 될 일도 아니었다. 아침마다 새로운 에너지가 솟았고 학교에서 돌아오면 교복의 먼지를 털고 칼라는 새것으로 바꿔 달아놓았다.

교복 칼라는 내가 토요일 정오에 학교에서 돌아오는 즉시 정순이 깨끗이 빨아 탈탈 털어 널어놓았다가 저녁을 먹고 나면 전기다리미로 다려놓는다. 동복에 딸린 칼라는 두 개여서 삼 일씩 하고 바꿨다. 다림질은 숯다리미를 썼지만 새로 나온 전기다리미를 산 후로는 정말 편하다고 신기한 모험을 즐기듯 정순은 다림질을 놀이처럼 했다.

중학생이 되고 내 흥미를 끈 것은 새로운 과목이었다. 특히 알파벳을 외우는 것은 신나는 일이었다. 집에 오면 그날 배운 단어를 완벽하게 익히기 위해 애썼다. 시작부터 따라가야 중간에 처지지 않는다는 건 초등학교 때 이미 터득했다. 그러나 2학년 2학기가 되자 고된 과목인 수학과 영어는 어느새 처지기 시작하고 있었다. 외우는 과목은 쉽고 재미있었지만 수학, 과학은 힘들었다. 나는 외우는 게 제일 쉬운 십대인 것이다.

각 과목 선생님들은 '너희들은 어른의 대열에 진입했다'고

함께 모의라도 한 것처럼 상투적인 말을 늘어놓았다. 초등 때와 달리 조금 더 대우해준다는 느낌은 들었다. 실지로 선생님들은 이제 중학생이 되었으니 개인적인 일에 책임을 지고 어른처럼 행동해야 한다고 거의가 다 비슷한 말을 했다.

수업에 들어오는 다른 과목 여선생님들은 한결같이 여성으로서의 몸가짐과 품위와 처신에 대해 견해를 밝히고 일관적인 답을 늘어놓았다. 여성이 갖춰야 할 덕목에 대해 말하는 것은 거의 다 비슷했다. 아무 데나 다리를 벌리고 앉지 말 것, 남자와 방에 둘이 있게 되면 반드시 방문을 삐끗하게 열어둘 것, 남자를 따라 으슥한 곳에 가지 말 것. 어떤 여선생님은 남자는 아버지 빼고 다 도둑놈이라는 극단적인 말도 서슴지 않았는데 나중 어른이 되고 보니 맞는 말이었다.

주위의 여자애들은 중학생이 되자 갑자기 커버린 것처럼 수줍음을 탔다. 초등학교 때 거리낌 없이 어울려 다녔던 남자애들을 보이콧하고 여자애끼리만 몰려다녔다. 어쩌다 남자가 말을 걸면 속으로 부끄러워하면서도 겉으로는 툭 쏘아붙이고 달아났다. 남자와 일대일로 말을 하면 소문이 난다고 하면서도 남자가 시선을 쏘면 그 시선의 의미를 알아갔다. 그러면서도 남자의 시선을 거부하는 것이 맞는 것처럼 행동했다. 그러지 않고 남자가 하는 말에 대꾸를 하고 웃거나 맞장구를 치면 까졌다고 힐난하고 흉을 봤다. 남자는 이성이면서 동시에 남자라는 새로운 품종의 다른 이름이었다.

엄마들도 딸들을 단속했다. 다 큰 처녀가 되었으니 아무하고나 어울리면 안 된다고 하면서 학교가 끝나면 곧바로 집에 오라고 훈계를 했다. 치마를 입고 아무 데나 주저앉으면 안 된다고 주의를 주며 다 큰 처녀를 대하듯 태도가 급변했다. 겨우 한 살을 더 먹었을 뿐인데 노골적으로 어른 대우를 하는 그들에게 나는 냉소적인 시선을 보냈다. 다가올 인생이 한층 무거워지며, 무게감을 짓누르는 이런 감정이 싫었다.

엄마는 내가 학교에서 돌아오면 늘 집에 없었다.

엄마는 그 당시 유행하던, 목 중간까지 내려오는 머리에 후까시를 과하게 넣고, 끝도 과하게 둥글게 말아 고데를 하고, 한복을 차려입고 외출에서 돌아오곤 했다. 삶이 온통 권태스러워 못 견디겠다는 표정으로 집에 오면 거추장스러운 한복을 벗어던졌다. 몸뻬로 갈아입어야 하는데 가정주부로 돌아오기가 싫은지 옷을 천천히 벗고 푹푹 한숨을 내쉬었다.

그런 엄마 모습은 내가 옆에서 보기에도 참 딱해 보였다. 그 당시 엄마가 입는 한복은 내 눈에도 점점 겨드랑이 섶이 짧아지고 치마는 주름이 더 들어가 풍성한 스타일이 되어갔다. 한복도 시대에 맞게 점점 더 야해지는구나 하는 생각이 들었다.

엄마들은 학교 행사가 있거나 계모임이나 외출할 때면 주로 한복을 입었다. 외출복 자체가 한복이었다. 집에서는 몸뼈만 입으니 한복은 차려입는 티가 나서 모두 다 한복을 입고 외출했다. 학생들은 교복이 외출복이었다.

월남치마가 유행하면서부터는 내 또래의 애들까지 모두 다 커다란 꽃무늬가 어지럽게 들어간 월남치마를 사려고 야단들이었다. 동네의 여자애들은 월남치마를 입지 않으면 유행에 뒤처진다고 우기며 엄마를 졸라 꼭 사고야 말았다. 붉은 주단 같은 꽃숭어리가 화려하게 프린트된 월남치마는 담이 들어가고 누빔이 있어서 겨울에 딱이었다. 무늬는 크고 색상은 원색으로 강렬했다. 이제까지 수수한 잔꽃 무늬의 포플린 옷이나 단색 스웨터만 익숙한 사람들에게 월남치마는 어지러운 무늬만큼 강렬한 색상만큼 압도적인 룩이었다. 게다가 아무 데나 주저앉아도 속이 안보이니 안전하기까지 했다. 동네 처녀들과 어린 여자애들도 안 입는 사람이 없었다. 하교 후에는 그걸 입고 우르르 몰려다녔다.

일주일에 한 번씩 점심시간이 끝나면 복장검사를 했다.

선도부인 3학년 선배 몇 명이 체육선생님을 메인으로 모시고 들러리처럼 교실에 들이닥친다. 선도부 선배들은 의기양양 꼿꼿이 허리를 세우고 보스가 된 듯 쩨려보는 태도로 교실에 들어서신다. 분위기를 제압하려는 듯한 태도는 어색한 티가 났지만 우리는 불안하게 지켜볼 수밖에 없었다.

체육선생님 손에는 쇠로 된 자가 들려 있었다. 조금만 길어도 안 된다고 하며 그는 머리길이를 한 명 한 명 빠짐없이 자로 쟀다. 두발 문제에 일생을 건 것처럼 머리길이를 강조하며 엄격하게 굴었다. 여중은 직선 단발머리를 하고 여중과 붙어 있는 여고생들은 길게 길러 두 갈래로 땋아 내리고 다녔다.

우리들은 귀밑 1센티가 너무 가혹하다고 불평을 했다. 애교 섞인 불평을 그는 들은 척 만 척하며 반 아이들 한 명도 지나치지 않고 모두를 검사했다. 귀밑 1센티가 넘으면 지적당하기 때문에 귀 뒤로 머리를 넘기고 검사를 받는 동안 조마조마하게 가슴을 졸여야 해서 체육선생님이 내 앞에 왔을 때는 심장이 터질 것만 같았다.

나는 체육선생님이 내 귀에 자를 대는 그 순간 전율이 일 정도였다.

그는 "이번 주에는 짤라라." 하고는 자로 내 얼굴을 스칠 듯이 대고 지나갔다. 언제나 서너 명의 아이들이 걸렸다. 체육선생님은 쇠자로 자신의 손바닥을 툭툭 치며,

"삼세번이다. 세 번 걸리면 어찌되는지 알지?" 하고 겁을 주고 나갔다.

체육선생님이 나가면 선도부 선배들은 나가지 않고 따로 가방검사를 했다. 가방을 구석구석 뒤지는 그들의 얼굴은 의기양양 무슨 완장 찬 사람의 시건방진 태도가 한껏 실려 있었다.

체육선생님이 가지고 다니는 쇠자는 공포의 자였다. 그는 항상 쇠자를 옆구리에 끼고 다녀서 그가 옆을 지나가면 우리들은 몸을 떨었다. 실지로 그는 공포만 줄 뿐이었는데도 우리들은 깡패 보듯 슬슬 피했다. 한번 그가 그런 우리를 보고 이렇게 말했다.

"야, 내가 무섭냐?"

우리가 뭘 조금만 잘못해도 체육선생님뿐 아니라 모든 선생님들은 당연하다는 듯 출석부로 머리를 때렸다. 딱딱한 출석부가 내 머리를 치면 아프기도 하고 신경질이 났다. '왜 때리고 지랄이야.' 입술도 비죽이면 안 되니까 속으로만 씨부렁거렸다. 숙제 안 해 가면 준비해둔 회초리로 종아리를 때리고 선생님의 취향대로 손바닥과 손등을 때리기도 했다. 어떤 선생님은 책상에 올라가 무릎을 꿇게 하고 회초리로 발바닥을 때렸다. 맞는 것은 일상다반사처럼 자연스러운 일이었다.

종례시간에는 담임인 그녀가 가끔 신체검사를 했다. 그녀는 결벽증이 있는지 겨드랑이 냄새까지 맡아야 한다고 하면서 킁킁거리며 아무나 지적해 팔을 들라고 하곤, 겨드랑이에 들이대고 냄새를 맡았다. 이럴 때도 그녀는 소심한 성격답게 행동을 작게 했다. 그러나 대강 넘기지는 않았다.

아이들은 여자 변태거나 심한 결벽증이거나 둘 중 하나겠지, 하며 하교 시간에 입을 삐죽거리며 그녀 흉을 봤다. 아이들은 긍정보다는 부정을 앞세워 결론 내리기를 좋아했다. 부정은 반항의 다른 표현이었다. 무조건 부정하고 봐야 된다는 심리가 깔려 있는 듯 굴어야만 정상이라는 증거였다. 아이들은 단체협동심을 악용한 반항심리를 불러와 이상하게 이용해먹었다.

아이들은 그녀를 담임 대신 수숫대라고 불렀다. 처음부터 수숫대라고 부른 건 아니었다. 처음에는 키다리라고 붙였다가 너무 뻔하면 재미없지 하면서 수숫대라고 고쳐 불렀다. 각 과목마다 별명을 붙였는데 총각인 영어는 백돼지, 국어는 샌님, 사회는 말이 청산유수라서 약장수, 수학은 코딱지 식이었다. 거의 다 외모와 연관지어 별명을 만들었다.

나는 1학년 때는 순진했으므로 적당히 넘겨도 되는 오류의 세계는 잘 알지 못했다. 그러나 차츰 티 안 나게 머리를 기르고 교복을 고치며 어른의 세계에 다가갔다. 나를 표현하는 것은 놀라운 희열이었다.

교복이나 두발을 적발당하면 명부에 올라갔고 두세 번 반복하면 블랙리스트가 되고 블랙리스트가 되면 어떤 벌이 내려졌다. 나는 두발 길이는 한 번도 적발당하지 않았지만 2학년으로 올라가서는 살짝살짝 애교머리를 내거나 교묘하게 치마 길이를 줄이고 하복 상의 허리를 줄여서 입고 다녔다. 걸리지 않게 교묘하게 고치는 방법에 능숙하게 대처하는 나

자신에게 희열을 느꼈고 실지로 뿌듯했다. 이런 모든 것은 관심이 있으면 가능했다. 나는 날라리 그룹에 들어가는 건 스스로 용납할 수 없지만 스타일만큼은 남다르게 하고 싶었다. 튀는 건 싫지만 돋보이고 싶었다.

나는 언니 옷을 물려 입은 것 같은 교복의 밋밋하고 헐렁한 스타일이 마음에 들지 않았다. 몇몇의 튀는 선배들이 하고 다니는 허리가 잘록하고 무릎이 보일락 말락 하는 스커트 길이는 세련되어 보였다. 그들은 너무나 멋져 보였다. 여학생 잡지의 모델이 걷고 있는 것 같아서 나는 선망 어린 시선으로 선배들을 훔쳐봤다. 그런 선배들은 너 나 할 것 없이 애교머리를 내고 교묘하게 스타일을 변형해 입고 다녔다. 나는 선배들을 슬쩍슬쩍 훔쳐보며 흉내 내기 시작했다. 내가 양장점에 가서 교복을 줄여 들고 오자 엄마는 걱정스럽게 말했다. 뼈 있는 농담을 곧잘 하는 타입의 엄마는 다만 이렇게 말할 뿐이었다.

"그렇게 입고 가도 학교에서 뭐라고 안 하니? 허리 수그리면 맨살 다 보이겠다."

그러더니 또 "그렇게 끽기게 입으면 불편해서 공부를 어떻게 해." 하고 야단쳤다.

대신 "언니 오빠도 안 하던 걸……. 너는 좀 별나네." 하는 식으로 대강 넘어갔다. 우리 엄마는 시큰둥하고 덤덤하지만 가시가 든 말투가 특징인데 이번에는 이 정도에서 그쳤다.

엄마는 에너지를 써서 말을 하는 것이 귀찮은 갱년기에 들어
선 것이다.

교복 줄인 다른 아이들은 엄마가 교복을 가위로 자르네 마
네 난리라서 엄마와 대판 싸웠다는데 우리 엄마는 내가 학교
에 가서 불편해하고 지적당할 것만 걱정했다. 엄마는 막내인
내게까지 일일이 참견하는 게 귀찮고 피곤해진 게 분명했다.
오빠 언니가 누리지 못했던 혜택을 누리니 어쨌거나 나한테
는 잘된 일이었다.

나는 엄마의 단골양장점인 빠리의상실에는 가지 않았다.

엄마는 옷을 딱 우리 형편에 맞게 계절별로 한 벌씩만 맞
춰주었다. 수이언니가 서울로 대학을 갈 때 코트 한 벌을 맞
춰주었다. 수이언니는 애교머리 한 번 안 내고 똑단발로 중
학교 3년을 보내고, 여고생 때도 애교머리 내리는 법 없이 단
정히 땋고 다녔다. 외출복도 교복만 입고 사복을 맞춰달라고
떼 한 번 안 쓴 착하디착한 딸이었다. 그러나 겉으로만 착할
뿐 속은 자기중심적이고 에고가 강하고 제멋대로였다. 그런
것은 같이 살아야 알 수 있는 법이다. 교복도 줄이는 법 없던
범생 중의 범생이던 수이언니는 서울로 대학을 가더니 변해
서 돌아왔다.

서울 간 지 얼마나 됐다고 그새 서울물을 잔뜩 먹은 수이
언니는 서울서는 기성복을 사 입지 촌스럽게 맞춰 입지 않는
다면서 읍내 양장점을 싸잡아 비싸기만 하고 촌스럽다고 잔

뜩 흉을 보는 것이었다. 그러더니 엄마도 서울 한번 와서 수자 옷이랑 엄마 옷 남대문에 가서 사면 얼마나 예쁜데, 하면서 입을 삐죽거렸다. 엄마는 "그래도 치수 재서 맞추는 옷은 달라." 하며 재고 없이 언니 말을 일축했다.

내가 사는 소읍은 도시 흉내를 낸 반촌이지만 그래도 있을 건 다 있었다. 읍내는 차부를 중심으로 상가가 형성되어 있었는데, 차부가 있는 메인도로에는 양복점이 둘, 양장점이 넷 있었다.

명동테일러와 서울양복점 쇼윈도우 마네킹에는 희고 굵은 실밥이 박힌 가봉하기 전의 감색 양복이 걸려 있고, 제비도 울고 갈 차르르한 완성품 양복이 주인이 찾아오기를 기다리고 있었다. 양복점 좌우로 양장점은 네 곳이 있었다. 빠리의상실과 칸나의상실이 일류였고 밀양장점과 숙이의상실은 이류였다. 일류와 이류는 무엇이 달라도 달랐다. 간판까지 달라서 빠리의상실 간판은 상호를 쓴 테두리의 여백에 바람에 휘날리는 치마를 만화처럼 그려넣어 여자들 마음을 홀렸다. 밀양장점과 숙이의상실은 간판조차도 평범하고 작았다.

내가 지나가다 빠리의상실로 고개를 돌리면 마네킹에는 미색 투피스 한 벌이 걸려 있고 옆의 마네킹에는 가봉한 하늘하늘한 의상이 걸려 있었다. 나는 저 투바지와 쓰리피스 주인은 누구일까 상상한다. 실지로 여선생님들은 저런 옷을 쪽 빼입고 출근하곤 했다.

빠리의상실에서 골목을 꺾어 돌아가면 밀양장점이 있는데 나는 밀양장점에 가서 교복을 줄였다. 밀양장점과 숙이의상실은 가격이 싸서 돈을 아끼려는 이들이 주로 이용했고 맞춤옷보다는 옷을 줄이고 수선하는 일을 더 많이 했다.

오빠 둘과 언니를 키웠던 엄마는 생각지도 않게 생겨 늦게 낳은 막내인 나를 단속하는 데 지친 표정으로 뭐든 대강대강 키웠다. 대놓고 표를 내진 않았지만 엄마는 간간이 지인들 앞에서 홍보듯 내 존재에 대해 이렇게 말했다.

"우리 집 막내는 실수로 낳았어. 애가 생길지 몰랐다니깐."

"막내딸이 귀엽지요?" 하며 방문한 사람이 물으면 아버지도 "우리 막내는 우수리지요." 하며 아무렇지도 않게 말했다.

안 생겼어도 무방한 내 존재는 엄마에게 다소 귀찮을 수도 있었다. 이미 셋인 자식으로 충분했을 테니까. 나는 그 점에서 오빠 언니에게 감사했다. 지적하고 감시하고 시시콜콜 단속하려 한다면 나는 미쳐버렸을 것이다. 나는 풀어놓은 송아지처럼 내 멋대로 하다가도 어느 순간 고요해지는 나만의 시간의 재미와 의미를 알아갔다.

어느 날 종례시간에 그녀 문승희는 뭔가를 들고 교단에 섰다.

빨간색 생리팬티였다.

그녀는 마치 가끔 동네에 나타나는 방물장수 아주머니처

럼 생리팬티를 설명했는데 영 어울리지 않았다. 우선 그녀 자신이 민망해하며 얼굴을 붉혔다. 그녀가 교단에 서서 생리팬티를 들고 밑바닥 천 사이에 비닐이 들어 있어 새지 않으니 필수품목이라고 설명하는 모습이 어색하고 우스워 아이들은 킥킥거렸다.

"단체로 주문했으니 한 사람도 빠짐없이 신청하고 돈은 언제까지 부반장에게 낼 것"이라며, 시골이니만큼 살 곳도 없을 뿐만 아니라 안 사주시는 부모님도 계실 것이라며 그래도 이것만은 꼭 있어야 한다고 재차 강조하면서 모두 다 사길 바란다고 했다.

그전까지만 해도 생리팬티는커녕 코텍스 생리대가 나온 지도 얼마 되지 않았기에 일회용 생리대는 약국에서만 팔았다. 약국에서 판다는 걸 모르거나 돈이 아까우면 엄마가 하는 거즈천을 사용해서 치마 뒤에 자국을 남기는 아이도 흔히 볼 수 있었다.

우리 반 아이들은 모두 다 샀다. 두 개씩 사는 아이도 있었다. 내가 집에 들고 가자 엄마를 비롯한 정순과 놀러 온 언니들은 신기해하며 세상 좋아졌다고 한마디씩 하며 모두 돌려가며 만져보았다.

1970년대 초반이었다.

온 나라 전체가 새마을운동으로 활발해서 아침마다 '잘 살아보세'라는 노래가 울려 퍼지고 어디가나 그 노래가 들렸다. 내가 사는 곳만 해도 세대 할당으로 주기적으로 사방공사나 나무심기에 동원되어 부역하던 시기였다. 특히 나라에서 가장 강조한 문제는 '간첩신고'로, 눈을 부릅뜨고 간첩으로 의심되면 즉각 신고하라고 강조했다. 포상금은 아주 커서 간첩 하나만 신고해도 평생 먹고살기 문제없을 것 같았다. 허나 간첩신고를 해서 포상금을 받아 벼락부자가 됐다는 소리는 한 번도 듣지 못했다. 간첩이라는 단어는 귀에 못이 박히도록 들었지만 간첩은 판타지 속의 존재였다.

윤리시간 내내 듣는 괴뢰군이 무시무시한 괴물 같은 존재인 것만은 틀림없었다. 운동장을 함께 쓰는 여고생들이 교련 연습에 지친다고 하굣길에 툴툴거리며 불평불만을 쏟아내는 것을 나는 자주 봤다. 그녀들은 파김치가 된 표정으로 교련 시간을 증오한다고 동시에 욕을 해댔다.

시골 사람들은 도시를 동경해서 먼지를 날리며 도시로 떠나가는 버스 뒤태를 부러운 듯이 신작로에서 한참 바라보다 발길을 돌렸다.

그러거나 말거나 세상천지 내게 중요한 것은 새 친구를 사귀는 일과 책에 탐닉하는 일밖에 없었다.

정순이

나는 전적으로 정순을 신뢰했다. 엄마보다 수이언니보다 정순이 편하고 좋았다.

엄마와 수이언니는 주로 훈계하고 지청구하고 지적질하고 혼내는 데만 말을 사용한다면 정순은 내 의견을 물어보고 자기 고민도 나누는 데 말을 사용했다.

정순이 우리 집에 온 처음부터 난 정순을 따르고 정순이 가는 곳은 어디든 다 따라다녔다. 나는 정순이 막무가내로 좋았다. 냉소적이고 싫은 상태의 연속이 많은 내 성격에 정순은 예외여서 식구 다들 의아해하면서도 그러려니 인정했다.

정순은 귀찮은 티를 내지는 않았지만 집에 아무도 없을 때 나를 쿡쿡 쥐어박곤 했다.

"수자, 가이나야. 넌 내 말을 잘 들어서 내가 이뻐한다. 집에 있는 내 동생들보다 네가 더 이쁘다. 호호." 하는 말을 수시로 했다. 그러면서 그녀는 이따금 나를 찰싹 때리기도 했는데 그건 미워서가 아니라 언니로서 진정으로 애정이 있을 때 자매 사이에서 하듯 때릴 수도 있다는 식으로 지나갔다.

친언니인 수이언니는 차가운 성격에 말수가 없는 편이었다. 늘 까칠이 도를 넘어서 어린 나는 수이언니가 편하지가 않았다. 본인 물건은 만지지도 못하게 하고 성가시다고 늘 나를 떼어내고 협박하기에 바빴다. 수이언니는 친구들한테 여동생이 있다는 것도 한동안 속였다고 한다.

수이언니와 나는 나이 차이가 많이 났다. 엄마는 두 오빠를 연년생으로 낳고 이어 수이언니를 마지막으로 생산이 끝났다 믿고 한숨 돌렸는데 생각지도 않게 내가 늦둥이로 태어난 것이다. 실수로 태어났지만 내 존재는 그런대로 세상에 잘 적응하고 협력하는 낙관과 세상이 온통 꼴 보기 싫은, 이유 없는 비관 사이에서 아슬아슬 줄타기를 하며 성장하고 있었다.

남매들에게 내 존재는 '귀여운 막냇동생'보다 '나이 든 부모님에 대한 안쓰러움'이 더 크게 작용하는 것 같다. 어쨌거나 부모님이 오래 살아야 막냇동생을 떠맡게 되는 비극이 일어나지 않을 테니 말이다.

나는 시시콜콜한 작은 것도 정순에게 다 말하고 일러바쳤다. 정순도 마찬가지였다. 말을 좋아하는 정순은 입을 다무는 시간이 없었다. 정순은 나를 친동생처럼 챙겨주며 일일이 간섭하고 나의 전부를 알려고 했다.

내가 중학생이 되자 정순은 이제까지 해왔던 패턴을 허물고 나를 '중학생 취급' 해주기 시작했다. 정순은 내가 학교에서 무슨 일이 있었는지, 친구와 어디를 갔는지, 야외학습 장소는 어디였는지, 학교 마치고 집에 올 때 바로 왔는지, 정말 성가실 정도로 참견했다. 비밀이라도 생길까 봐 전전긍긍하는 철없는 처녀의 모습이었다.

나는 나의 모든 것을 정순과 공유했다. 비교적 입이 무거운 내가 유일하게 입 가벼운 상대는 정순뿐이었다.

정순은 나에게는 자존심을 세울 필요가 없다는 듯 "우리 수자, 교복 입으니 좋겠네." 따위나 "교복은 항상 깨끗하게 입어야 돼. 내가 빨아줄게." 하면서 학교에서 돌아오면 바로 갈아입으라고 잔소리를 하며 교복을 단벌옷 모시듯 옷걸이에 걸라고 시켰다. 후에 정순은 교복 입고 돌아다니는 애들이 꼴 보기 싫어 오후에는 바깥에 안 나갔다고 내게 말한 적이 있었다.

수이언니가 서울로 대학을 가기 전까지 정순과 둘이 쓰던 작은방은 이제는 엄마 품을 떠난 내가 정순과 함께 쓰고 있다.

정순은 밤마다 잠들기 전에 내게 이야기를 해주었다. 정순의 이야기는 재미있었다. 정순은 이야기할 때 어둠 속에서도 손을 내젓고 동작을 크게 취하며 흉내를 냈다. 어둠 속에서 눈을 뜨고 있으면 정순의 팔 동작이 소름 끼치게 무서울 때도 있었다.

주로 귀신 이야기가 많았고 빗자루 몽둥이로 변한 도깨비 이야기, 그녀의 고향에서 전해 내려오는 동네 설화에 살을 보태서 했다. 귀신 이야기는 질리지 않게 다양한 버전으로 했다. 처녀가 냇가에서 빨래하다 떠내려 온 참외를 아무리 빨래방망이로 밀어내도 계속 와서 할 수 없이 먹었는데 임신해 나중에 크게 되는 인물을 낳았다는 이야기는 지치지도 않게 해서 그 이야기만큼은 귀에 딱지가 앉을 지경이었다.

정순은 나보다 겨우 몇 살 많을 뿐인데 무슨 무용담처럼 "내가 어릴 때 말인데." 하면서 하찮은 에피소드를 대담하게 부풀려서 얘기하곤 했다. 얘기를 얼마나 맛깔나게 하는지 거짓말 같은데도 나는 빠져들어 혼이 쏙 나가서 듣고 있다.

그런 이야기 끝에 정순은 내 귀에 대고 은밀히 물어보는 걸 잊지 않는다.

"수자야, 내 얼굴 이쁘니?"

이쁘단 말을 듣고 싶어 유도질문을 하는 정순은 뜯어볼수록 귀염성 있게 생겼다. 그놈의 뻐드렁니만 아니라면. 솔직하게 말하면 안 될 것 같아서 나는 내 의견 대신 엄마 아버지가 나누던 말을 전해준다.

"엄마 아버지가 그러던데 짝은언냐보고 귄 있게 생겼대."

"내가 귄 있어? 그거 칭찬이지?"

이쁘다면 윤정희, 문희, 남정임 정도는 돼야 한다고 생각한 나는 차마 이쁘다는 말은 못 하고 최대한 돌려서 말한다.

권은 귀엽다는 말이었다. 얼굴 품평을 취미처럼 하는 엄마는 이런 말을 거리낌 없이 하곤 했다.

"길가 지나가는 사람 자세히 봐봐라. 이쁜 얼굴 잘 없다. 열에 아홉은 못생겼어. 이쁘기 쉽지 않지. 그래서 이쁘면 영화배우 된다고 설치잖아. 그리고 사람은 권이 있어야 돼. 우리 순아도 뜯어보면 권 있는 얼굴인데." 하며 끝에 꼭 토를 달았다.

"그놈의 뻐드렁니만 아니라면."

안 해도 될 말까지 엄마가 군이 하는 이유는 뭘까.

아버지도 엄마 말에 첨삭처럼 보탠다.

"그래, 사람은 권이 있어야 된다."

그 말끝에 엄마가 정순 품평을 했다. 정순이 없는 자리였다.

"우리 순아도 그놈의 뻐드렁니만 아니면 이쁘단 소리 들을 텐데, 눈도 크고." 하며 아쉬운 듯이 말했다. 나는 그때를 회상하고 말한 것이다.

"내가 정말 권 있게 생겼냐? 흐흐 수자 너도 그만하면 이쁘다."

만족스러운 대답은 못 들었어도 웬만큼 만족하며 애먼 나한테도 돈 안 드는 보너스를 챙겨준다. 나는 친언니를 '수이언니'라 부른다. '짝은언냐'로 부르는 정순은 나와 나이를 뛰어넘은 깊은 연대감이 있다. 나와 정순은 표정만 봐도 알 수 있는 자매나 마찬가지인 것이다.

결국 얼굴 얘기로 마무리하고서야 정순과 나는 곯아떨어진다.

아침에 일어나면 정순과 나는 서로의 몸이 뒤바뀌고 밑으로 위로 엉기고 이불을 서로 가져가는 바람에 제발 이불 좀 끌어가지 마, 네 잠뜻은 알아줘야 해, 미쳤어 증말, 따위 말을 아침마다 반복하곤 한다.

중학교에 들어가면서부터는 나도 비밀이 생기고 의식의 확장이 생겨서 정순에게 말 안 하는 게 점점 많아졌다. 정순은 나보고 엉큼하다고 하면서 눈을 흘겼다.

"수자 가이나, 쬐끄만 게 지랄한다." 하면서 입을 삐죽거렸다.

나도 지지 않고 덤빈다.

"내가 뭘 말을 안 한다고 지랄이냐? 숨기는 거 하나도 없다."

"중학생이 뭔 벼슬이냐? 갑자기 벙어리가 돼버리니 내가 그러지. 속으로 까져갖고." 하며 정순은 빽 악을 쓴다.

정순은 말 아끼는 내가 서운한 것이다. 초등학교 때처럼 미주알고주알 학교에서 돌아오는 즉시 쏟아내던 그때의 내가 그리운 것이다.

정순은 특히 친구들 얘기를 듣고 싶어 했다.

"수자야, 새 친구 사귀었니? 어떤 애니? 이쁘니 못났니?"

호기심을 눈에 가득 담고 어서 빨리 새 친구 말을 꺼내라
고 나를 졸랐다.

그러면 나는 짐짓 "다 뻔해. 다 알던 애들이야." 하며 대강
넘어가려고 하고, 또 정순은 "나 같으면 공부보다도 친구 사
귀는 게 더 재밌을 것 같은데, 그렇지 않니? 수자야." 하며 어
서 내 입에서 새 친구 말이 나오기를 기대하며 내 입만 바라
봤다.

나는 이제는 초등학교 때처럼 쉽게 아무 말이나 나오는 대
로 막 지껄이지 않기로 결심한 터라 얼른 화제를 다른 곳으
로 돌리곤 했다.

정순은 친구 사귀기에 대한 로망이 커서 빨래터에 나가서
든 장에 가서든 어디서건 친구를 만들려고 애를 썼다. 친구
를 만들면 한동안 빠져 살았고 너무 친해진 나머지 소홀히
대해 서운한 감정이 들면 친구가 배신했다고 하면서 펑펑 울
어대기도 했다.

그러면서도 정순은 빨리 포기하고 새로운 상대를 찾아 나
섰다. 빨래하러 냇가만 가면 동네 다른 처녀들과 수다를 떤
다고 정신이 없었다. 집안일도 후딱후딱 해놓고 같은 또래의
처녀들과 쑥 캐러, 다슬기 잡으러 다닌다고 싸돌아다녔다.
엄마는 집에 잘 없기도 하고 잔소리도 별나게 하는 타입이
아니라서 정순은 요리조리 요령을 부려 무슨 일이든 잘도 넘
어갔다.

나는 초등학교 때처럼 학교에서 일어난 일이나 친구 얘기를 정순에게 일일이 고자질하지 않게 되었다. 이 커다란 변화는 중학교에 올라가자 확실해졌다. 친구 얘기만 하더라도 나 혼자 마음에 새기고 비밀스럽게 간직하고 싶지 정순과 공유하고 싶지 않았다. 나는 나만의 비밀 감옥에 갇히기를 원했다.

큰다는 건 이런 것일까. 나는 밤마다 일기를 쓰고 점점 은밀한 나만의 방을 만들어나갔다. 일기장을 정순이 몰래 볼까 봐 책 사이에 티 안 나게 꽂아두었다. 새로 생긴 문방구에서 양장본 책 같은 두꺼운 표지의 일기장을 발견했다. 그 일기장에는 신기하게도 아주 작은 열쇠가 달려 있었다. 나는 환호하며 그걸 보자마자 돈을 탈탈 털어 사버렸다.

밤마다 일기를 쓰는 행위는 약간의 고뇌의 감정을 이끌어내야 한다는 점에서 고통스러웠지만 멈출 수가 없었다. 어떤 날은 있지도 않은 감정을 부풀려 사치스러운 문장을 만들고 어떤 날은 비극의 주인공처럼 한탄과 절망과 우울한 문장으로 도배를 하기도 했다. 아마도 나는 이런 걸 즐겼던 것 같다.

정순은 먼 촌수의 친척뻘인데 성만 같을 뿐 따지고 보면 남이나 마찬가지였다. 촌수를 추적해 어찌어찌 따져나가면 부모님끼리 항렬이 같아서 우리 아버지가 '백부'가 된다고 했다. 정순은 아버지를 백부, 엄마를 백모로 부른다.

살림이 아주 팍팍해 입 하나라도 덜려고 정순은 열다섯 살에 우리 집으로 식모살이를 왔다. 집안일을 거들며 살다가 나이가 차면 결혼시켜준다는 조건이었다.

우리 식구 마음속에는 식모고, 정순 고향집에서 내세운 호칭은 수양딸이었다. 우리 집에서도 공식적으로는 수양딸로 데리고 왔다. 먹여주고 입혀주고 거둬주고 시집 보내주는 조건이었다. '수양딸'이라는 달달하고 인정 넘치는 말에 현혹되어 우리 집에 식모로 온 것이다. 엄마는 수양딸이 주는 어감 때문인지 일말의 양심이 있어서인지 호되게 일 안 시키고 업신여기지 않고 딸처럼 대한다. 아버지와 오빠들도 정순을 식구처럼 대하며 '수양딸다운 선'에서 일을 시킨다.

그 시대 그런 처녀들이 많았다. 초등학교나 중학교를 나오면 도시의 공장에 들어갈 수 있는데 초등 3학년이 학력 전부인 정순은 우리 집에 식모로 와서 남이 아닌 친척이라는 허울에 넘어가 자기 집인 양 착각을 하는지 '우리 집'을 연발하며 열심히 살림을 살았다.

넉살 좋고 붙임성 있고 싹싹한 정순은 누구한테라도 경계심이 없었다. 쉽게 친해지고, 친해지면 곧바로 친척이나 된 듯이 살갑게 굴었다. 그런 성격은 천성이었다. 게다가 눈치 빠르고 영악해서 누구라도 정순을 미워할 수 없었다. 겪어보니 정순은 야무져서 자기 몫을 먼저 챙길 줄 알았다. 엄마는 누가 집에 놀러 오면 정순을 복덩이라고 칭찬했다.

복덩이 정순은 지금은 열아홉 살이 되었다.

엄마는 주위의 눈도 있고 부려 먹을 만큼 부려 먹었으니 살림살이를 마련해 적당한 남자와 결혼시킬 생각은 갖고 있으면서도 두려워했다. 눈치 구단에, 살림을 잘 살아서 그만한 처녀도 찾기 힘들 뿐더러 살림을 버거워하는 엄마가 믿고 살림을 맡길 사람 찾기가 어렵기 때문이었다.

정순이 시집가면 살림은 엄마가 해야 하는 것이 당연한 이치였다. 두 오빠와 언니가 서울로 가고 아버지는 출타가 잦으시니 적은 식구에 굳이 사람을 들여 일을 시킬 이유가 없기도 하고 식모로 오는 아가씨도 점점 귀해지는 추세였다.

또 요즘은 정순 같은 처녀 구하기가 어려웠다. 처녀나 총각들은 너도나도 모두 도시로 갔다. 도시의 공장 기숙사에 살면서 월급을 착착 모아 고향의 부모에게 보내주니 부모는 허리가 펴고 든든했다. 도시에 나가 돈을 번 그들은 못한 공부가 한스러워 대리만족하듯 동생들을 공부시켰다. 누나나 형 덕분에 그들의 동생들은 시대를 잘 타고난 행운아들이었다.

엄마는 스무 살이 되기 전에 정순을 결혼시킬 애초의 계획을 착실한 남편감 찾기가 어렵다는 핑계를 대며 이래저래 넘기는 중이었다. 정순도 결혼 말만 나오면 얼굴을 붉히며 나는 혼자 살거야, 식의 수줍음의 뻔한 다른 말을 했다.

정순은 내가 공부하고 있으면 착 달라붙어 글씨를 습득하고 단어를 익혔다. 정순은 나한테 맞춤법을 배워 무리 없이 책을 읽었다. 정순은 또 그것이 스스로 대견해서 시간 날 때마다 책을 읽곤 했다. 고향집으로 가는 편지도 내게 써달라고 했었지만 지금은 정순이 편지를 쓰고 내게 고쳐달라고 했다. 정순은 일 년에 두 번, 추석과 설에 휴가를 받아 새 옷을 입고 고향집에 다녀오면 내가 모르는 고향 소식을 시시콜콜 알려주어서 나는 정순 고향 동네를 우리 동네만큼이나 속속들이 알게 되었다.

이러니 엄마에게는 정순이 복덩이를 넘어 '거룩한 존재'임이 틀림없다 하겠다.

유경이

1학년 2반은 56명이었다.

큰 교실은 꽉 차고 뒤쪽에 앉은 몇은 떡대가 있어서 아줌마처럼 후덕해 보였다. 전봇대처럼 키만 길쭉하게 커서 설익은 어른처럼 보이는 애도 있었다. 나는 하마터면 뒤의 덩치 큰 애를 보고 언니라 부를 뻔했다.

나는 1분단, 뒤에서 세 번째 자리에 앉게 되었다.

교실을 조용히 둘러보았다. 초등학교 때부터 알던 아이가 30프로 정도 되고 나머지는 다 처음 보는 아이들이었다. 아는 아이들은 호기심이 안 든다.

며칠 전부터 내 눈에 들어오는 한 아이가 있었다. 오늘도 역시나 그 아이가 눈에 들어왔다.

낯선 아이였다. 중키에 깡마르고 어린애를 금방 벗어난 티가 역력했지만 나는 내 취향을 알아본다. 이것은 본능이다. 피부는 흰 편이고 얼굴은 선이 가늘고 섬세해 보인다. 분위기상 촌아이답지 않은 귀티가 살짝 엿보인다. 특출나게 눈에 띄지도 않은데 내 눈에는 강렬했다. 그 애가 내 호기심을 끈

것은 초등학교 때부터 알던 식상한 아이가 아닌 낯설다는 이유가 컸다. 신선함은 호기심을 부추기는 요소다.

이때 나는 평생의 내 취향을 발견했고 취향이 고정된 걸 후에도 알 수 있었다. 그 아이 같은 가냘프고 섬세하면서도 남성적인 그 무엇이 조금 깃든 얼굴 말이다.

나는 한동안 그 아이를 관찰하기 시작했다.

유난히 머리에 윤기가 흐르고 단발은 직선으로 끝이 뻗혀 있었다. 깡총한 머리통이 둥글었다. 사실 그 애는 겉모습만 보면 착실한 모범생처럼 보였다. 딱히 튀거나 얼굴이 예쁘다고는 할 수 없었고 선이 가늘지만 독특하고 개성이 있는 마스크인데 얼핏 단정하게도 보였다. 내가 그 애를 찜한 것은 얼굴 말고도 그 애 주변에 흐르는 이상한 한기와 정적인 분위기 탓이 컸다. 나는 나처럼 무뚝뚝하고 말이 없거나 하는 쪽보다 오히려 적당히 수다스럽고 적극적으로 친밀감을 표하는 애가 더 편했다. 말 붙이기 꺼려 하는 내가 편하게 상대를 고르는 요령이었다. 그러나 그 애는 내가 편하게 생각하는 상대가 분명 아닌데도 끌렸다. 그리고 우정을 소중히 여기지 않는 내 정체성을 그 애가 배반했다.

이것이 그 애의 첫 이미지였고 첫 이미지는 영원히 가시지 않고 마음 깊은 곳에 존재하는 모양이었다. 어른이 돼서도 나는 여자든 남자든 그런 타입에 더 이끌렸으니깐. 후에 사랑을 선택할 때도 우정을 선택할 때도 나는 매번 그 아이 같은 분위기에 매혹되곤 했다.

그 애는 내가 멀리서 볼 때마다 뭔가를 끄적거리거나 책을 보거나 좀 멍청히 앉아 있었다.

집에 와서 잠들기 전에 곰곰 생각해보니 그 애 주변을 흐르는 냉랭한 분위기가 좀 남다른 것 같았다. 깡마르기는 나도 마찬가지였지만 그 애는 나와는 딴판인 다른 이미지가 분명 있었다.

내가 호기심을 드러내지 않고 주변을 살피다가 행동하는 쪽이라면 그 애는 말이 없고 샐쭉하고 두리번거리지 않고 앞으로만 시선을 고정하고 있었다. 쉬는 시간에 책만 보고 있는데도 범생까지는 아닌 것 같았다.

그 애를 관찰해보니 교과서 밑에 소설책을 깔고 몰래 보는 문학적인 사치가 느껴졌다. 나는 몇 번이나 그 애가 수업시간에 딴 책을 보는 걸 목격했다. 그 점도 내 호기심을 부추기는 한 요인이었다.

나 역시 숙제보다 소설책을 우선으로 보고 밤새워 소설을 읽다가 희끗한 여명이 시작되면 잠이 들어서 늦잠을 자는 바람에 엄마와 정순이 번갈아가며 시끄럽게 깨우는 것은 자주 있는 일이었다. 하도 안 일어나서 성질난 엄마가 바가지 물을 얼굴에 부어버린 적도 있었다. 그런 다음 날이면 벌게진 눈으로 아침도 먹지 않고 급하게 교복을 꿰고 학교로 뛰어가곤 했으니까.

나는 그 애에게 관심을 두는 한편 나 자신의 정체성이 점점 깊숙이 확립되는 걸 또렷하게 느끼기 시작했다. 겨우 한 살을 더 먹었을 뿐인데 몇 년 산 것 같은 노련함이 내 안에 자리 잡는 것이 느껴졌다. 초등학교 6학년과 중학교 1학년은 낮과 밤만큼, 걷기와 달리기만큼 엄청난 차이가 났다. 6학년 때에 비해 지적 수준이 단박에 늘어난 것처럼 스스로 생각해도 아찔한 성장속도였다. 이것은 이상한 쾌감이었고 동시에 어렴풋하고 음침한 두려움을 동반하는 그 무엇이었다.

교칙에 어긋나지 않게 복장을 갖추라고 담임인 그녀는 종례 때마다 겁을 줬다. 다른 반보다 모든 면에서 뛰어나야 한다고, 질리지도 않은지 종례 때마다 같은 말을 되풀이해 아이들을 세뇌시키려 했다. 아이들은 귀는 열어두었으나 하교 후 새로운 친구를 사귀는 상상에만 골몰해 그녀의 말이 귀에 들어올 리 없었다.

다른 반 담임들도 똑같이 자기 반이 일등을 해야 한다고 종례 때마다 같은 말을 되풀이해서 다른 반 아이들 역시 넌더리가 난다고 큰 소리로 흉을 봤다. 담임들은 학급 평균성적과 게시판 꾸미는 환경정리에 대결구도를 만들고 경쟁을 부추겼다. 청소 검사에서까지 일등을 해야 한다고 노골적으로 떠들고 다니는 담임도 있었다.

그녀 문승희는 별명이 수숫대인 만큼 키가 크고 멋은 없지만 어떤 도도함이 풍기는 스타일이었다. 쉽게 다가가기 어려운 분위기가 숨어 있었다. 키가 크고 멋까지 있기는 쉽지 않은 모양이어서 나는 후에 키 크고 멋진 사람을 찾기 어렵다는 걸 알았다.

그녀의 옷차림은 일관성이 있어서 하늘하늘한 원피스를 주로 입고 스커트에 블라우스를 받쳐 입기도 했다. 다른 여선생님들이 주로 입는 투바지나 투피스를 그녀는 입지 않았다. 간혹 큰 체격에 여성스러움을 강조한 옷차림이 불편하고 난센스적으로 보일 때도 있었다.

후에 생각해보니 그녀는 겨우 스물 몇 살이었을 텐데, 나이든 여자 같은 분위기가 있었다. 서울의 유명한 여자 사립대 가정과를 나온 그녀는 가끔 자신이 나온 학교와 서울 분위기에 대해 들뜬 표정으로 말하곤 했다.

우리들은 그녀가 나왔다는 서울의 이 자 들어간 유명 사립대와 그녀는 왠지 안 어울려 보인다고 공통된 의견을 나눴다. 이 자 들어간 여대를 나왔다면 뭔가 아주 세련되고 도도하고 지적인 것이 넘칠 거라고, 아이들은 말했는데 아이들다운 사고에 갇힌 발상일지 몰랐다.

그녀는 가정 수업시간 마지막쯤엔 좀 아련해져서 여러분도 서울로 대학교를 가게 되면 알게 될 텐데……, 하면서 이런저런 서울의 문화를 자신의 과거를 회상하듯 전달했다.

이상하게 아이들은 다른 과목의 선생님들에게 흔히 날리는 "애인 있어요?"나 "첫사랑은 누구예요?" 같은 멘트를 그녀한테는 하지 않았다.

그 애의 이름은 유경이었다. 함유경.
이름 말고는 아는 것이 아무것도 없었다.
얼마간 유경을 눈여겨보았고 유경은 계속 내 시선을 끌었다. 한번 꽂히면 다른 것이 눈에 안 들어오는 건 진리인지 모른다.
나는 유경에게 접근할 방법을 찾기 시작했다.
내 자리 근처가 아니기 때문에 유경에게 접근하기 위해서는 용기가 필요했다. 쉬는 시간에 우리들이 몹시 떠들어댈 때 유경은 주로 책상에 머리를 박고 뭔가를 끄적거리고 있었다. 유경 옆을 슬쩍 스치면서 보니 공책에 연필로 뭔가를 획획 그리고 있었다. 보기만 해도 보호해주고 싶은 가냘프기 짝이 없는 순정만화의 여주인공이었다. 허리까지 치렁거리고 굽실굽실하게 부푼 헤어스타일의 여주인공이 공책의 여백을 완벽히 채워가고 있었다. 온통 눈밖에 없고 턱은 뾰족하고 목은 가늘며 슬픈 눈망울은 초등학교 때 한창 빠져들었던 만화 속 캐릭터들이었다.
나는 이미 순정만화를 졸업하고 대중연애소설에 빠져들던 시기라 만화는 하찮게 여겼지만 유경의 그림 그리는 재능은 특별해 보였다.

내가 보기에 프로 만화가 수준이었다. 엄희자 만화를 베낀 것 같기도 했다. 말이 쉽지 엄희자 만화를 베끼기가 어디 쉽나, 단연 특별한 재능이 유경한테는 있어 보였다.

나는 유경이 그리고 있는 만화를 빌미 삼아 말을 트게 되었다. 사실 나는 좀 까칠한 데다 겉으로 내색은 안 하지만 속에 도도하고 시건방진 무엇을 가지고 있었다. 굳이 그런 걸 티낼 만큼 어리석지도 어리지도 않았다. 어른들의 감춰진 이면을 알 것은 다 안다고 생각하고 있는 좀 조숙한 아이였다.

나는 유경이 만화를 그린다는 걸 알고 더 신선하게 느껴졌다. 전문가다운 분위기가 독특하게 느껴지고 뭔가 다른 세계에 사는 듯 여겨졌다. 나는 유경과 단짝이 되어야겠다고 마음먹었다.

내 짝 동숙이 내게 소곤거렸다.

"수자야. 너하고 친해지고 싶었는데……. 짝이 되다니……." 하며 감히 쳐다볼 수 없는 것을 손에 넣은 것처럼 아양을 떨고 비굴한 웃음을 입가에 흘렸다. 나는 웃어주는 걸로 대답을 대신했다.

동숙과는 한동네지만 방향이 달랐다. 동숙의 집은 우리 동네 들어가는 초입에 있었다. 길갓집이었고 낮은 흙담장 너머로 뽕나무와 무화과나무, 감나무가 휘늘어졌다. 그 나무들 너머로 동숙 식구들의 짜증 섞인 욕설과 아귀다툼이 늘 소란스럽게 흘러나왔다.

동숙의 언니와 오빠가 도시의 직물공장에 다녀 돈을 벌어 동생들을 가르친다고 알고 있다. 동숙의 아버지는 술 없으면 하루도 못 사는 주정뱅이여서, 나는 멀리서 동생을 거느리고 스뎅 주전자를 들고 점방에 탁배기 받으러 가는 동숙을 종종 목격했다. 동숙 아버지는 볼 때마다 딸기코를 하고, 항상 술에 절어 있는 듯 흐트러진 모습이었다.

"수자야. 너네 집 놀러가도 돼?"

자존심 없는 말을 하나도 고민 없이 툭툭 뱉은 걸 보고 나는 질겁했지만 얼굴에 드러내지는 않았다. 나는 상냥하게 그러나 도도하게 대답했다.

"놀러 와, 언제든지."

말은 그렇게 했지만 나는 사실 동숙이 우리 집에 오지 못할 것을 알았다. 우리 집은 골목 깊은 집이었다. 동숙네 집처럼 길가에 있지 않고 동네를 가로지르는 메인 골목 중간쯤에서 살짝 꺾어진 담을 깊숙이 따라가야 나왔다. 집도 큰 데다 동네 사람 누구도 쉽게 아무나 막 들락거리지 않았다. 내가 직접 데리고 오지 않는 이상 동숙은 혼자 우리 집에 오기 거북할 것이다.

동숙은 동네 아저씨나 남자애들이 말을 붙이면 일일이 대꾸해주고 친절히 대했다. 나는 동숙 같은 애들을 남자들이 쉽게 본다고 여기고 있었기 때문에 겉으로 표는 안 내도 속으로는 살짝 경멸했다.

3월이 가고 라일락이 화단에 필 때였다.

보라색인 라일락꽃은 향기도 보라색으로 전해 온다. 보랏빛 꽃잎과 꼭 닮은 보랏빛 향기는 코로 들어오는 순간 강하게 스며들어 아찔해진다. 옆의 친구에게 '향기 맡아봐' 말을 안 할 수가 없는 것이다. 약간 추위가 느껴지는 따사로운 봄 햇볕 속에 라일락 향기는 환상적인 무드를 연출했다.

나는 유경과 친구가 되었다. 한 달 이상의 탐색기간을 거친 후였다. 이때까지도 유경은 그 누구와도 친하지 않고 외톨이로 있었다. 별로 친구를 원하지도 않고 구애할 필요도 없다는 듯 혼자 학교생활을 했다.

유경은 5학년 때 이사 와서 친구가 없다고, 별 특별할 것 없는 자기소개를 한마디로 끝냈다. 꼭 할 말만 하는 아이였다. 하교 때마다 유경과 나는 함께 긴 운동장을 걸어 나와 늘어선 문방구와 만화방과 점방을 지나쳐 마을이 갈라지는 다리께에 와서 헤어졌다.

동숙은 우리 사이에 어정쩡하게 끼어서 유경과 헤어지면 나를 차지하고 애살스럽게 이야기를 끌어갔다. 긴 얘기를 나누기도 전에 동숙의 집이 있는 갈림길이 나와 짧게 몇 마디 하고 헤어져 집으로 간다.

이때쯤 아이들은 저마다 호감 가는 아이를 골라 새 단짝을 만들고 일요일에 놀러 와 하면서 아쉽게 헤어졌다. 지나치게 내성적인 아이 몇만이 단짝 같은 건 시시하고 관심 없다는 듯 혼자 고결하게 등하교를 했다.

여자만 있는 여중에 들어온 아이들은 우정을 인생의 가장 큰 발견으로 여기고, 우정에 목숨 걸 것처럼 소중히 했다. 우정은 그 어떤 것으로도 대체되지 않은 전리품인 동시에 소유권이었다.

여자애들은 이성교제의 예행연습처럼 동성친구에게 구애했다.

겨우 한두 살 많을 뿐인 2학년이나 3학년 선배들은 점심 도시락을 재빨리 해치우고(대개 2교시 쉬는 시간부터 도시락은 비워졌다) 1학년 교실을 돌아다니며 S동생 찾기에 열을 올렸다. 이른바 S언니 시대였다. 관례처럼 선배들이 'S언니 S동생'을 만들던 땐데, 그때만 해도 아직 유행이었다. S언니 S동생을 만들어 도시의 고등학교에 진학하면 몰라도 우리 학교와 붙어 있는 여고에 진학하면 계속 언니 동생으로 남아 친자매 같은 우정을 지속해 나갔다.

선배들은 얼굴이 희고 애리애리하고 예쁘장하고 교복을 깔끔하게 입는 애를 골라 "S동생 할래?" 먼저 구애했다. 1학년 애들은 선배가 맘에 드는지 안 드는지 판단할 새도 없이 찍히면 S동생이 되어야 했다. S자매가 된 다음엔 색색깔의 편지지에 편지를 써서 주고받았다. 이름이 촌스럽다며 미현,

애리, 미리, 수정 같은 예명을 쓰고 편지로만 예명을 불렀다. 편지에서만 예명을 쓰는 건 부끄러움을 타서였다.

일명 시영언니와 시영동생이라 불리던 '수양'의 호칭이 이 시대에 와서는 S언니, S동생으로 불리며 남달리 친하게 지내는 일부 여학생 사이의 문화인 셈이었다. 사실 깊은 뜻은 없었고 여자애들끼리의 우정을 소중히 다룬다는 일반적인 의미에 불과했다.

선배들은 능숙하게 후배들을 다뤘다. 스칠 때면 호기심을 가득 담은 눈으로 하나하나 뜯어보는 선배도 있었다. 속까지 들여다보는 것 같았다. 나는 선배들이 그런 눈길로 보는 것이 부담스러웠다. 애인을 찾는 남자들의 시선 같기도 했다.

어떤 선배는 후배를 불러 세우고 치마 길이나 머리를 지적하기도 했다. 그러면 선배와 같이 있던 친구는 "야, 뭘 그렇게까지 하냐. 대강 하고 보내줘라." 웃으며 경고 비슷하게 하면 선배는, "야, 너하고 친한 애냐? 알았다." 하고는 웃으며 돌려보냈다.

학교 화단은 수선화와 목련이 지고 라일락이 피어 지나가면 보랏빛 향기가 코를 스치는 봄날이었다. 한 담장 안의 저쪽 여자고등학교에선 엉덩이가 펑퍼짐한 여고생들이 하늘색 체육복을 입고 단체 벌을 선다고 여중 운동장을 몇 바퀴째 돌고 있었다.

그런 봄 어느 날 쉬는 시간에 유경이 나에게 만화를 보여 줬다. 유경이 가방에서 꺼내 보여준 스케치북 한 권은 다 여자 캐릭터들이었다. 볼륨이 크고 산발한 듯한 머리칼은 회오리처럼 소용돌이친 헤어스타일이 포인트였다. 그림의 반을 차지하는 머리통과 작은 얼굴, 뾰족한 턱, 부러질 듯 가는 목선, 눈물이 그렁그렁해서 빛을 머금은 커다란 눈망울은 빨려들 듯 강렬했다. 나중에 알고 보니 '알폰스 무하'라는 체코 화가의 그림과 비슷했다. 그 당시 뭘 모르던 나는 엄희자 만화를 베긴 다른 버전이라고만 막연히 생각했다.

점방집 언니

나는 동네 사람들이 싸잡아 '점방집 딸내미'라고 부르는 언니와 새 학기가 시작되기 전 겨울 동안 친하게 되었다.

점방집 언니는 내가 알고 있는 인간들과 좀 다른 부류였다. 그녀는 나이가 몇인지 학교는 어디까지 나왔는지 모르지만 집에서 책만 보고 있었다.

나는 점방집 언니가 나보다 한참 위라는 것만 알지 정확히 몇 살인지는 모른다. 내가 어릴 때 점방집 모녀는 우리 동네로 이사 왔다. 여기저기서 주워들은 말을 종합해보면 도시에 살다가 친정과 가까운 우리 동네에 터를 잡고 점방을 차렸다는 것만 알 뿐이다. 어른들이 쉬쉬하며 수군거리는 걸 보면 분명 불행한 사연이 있다는 걸 알 수 있었다. 모녀에겐 소설 같은 비밀이 숨어 있는지도 모른다.

읍이긴 해도 변두리 쪽인 우리 동네는 누가 누군지 거의 다 알 만큼 전형적인 시골 동네여서 마음만 먹으면 누가 집에 있는지 외출했는지까지 알 수 있었다. 대개의 사람들은 일 년 내내 같은 일을 하며 일이나 생각이나 한결같아서 내

뱉기도 전에 알 수 있는 뻔한 말을 하는데 점방집 언니는 굳이 안 해도 될 말은 '말없음표'로 넘어가고 핵심만 말했다. 그리고 그녀는 남이 말하면 끼어들지 않고 언제나 듣는 둥 마는 둥 했다. 나중에 보면 그녀는 내 말이든 다른 사람 말이든 다 듣고 있었던 듯 정확한 대답을 했다.

그녀가 내뱉는 무심한 말도 동네 사람들이 흔히 쓰는 말은 아니었다. 뭔가 고급스럽고 레벨이 한 단계 높은 다른 세계의 언어 같다는 느낌이 들었다.

후에 어른이 되어서 불현듯 든 생각은 점방집 언니로 인해서 내가 인생의 덤 같은 뭔가를 얻었다는 것이다. 덤을 콕 집어 뭐라고 말할 수는 없지만 그녀를 흠모하고 모방하는 가운데 내 속에도 지적인 뭔가가 덤으로 쌓인 것은 분명하다. 살다 보면 근거도 없이 그런 생각이 순간적으로 드는 때가 있지 않던가.

그녀는 시집갈 나이 같기도 하고 아직 여대생 같기도 했지만 감히 그런 걸 물어볼 수는 없었다.

물건을 파는 언니는 내가 점방에 과자 따위 주전부리를 사러 가곤 할 때마다 읽던 책을 한 손에 들고 가게와 붙은 골방에서 나왔다. 그런데 항상 시큰둥하고 무관심했다. 물건도 무표정으로 대충대충 팔았다. 몹시 귀찮다는 표정을 숨기지도 않은 채, 샀으면 어서 꺼지라고, 나가기만을 기다리고 있었다. 때로는 골 빈 사람같이 보이기도 했다.

재수 없게 느껴지기도 했으나 그녀가 들고 있는 책에 눌려 나는 매번 언니 안녕, 하며 나답지 않게 생전 안 하는 인사까지 하고 나오곤 했다.

한 번은 지저분한 헌 운동화를 꺾어 신고 껄렁하게 선 언니가 현란한 무늬의 월남치마 주머니에서 커다란 눈깔사탕 한 개를 꺼내 내 입에 물려주면서 말을 붙였다. 중학교에 들어가기 전 겨울이었다.

"수자, 너 중학교 올라가지. 책은 보냐?"

쌩해서 다정하게 말을 나눈 적이 없던 터라 나는 의아하게 언니를 쳐다봤다.

"중학생이 되면 뭔가에 눈뜰 나이지. 책 빌려줄까?"

나는 열린 문틈으로 슬쩍슬쩍 보던 언니 방에 들어가게 되었다. 점방집 자체가 작아서 언니 방은 작은 골방이었다.

그날 언니 방에 가서 방 안에 잔뜩 흐트러져 있던 책을 엎드려서 보다가 저녁이 되어서야 그녀 방을 나왔다.

그 언니는 "수으자, 너 학교 마치면 만화방에 들어 앉아 있는 거 내가 많이 봤다. 만화는 졸업해라아." 짓궂게 웃으며 내 등짝을 쳤다.

그 언니는 한 번도 다른 사람들이 다 부르는 수자야, 나 자야, 라고 부르지 않았다. 수으자, 하고 길게 빼서 불렀다. 난 그 분위기가 좀 다르다고 생각한 나머지 이국적이다, 라고 혼자 해석했다.

나는 왠지 그 언니가 나를 어른 대접 해준다는 느낌을 받아서 기분이 좋았다. 그 언니에 대한 안 좋은 편견이 한순간에 날아가 버렸다. 더구나 한참 위 나이 같은데 친구 대하듯 스스럼없게 대하는 점도 내 호감을 샀다.

그때 나는 어떤 은밀한 충동에 떠밀려서 자주 점방집에 갔다. 골방문을 두드리면 그녀는 왔냐? 하고 비웃는 듯한 묘한 웃음을 띠었지만 기분 나쁘지는 않았다.

가게와 붙은 골방은 어두컴컴했다.

나는 점방집에서 책을 빌려 오기 시작했다. 박계형과 박화성의 책이었다. 우리 집에는 없는 책이다. 수이언니는 책을 안 보고 두 오빠는 책을 많이 봤는데 죄다 어려워 보이는 문학이니 철학책들이었다.

나는 밤새워 책을 읽었다. 일단 읽으면 멈출 수가 없는 그 책들은 중독성이 장난이 아니어서 읽다 보면 창호지 문이 환해졌다. 날마다 핏발 선 눈으로 학교에 뛰어가곤 해서 내 이름은 단골지각생으로 선도부 선생님 일지에 올라 있었다. 교문에 떡하니 버티고 서 있던 선도부 선생님은 더 올 아이가 없다 싶어서 교무실로 들어가려 할 무렵 헐레벌떡 뛰어오는 나에게 두꺼운 검은색 일지 노트로 머리를 세게 갈겼다.

"또 너냐?"

그러고는 한심스럽다는 듯 째려봤다.

엄마와 딸 둘만 사는 점방집 모녀는 우리 동네에 이사 온지 그렇게 오래되지는 않았다. 읍이긴 해도 외지에서 타성받이가 들어오기 어려운 우리 동네에 점방집 모녀는 친정 도움으로 어찌어찌해서 들어와 둥지를 틀었다. 길가에 하꼬방 같은 집을 짓고 가게를 열었다. 물건 가짓수가 적어서 있는 것보다 없는 것이 더 많았다.

점방은 없는 돈으로 하는 티가 나게 작고 초라해서 동네 사람들은 한참 걸어가야 하는 차부 옆의 큰 가게에 가기가 귀찮을 때만 점방집에 갔다.

그 언니 엄마는 생활력이 강하고 억척이지만 성격은 온순하고 부끄럼을 타는 여인네였다. 얼굴에 수줍음이 가득 배인 그 언니 엄마는 얼른 보면 모르는데 뜯어보면 미인이었다.

비록 초라한 가게를 하고 남의 집 품앗이로 돈을 벌지만 자존심 강한 사람에게서 풍기는 도도함과 예의가 배어 있었다. 옷도 볼 때마다 청결했다. 앞머리 중앙에 가르마를 타서 비녀를 꽂은 쪽머리에 박수건을 두르고 있어서 좀 고전적이었다.

그 당시 우리 엄마는 한참 유행하던 단발스타일로 머리를 자르고 고데를 과하게 넣고 다녔다. 우리 엄마 스타일은 신식으로, 좀 있는 집 분위기를 풍겼는데 실지로 누구나 그런 머리를 하지는 않았다. 부인네들은 이제까지는 비녀로 쪽을 찌는 부류가 대부분이었지만 세상의 변화를 따라 헤어스타일도 조금씩, 일상복도 조금씩 바뀌고 있었다. 그렇지만 쪽머리는 나이가 들어가거나 할머니 대열에 들어선 여인의 전유물이었다. 약간 젊다 싶으면 쪽을 찌지 않고 올림머리를 하거나 고무줄로 묶은 다음 올려 핀을 꽂거나 한 갈래로 땋아 내렸다.

읍이지만 시내에서 좀 떨어진 우리 동네는 읍내도 시골도 아닌 반촌이었다. 오랫동안 대대로 내려오는 집에서 사는 동네 사람들은 근처에 친척도 많고 자식이 넘치도록 많은 집들이 대부분인데, 둘만 단출히 살아가는 점방집 모녀는 좀 비밀스럽게 보였다. 딸은 건성으로 가게를 보며 책에 빠져 있고 엄마는 가게를 맡겨놓고 품앗이를 하니 외상값을 받니 하면서 늘 어딘가를 돌아다녔다.

그녀의 엄마는 농사철에는 주구장창 남의 집 품을 팔아서 돈을 벌었다. 모심기 같은 벅찬 일도 마다하지 않았고 밭매기는 일상일 정도였다. 농한기인 겨울에는 동네 여자들과 산에 나무를 하러 다녔다. 봄이면 봄철에만 하는 나무심기 동원에 나갔다. 우리 엄마는 우리 집에 배당된 노역을 점방집 언니 엄마한테 품삯을 주고 시켰다. 정부에서 산림녹화사업으로 나무를 심고 사방공사를 하는데 집마다 할당량을 해야 했다. 웬만한 집은 남자들이 나오고 여자도 간혹 있긴 했는데, 그 언니 엄마는 자기 집 분량을 채우고 우리 것도 해주었다. 우리 집은 늘 아버지가 출타 중이니 엄마가 해야 하는 일을 점방집 언니 엄마가 품삯을 받고 대신한 것이다.

  겨울에는 점방집이 반짝 호황을 누리는 시기였다. 농사를 짓는 동네 남자들은 어른 총각 할 것 없이 겨울 한철은 놈팽이처럼 이리저리 몰려다니며 소일했다. 그들은 한 집에 모여 술내기 화투를 치고, 담배 잎에 속을 넣어 담배를 말아 피우고, 애들이 하는 놀이에 참견하며 빈둥거린다. 햇살이 비치는 담벼락에 기대서서 싱거운 농담 따먹기를 하고 낯선 여자라도 지나가면 껄렁하게 쳐다보는 식이었다. 그것도 잠시 정말 정말 심심해 주리가 틀리면 "올해도 그냥 넘어가면 아쉽지." 의견의 일치를 보고 돈을 거둬 돼지 한 마리를 즉각 잡는다.
  집에서 키운 돼지 한 마리를 잡는 겨울철 연례행사가 벌어지고 동네잔치가 시작된다. 이때는 우리 집도 몇 근 사서 푸짐하게 먹곤 했다.
  점방집 뒤꼍에 가마솥을 걸고 돼지고기를 푹푹 삶아 그 언니네 안방을 빌려 먹고 마시고 떠들고 노는 날이 이어진다. 점방은 술도가에서 배달 시킨 막걸리와 소주 됫병이 팍팍 나가고 사이사이 라면도 끓여 팔고 장사치가 아침마다 고무 다라이를 머리에 이고 팔러 오는 낙지와 맛조개를 사서 삶고 무쳐서 며칠간의 행사를 한다. 동네 사람들 다 패거리가 된 듯 시끌벅적 먹고 마시고 논다. 평소에 별로 안 친한 사이라도 이때만큼은 속 창자 다 보여주듯 허물없이 지내는 건 알다가도 모를 일이다. 잔치가 끝나면 처음에는 얼마간 친하게 지내다가도 서서히 거리를 유지하며 멀어지는 관계가 되는 것 또한 아이러니다.

그러면 또 누군가는 집에 있는 장구를 들고 나와 장구를 치고 얼근히 술에 취한 몇몇은 주체하지 못한 흥을 풀어야 하니 조금 빼다가 일어나 덩실덩실 춤을 춘다. 드디어 모두가 하나가 되어 음주가무는 절정에 이른다.

점방집 앞 마을 공터는 열기에 휩싸이고 잔치는 계속된다. 어떻게 알았는지 간혹 제삿밥을 얻으러 오던 거지들도 바가지를 들고 패거리로 몰려온다. 이렇게 며칠간 놀아야 속이 풀리는 것이다. 아이들도 이때는 먹을 것이 많아 몰려다니며 얻어먹고 평소에 안 하던 까진 행동을 한다. 이때는 어른들도 슬쩍 눈감아 준다.

그 언니도 이때는 골방문을 박차고 나와 엄마를 돕는다. 솥단지 불을 때고 상을 나르고 엄마 심부름을 하며 바쁘게 설친다. 점방집은 한철 장사로 제법 돈을 번다.

이 행사는 동네 사람들을 한층 더 가깝게 만들어서 속 얘기도 나누고 의기투합해 봄이 오면 돼지 한 마리 잡아 꽃놀이 가십시다, 로 확대되어 끝난다.

점방집 언니가 소설을 쓰고 있다는 사실을 나는 곧 알게 되었다. 내가 옆에 있든 말든 그 언니는 책을 읽고 뭔가를 썼다. 엎드려 공책에 쓰다가 앉은뱅이책상에 앉아 쓰다가 주리가 틀리는지 몸을 배배 꼬기도 했다. 온몸으로 글을 쓰지만 언니가 작업에 골몰해 있다는 것을 나는 알았다. 내가 그녀에게 물었다. 이 말도 어렵게 꺼냈다.

"언니는 뭘 그렇게 쓰는 거야?"

"뭐 쓰냐고? 소설."

그녀는 한마디의 분절음으로 끝냈다.

"이런 책 같은 소설?"

"응."

나는 잘못 들은 것 같았다. 곧장 소설, 하고 말하는데 내 머리에 스파크가 일었다.

여하튼 언니는 소설가가 될 거라 했다. 소설가가 되고 싶다는 게 아니라 될 거라 했다. 나는 막연하게 소설가란 단어가 주는 위압감에 눌려서 그 언니가 다시 보였다. 소설가는 먼 외계인같이 들렸다.

그녀는 자기만의 깊디깊은 동굴에 갇혀 지낸다. 누가 처넣은 게 아니라 스스로 즐거이 갇혔다는 점이 경이롭다. 나는 이런 부류의 사람도 있다는 걸 알고 놀랐다. 가히 새로운 세계였다. 그 세계가 어떻기에 즐거이 갇혔는지 그땐 몰랐지만 나도 곧 알 수 있었다. 책 읽는 쾌락을 알게 되고 뭔가를 끄적이는 일이 즐겁다는 것을 나도 터득하게 되었기 때문이다.

철저히 혼자인 채 누구와도 엮이지 않고 고독 속에 사는 것처럼 보이는 점방집 언니는 기이하면서도 근사해 보였다.

한번 언니가 이런 말을 했다. 그녀는 꼭 나한테라기보다는 허공에 대고 하는 말같이 스산하게 말했다. 대학교는 시시해서 안 다닌다고 했다. 안 다녀도 쓸 수 있다고 하면서, 어차피 도시의 대학에 가려면 돈도 있어야 하고 부모의 지원을 받아야 하는데 그럴 수 없는 형편이니 혼자 소설을 쓴다고 했다. 소설가로 일생을 살고 싶다고 했다. 나는 교과서에 나오는 이광수, 황순원, 김유정, 김동리와 이름을 나란히 하는 언니를 떠올리며 언니의 이름을 입에 올려보았다. 감이 안 잡히고 알쏭달쏭하니 현실로 다가오지 않았다. 막연히 그러나 보다, 그처럼 대단한 소설가가 될 거라니 꿈도 야무지네 하는 쪽으로 방향을 틀었다.

그러나 후에, 내가 서울의 대학에 낙방하고 수이언니 집에 있으면서 재수학원에 다닐 때 서울의 학원가 골목에서 먼발치로 점방집 언니를 보게 되었다.

그 언니는 남자 같은 짧은 커트머리를 하고 돈 없는 남학생들이 주로 입는 야전잠바를 걸치고 헐렁한 청바지에 손을 찌른 채 멍하게 바닥만 보며 저쪽으로 사라졌다. 고향집에 가서 그 언니 소식을 들을 수 있었는데, 책을 너무 많이 읽은 나머지 망상병에 걸렸다, 또는 신춘문예에 해마다 응모를 했는데 매해 차기작으로 떨어져서 절망 끝에 서울의 어느 곳에 처박혀 지냈다던데 지금은 뭐 하고 있는지 모르겠다, 등 여러 가지 소문만 무성했다. 아무튼 소문일 뿐이었다. 나는 소문은 항상 부풀려지고 제멋대로 가지를 쳐서 종내에는 알수 없다고 생각하는 터였다. 진실은 묻히고 별것도 아닌 것이 반질하게 포장되어 화려하게 재탄생하는 것이라고. 진실은 사라지고 거짓은 위로 떠올라 진짜라고 믿게 되는 것, 거짓의 놀이에 이용당하고야 마는 것, 그것이 소문이고 세상인 것이라고. 또 한편 소문은 언젠가는 사실로 드러나고, 아하 맞았구만, 하고 뒤늦게 알게 되지만 이미 시간이 흘러 허무하게 되는 것, 이라고.

그러니 내가 봐야만 믿을 수 있다고 지레 생각하게 되었다. 나는 유령을 본 것처럼 그 언니를 봤다고 믿었지만 나중에는 사실인지 헛것인지조차 헷갈렸다.

엄마와 단둘이 살던 모녀는 서울로 이사를 갔다. 내가 고등학교를 다닐 때였다. 더 나중에는 아직도 그 언니가 소설을 포기 못 하고 있다는 풍문이 들려왔다. 점방집 언니 엄마가 식모살이를 해서 겨우겨우 살아간다고 했다. 그 후 말줄임표처럼 더는 그 언니 소식이 들려오지 않았다.

내가 점방집에 자주 들락거리자 정순도 점방 앞만 지나가면 골방 문을 열고 들여다봤다. 집에 와서는 엄마, 아버지가 한자리에 있을 때 살짝 부풀려서 말했다.

"점방집 딸내미 방에서 수자는 맨날 책만 보고 있고, 속에 뭐가 들었는지 요새는 엉큼하게 말도 잘 안 하고. 수자야, 너도 수이언니처럼 서울 좋은 대학 가겠다. 그치?"

청찬은 맞는데 비꼬는 것도 같은 요상한 뉘앙스를 풍기는 말을 했다. 사실 정순은 내가 공부를 썩 잘하지 않는다는 것을 알고 있었다. 잘하지도 않고 영 못하지도 않는 것 같은데 책에 빠진 나를 살짝 비아냥거리는 것이다. 정순이 그렇게 말하는 것은 중학교에 들어가고 상대를 잘 안 해주는 내가 서운해서임이 틀림없다.

부모님은 오빠 언니 때와는 다르게 나한테는 빈말이라도 공부타령은 안 했다. 오빠 언니한테도 공부 말은 심하게 안 했던 걸로 알고 있다. 그러니 막내인 내게는 더더욱 공부 따위 말은 안 하고 방관했다. 내가 생각해도 나는 알아서 크는 것 같다.

그 시대에 나처럼 부모님 나이가 많은 친구들은 하나도 없었다. 나는 부모님이 손녀 대하듯 나를 방치한다는 생각이 들어 마음이 쓸쓸하고 서러운 적이 한두 번이 아니었다. 나는 공허한 마음에 정순에게 더욱 기대었다.

내가 점방집 언니의 소설을 쓰고 책만 보는 특이점에 대해 집에 와서 떠들면 식구들은 어리둥절한 채 고개를 갸웃거린다. 그녀의 존재가 이제야 생각났다는 듯 툭 한마디씩 던진다.

엄마는 "그래. 점방집 딸내미. 이름이 뭐더라? 책에 미쳤다며?"

또 정순은 "어쩜 세상에 책만 보고 사는 사람도 있으까? 책이 뭐가 그리 재밌다고 세상에나 마상에나."

듣고만 있던 아버지는 오늘도 되새길 만한 강렬한 한마디를 남기고 자리에서 일어나 퇴장하신다.

"무슨 책이든 간에 책을 많이 읽어야 뭐가 돼도 된다."

유경의 비밀

유경은 외톨이였다. 그 애는 아무하고도 어울리지 않았다. 쉬는 시간에도 혼자 앉아 있고 다음 과목의 책을 미리 펼쳐 놓고 책을 뒤적거렸다. 누구하고도 어울릴 마음이 없다는 듯 시선도 두리번거리지 않았다. 조금 독특한 아이였다. 반 아이들 누구도 유경에게 관심 갖지 않았다. 반장도 부반장도 줄반장도 아니었다.

사실 아이들은 새 친구를 사귀는 게 일생의 목표처럼 본인 스타일을 찾아 작업 걸기에 바빴다. 새 학기의 가장 흥미로운 일은 아마도 새 친구를 찾는 일일 것이다. 너나없이 호기심이 가득한 눈으로 반을 둘러보고 자기 스타일을 찾아 대시했다.

초등학교 때 알던 아이들은 호기심의 대상에서 제외되어서 다른 지역에서 온 새로운 친구를 갖기를 원했다. 신선한 자극이 필요한 나이였다. 새 친구를 사귄 애들은 상대에게 집중하며 단짝이 되어갔다. 곧 단짝들이 생겨났다. 단짝이 생긴 애들은 상대에게만 집중하며 다른 애들은 거들떠도 안

봤다. 얼마 지나지 않아 또 새로운 단짝을 찾아 헤매기 전까지는.

유경과 나는 본격적으로 편지를 주고받기 시작했다. 나는 밤새 편지를 썼다가 지우기를 반복했다. 몇 번이나 고쳐 쓴 다음에야 완성했다. 연습장에서 편지지로 옮기는 데 또 시간이 걸렸다. 완성하고 나면 새벽 동이 틀 때도 있었다. 사실 긴 편지는 아니었다. 몇 자 되지는 않지만 마음을 전달하려면 단어 하나에도 신중해야 했다.

대부분의 편지가 그렇듯, 우리 반에서 유경이 너와 친구가 되어서 좋다, 식의 내용에 대강 이런저런 은유를 넣고 잡다한 감정을 실어 모호하게 쓴 글이었다. 나는 되도록 내 감정을 절제하고 담백하게 쓰면서 멋진 문장을 만들려고 했지만 감정을 표현하기가 너무 어려웠다. 내면의 이야기를 하고 싶지만 쉽지 않았다. 상대방의 마음을 움직이는 글을 써야 한다는 강박만 머릿속에서만 맴돌 뿐, 내 마음대로 되지 않았다.

사실을 말하자면 이렇게 쓰고 싶었다. '너와 소울메이트 같은 친구가 되어 우정을 영원히 이어가고 싶다'고. 그렇게 절절하게 구애하고 싶었다. 그러나 처음부터 구애를 나타내는 것은 자존심이 상해서 할 수 없었다. 나는 편지 서두에 쓸데없는 날씨나 어디선가 읽은 유치한 '장막 같은 어둠이 오려고 낮부터 바람이 세게 불었나 봐.'나, '봄의 끝은 어쩐지 쓸쓸해서 다른 계절이 끼어들 여지가 없는 것 같은 생각이 든단다.' 등을 써넣어서 문장을 늘려 편지지를 채워나갔다. 편지 쓰는 데 심취하고 있으면 내가 뭐가 된 것 같은 느낌 때문에 혼자 우쭐해지고는 했다.

나는 꼭꼭 접은 편지를 유경이 없을 때 슬쩍 가서 책갈피에 찔러 넣고 내 자리로 온다. 잠시 후 화장실에서 돌아온 유경이 자리에 앉는 게 보인다. 내가 유경을 보고 있으면 접은 편지를 본 유경은 내 쪽을 보고 살짝 미소 짓는다. 다음 날은 유경이 밤새 쓴 편지를 나에게 주는 식으로 우리는 우정의 단계를 시작하며 확인해 나갔다.

사실 편지 내용은 별게 없었다. 알맹이는 온통 '우정'에 대한 막연한 내용투성이고 '우리의 우정을 영원히' 식의 내용만 부각시킨, 나중 생각하면 오그라들 말들만 나열하고 잡지에서 베낀 유치한 시 구절을 옮기는 식이지만 그때는 무척 감미로운 감정이고 은밀하기까지 했다.

한참 영어 배우는 재미에 빠져 있어서 나는 이름 대신 영문으로 soo라 쓰고 유경은 uk라고 썼다. 나는 유경이 나를 보는 시선을 느끼면 부끄러운 듯 웃어주고 눈을 찡긋했다. 유경도 수줍은 웃음을 지어 보이고 알았다는 표정으로 고개를 끄덕여주었다. 우리는 우리만의 은밀한 비밀을 공유해나가기 시작했다. 나는 유경과의 이런 행위 속에서 어른이 되어가는 짜릿함을 느꼈다.

쉬는 시간이든 야외학습 시간이든 유경과 붙어 다니게 되었다. 학교 앞 문방구에 갈 때도 화장실에 갈 때도 하교할 때도 다리께까지는 항상 같이 갔다. 다리께에서 유경과 나는 이쪽저쪽으로 헤어졌다.

유경의 집은 학교에서 한참 가야 하는 동네에 있었지만 대강 어딘지 어떤 동네인지 알 수 있었다. 나의 진외가가 있는 성리라는 동네였다. 우리 동네는 학교에서 가까웠다. 학교에서 조금만 걸어가면 다리가 나오고 다리를 건너면 우리 동네로 진입했다. 집 간격이 멀고 집 안에 텃밭이 있고 뒷동산이 조그맣게 있는 집이 많았다. 집과 집은 기와를 얹은 흙담장으로 땅의 경계선이 나눠져 있었다. 우리 동네는 양반동네라고 일컬어지고 부촌이라고 소문이 난 동네였다.

유경의 편지는 나를 놀라게 했다. 문장은 유려했고 섬세한 감정을 담고 있었다. 문장력이 좋고 매끄러웠다. 논리도 제대로 되어 있고 소설처럼 재미도 있었다. 나는 놀랐다. 한 대 맞은 것 같았다. 이제까지 내가 모르던 세계를 보는 듯했다. 내가 유경에게 쓴 편지를 되새겨보니 부끄러웠다. 온갖 자연에 대한 찬사를 늘어놓고 수식어를 넣은 겉멋만 잔뜩 든 유치한 편지 같았다.

반면 유경의 편지는 인생의 고뇌 같은 것이 담겨져 있는 듯 여겨졌다. 딱히 이해되지는 않았지만 이미 성숙해버린 여자의 심리 같은 게 읽혔졌다.

　오빠 언니가 보던 잡지가 집구석에 돌아다녀서 나는 그 책들을 심심할 때 들춰보곤 했는데 그때 느꼈던 매력적이고 과감하고 쓸쓸한 감정 같은 표현들이 들어 있었다. 게다가 유경은 글씨까지 동글동글 예쁘게 썼다. 나는 유경이 다른 세계의 아이처럼 느껴졌다. 내가 막연히 동경하던 지적인 세계의 사람, 이를테면 이국의 소녀처럼 가까이 가기엔 조심스러운 쪽 말이다. 유경 같은 아이가 서울 같은 대도시에 살지 않고 조그만 읍에 산다는 사실이 믿기지 않았다. 나는 점점 유경을 흉내 내려고 애를 썼다. 그런 만큼 한편으로는 유경을 질투하고 시기하는 감정이 생겨났다 사라지기를 반복했다. 편지를 주고받으며 때론 질투와 시기심에 때론 선망에 사로잡히곤 했다. 그러나 학교에서 유경을 만나면 전날 밤의 시기나 질투는 없었던 감정이 되고 말았다.

　매번 유경은 편지지 맨 끝이나 따로 한 장에 흐트러진 머리가 길게 구불거리는 만화 캐릭터를 그려 넣었다. 치렁치렁한 새하얀 드레스를 입고 눈동자는 빛이 나고 뺨에는 눈물 한 방울이 매달려 있는 슬픈 표정의 요정 내지는 여신이었다.

　"이게 수자 너야." 하며 말풍선을 달아놓았다. 나는 유경이 한없이 감탄스러웠다. 티는 안 냈지만 가히 경탄스러워 경외심까지 생길 지경이었다.

내가 유경과 단짝이 되고 동숙이 질투를 하고 있다는 정황이 구체적으로 보이기 시작했다. 동숙은 수업 중에도 입술을 일그러뜨리고 내게 유경의 흉을 봤다.

"쟤 말이야. 함유경. 아버지가 희한한 사람이래. 엄마도 좀 이상하고. 엄마가 다리를 전다나? 절름발이래. 함유경은 일요일마다 엄마와 둘이서만 어디 간대. 누가 볼까 봐 비밀스럽게 간다는데 도대체 어딜 가는 걸까?"

나는 유경에게서는 들어보지 못한 말을 동숙에게서 들었다. 동숙의 얘기를 잠자코 듣고 있었지만 유경이 좀 불행하다는 것은 어렴풋이 짐작되었다.

동숙은 마치 유경의 대단한 단점만을 골라내듯 단점에 대해서만 쉴 새 없이 지껄였다.

"함유경, 쟨 도무지 속을 알 수 없어. 남의 말도 듣고만 있고 지 의견은 한 번도 말 안 하고, 집 얘기도 절대 안 하잖아. 비밀이 그렇게 많나 보지? 한마디도 안 하니 엉큼한 속을 알 게 뭐야."

동숙은 내게 지나치리만큼 유경을 비난했다. 내 앞에서만 비난의 수위를 높이는 게 확실했다.

동숙은 어떻게 보면 순진하달까 좀 맹하달까, 하는 면이 있었다. 나와 친한 유경의 흉을 대놓고 보는 것도 어리석기 때문이었다. 질투를 드러내는 짓을 수치로 여기지 않는 이런 치들을 깊게 사귀면 안 된다. 친하다가 깨지면 돌아서서 내흉을 볼지 알 수 없기 때문이다.

동숙은 성격도 급해 상대가 묻기도 전에 말을 내뱉어서 묻는 진의를 놓치는 건 다반사였다. 거기다 리액션의 귀재였다. 성격은 모난 데 없이 밝고 천방지축이지만 속은 은근히 교활하고 질투가 많았다. 리액션의 귀재답게 선수를 치고 떠들어대다가 어느 순간 딱 일시 정지되곤 하는 점은 좀 특이했다. 말하다 말고 무슨 생각을 하는 걸까.

동숙은 좌중에서 주도적으로 말하지 않으면 입이 근질근질한 타입이라서 상대방 의견을 가로채 말해버려 손해를 보는 것은 물론이거니와 말 화살이 되돌아와서 창피를 당한 적이 한두 번이 아니었다. 그러면서도 또 똑같은 실수를 저질렀다. 본인이 불편하거나 코너에 몰리면 얼렁뚱땅 넘어가는 것도 내가 동숙을 싫어하는 이유였다.

나는 동숙을 편한 유형이면서도 일종의 기회주의자라고 믿고 있다. 동숙을 상대는 해주지만 결코 친해지지 않는 간사한 우정의 형태를 지속시킬 것이라는 생각에는 변함이 없다. 나는 동숙에게 휩쓸리지 않으려 더욱 침착하게 굴었다. 내가 조금 냉정하게 대하자 그 점을 더 매력적이라고 느끼는지 동숙은 나를 우러러본다. 사람의 심리는 밀어내면 더욱 매달리는 습성이 있다.

동숙은 유경을 몹시 미워했다. 어리석은 동숙은 나와 친한 유경을 질투하는 티를 팍팍 냈다. 나는 동숙이 한심했다. 질투를 하더라도 잔머리를 굴려 좀 더 고차원적으로 하지 머리가 저렇게밖에 안 돌아가나 했다.

나는 동숙이 나 때문에 외로워 한다는 것을 알면서도 무시했다. 조금 시간이 흐르자 동숙은 체념했는지 새로운 친구들을 사귀기 시작했다. 옆 분단 말자, 뒤에 앉은 춘심이와 삼공주를 만들었다. '삼공주'라고 아예 대놓고 타이틀을 붙였다. 셋이서만 붙어 다니며 화장실도 함께 가고 뭐든 함께했다. 도저히 떨어질 수 없는 샴쌍둥이 아니 세쌍둥이였다. 동숙, 말자, 춘심 등 본명 대신 애향이, 수향이, 미향이로 예명을 짓고 편지를 주고받았다. 동숙의 가명은 애향이었다. 나는 기생 이름 저리 가라네, 하며 속으로 비웃었다.

동숙이 유경과 나 사이를 질투해서 유경 얘기를 근거도 없이 나쁘게 말했다고 생각한 나는 동숙이 내게 전했던 말은 벌써 잊어버리고 있었다. 그러나 정작 비밀 같은 충격적인 말을 듣게 된 건 동숙이 아닌 정순의 입을 통해서였다.

유경의 동네는 내 진외가가 있는 성리였다. 나는 정순에게 유경의 집 내막을 듣게 되었다. 정순은 엄마 심부름으로 진외가를 가끔 가곤 했는데 진외가에는 중학교를 졸업하고 집에서 놀고 있는 고모할머니 손녀딸이 있었다. 그 손녀딸한테 들었다며 내게 전해주었다.

"수자, 너 성리 사는 유경이라는 애와 친하다며? 껌딱지처럼 찰싹 붙어 다닌다더라."

"그런데?"

나는 정순에게 날카롭게 쩨지는 소리를 내며 앙칼스럽게 대꾸했다. 벌써 정순 입에서 나오는 유경 이름부터가 거슬렸다. 중학교에 들어가고 정순에게 함부로 시시껄렁한 어린애 같은 말을 삼가는 나를 정순은 짐작조차 못하고 있었다. 우정에 목숨 걸고 대단한 비밀이라도 있는 것처럼 행동하는 나를 정순이 알 턱이 없었다.

나는 나만의 비밀을 들키고 싶지 않았다. 정순이 유경을 어떻게 알았으며 또 정순이 내뱉는 말투 또한 뭔가 힐난하려는 감정이 들어 있는 걸 동시에 느꼈기 때문이다.

정순은 내가 어린애를 벗어나 성장한다는 사실이 싫어 자꾸만 예전처럼 나를 가지고 노는 아이처럼 취급했다. 나는 이 시점에서 정순에게서 상당히 벗어나려고 하던 중이었기 때문에 다소 쌀쌀맞게 대하고 있었다.

정순은 내가 저보다 한참 어린데도 우리 사이에 조그만 틈이라도 생기는 걸 원치 않아서 아주 작은 일이라도 꼬치꼬치 캐묻고 성가시게 굴며 '나의 모든 것'을 알려고 했다. 나는 초등 때는 잘 몰랐는데 중학생이 되자 정순의 이런 개입이 슬슬 귀찮아지고 버거워졌다. 나의 전부를 알려고 하는 점이 예전 같지 않게 짜증스러웠다. 그리고 유경의 이름이 정순의 입에서 나오리란 걸 상상한 적이 없던 나는 묘하게 기분이 나빴다.

"유경이 개 샐쭉하게 생겼더라? 키도 너보다 작고. 진외가 갔다 오다 내가 봤어. 진외가 손녀가 말해주더라?"

"뭐? 유경을 봤다고?"

"그래. 이 가이나야. 내가 너에 대해 뭐 모르는 게 뭐 있는 줄 알아?" 하며 놀라운 이야기를 말하기 시작했다.

유경의 아버지는 술주정뱅이에 집에서는 폭군이라고 한다. 유경의 아버지는 주정뱅이들이 다 그렇듯 주기적으로 술을 먹고, 술 먹은 다음에는 꼭 유경 엄마를 때린다고 한다. 어릴 때 소아마비를 앓아 한쪽 다리를 절며 기우뚱하게 걷는 유경 엄마를 아버지는 구박한다고 한다. 유경 아버지의 한결같은 술주정 멘트는 "병신년이 반반하게 생긴 얼굴로 나를 무시한다."는 것이다. 폭력은 시시때때로 아버지의 기분에 따라 일어나기 때문에 언제 아버지가 매질을 할지는 모른다고 한다. 식구들 모두 아버지만 보면 무서워 어쩔 줄 모르고 아무도 못 말린다고 한다.

"소문 아냐?* 소문만 가지고 말하면 안 돼."

나는 믿을 수 없다는 듯 정순에게 따진다.

"수자야. 가이나야. 쫌 들어봐라."

정순 특유의 애교로 쓰는 가이나 소리는 나를 나무라는 듯하면서 달래는 말투로 나를 가만있게 하고 온순하게 만든다.

정순은 오늘 실컷 수다를 떨겠다는 듯 유경 애기를 장황하게 끝도 없이 늘어놓을 태세였다. 남의 말이 얼마나 재밌는지 오늘 보여줄게, 하는 듯했다.

살을 붙여 자신만의 스토리를 엮을 줄 아는 정순은 애기도 재밌고 맛깔스럽게 할 줄 알았다. 이야기도 할수록 기술이 는다고 윤색의 기술도 나날이 늘어갔다. 유경 애기도 살을 붙여 풍성하게 만들었음에 틀림없다고 나는 믿고 싶었다. 유경에게서 불행한 집안에서 자란 흔적은 느끼지 못했다. 언제나 정적이고 고결한 분위기의 유경은 내가 가지지 못한 한 차원 높은 뭔가가 있다. 그것이 내가 유경에게 느끼는 커다란 매력이었다. 그러나 어딘지 위축되고 내숭 많은 태도는 알 수 없기도 했다. 비밀이 많은 소녀에게서 풍기는 호기심을 넘어선 위축되고 기죽은 태도는 때론 짠하기도 안쓰럽기도 했다. 어쩌면 그 점이 더 선망을 만들어 내는지도 모르지만.

나는 애써 외면하는 자세로 정순 입에서 나오는 놀라운 말을 듣고 있었다. 건성 듣는 시늉을 하지만 정순 입에서 나오는 말은 속속들이 내 속에 박혔다. 내 맘을 알 리 없는 정순은 아랑곳없이 신나서 말을 이어갔다.

대충 이런 내용이었다.

유경 아버지는 유경 엄마의 친정 논을 붙이는 가난한 집 아들이었다. 유경 아버지는 난쟁이를 겨우 면한 작은 키로

열등감이 심했다. 키는 작지만 핸섬한 이목구비는 영화배우 저리 가라 할 만했다. 유경의 외할아버지는 다리를 저는 소아마비 딸에게 소작농의 아들과 결혼시키면서 논 마지기를 떼주었다고 한다. 소작농의 아들은 유경 아버지였다.

내 밭 한 뙈기만 있어도 소원인 시절에 논 세 마지기는 엄청난 재산이었다. 세 마지기만 있으면 남의 논을 부칠 필요가 없으니 남부럽지 않았다. 큰소리치며 살 수 있었다. 동네 사람들 대부분이 남의 땅을 부치고 살던 시절에 아주 부자도 아닌 유경 외할아버지의 결단은 큰 것이었다. 게다가 유경 엄마는 중학교까지 나온 참한 처녀인데 유경 아버지는 초등학교도 다 못 마쳤다고 했다. 결혼하고서는 그런 대로 살다가 어느 시점부터 유경 아버지는 걸핏하면 가출을 했다. 유경 외할아버지가 몇 번이나 노름방에 죽치고 있던 걸 겨우겨우 찾아 데리고 왔는데 그 후부터는 술만 마시면 유경 엄마를 패는 버릇이 들었다. 쭉쭉 안 나가는 자신의 인생을 유경 엄마 탓으로 돌린 거였다. 이까짓 논 몇 뙈기 농사짓기 더럽다고 논을 팔아서 이것저것 장사를 한답시고 쑤시고 다니다 말아먹었다. 판단 미숙과 게을러서 실패한 일을 유경 엄마 탓으로 돌리고 말끝마다 유경 엄마를 재수 없는 년이라고 걸고넘어진다는 것이다.

나는 믿기지 않아 충격을 감춘 채 듣고만 있었다. 정순이 계속했다. 유경 집안을 완벽히 파악하고 있다는 투였다.

유경 엄마는 잘못한 것이 없는데도 재수 없는 년 소리를 듣고 맞을 때마다 애들을 붙잡고 하염없이 운다고 한다. 친정에 가서 도움 받는 걸 수치로 여길뿐더러 아버지가 노하실까 봐 참는 걸 미덕으로 여기는 너무나 순해 빠진 사람이라고 한다. 아버지가 돌아가신 마당에도 친정 오빠한테 낯부끄럽다고 하며 출가외인인데 친정에 손 내미는 도움 요청은 못하는 위인이라는 것이다.

유경 밑의 동생들은 주르륵 셋인데 유경 아버지는 걸핏하면 도박판에서 몇 날 며칠 있다가 들어오고 또다시 술을 먹으면 매질이 시작된다고 한다. 전에 살던 곳에서 무슨 이유 때문인지 도망치듯 성리로 이사를 왔고 이것이 유경 집의 현 상황이라는 것이다.

여기까지 말하고 정순이 얘기를 끝내려 할 때, 한복 치맛자락을 높이 치켜세우며 엄마가 들어왔다. 엄마는 나갈 때의 들뜬 표정이 아닌 시큰둥하고 삶이 귀찮다는 걸 숨기지 않은 표정으로 고무신과 버선을 동시에 휙 벗어서 마루 저쪽으로 던져버렸다.

정순의 이야기는 나를 참혹하게 했다. 나는 심한 한기가 들고 마음 깊은 곳이 송곳으로 찔린 것처럼 아팠다. 그러나 이건 전해 들은 것이지 내가 본 게 아니므로 직접적이지 않아서 아픔은 이내 사라졌다.

그러나 계속해서 다크서클처럼 어두운 누아르 영화를 본

듯한 느낌은 지워지지 않았다. 아버지한테 맞고 있는 엄마를 보는 유경은 어떤 심정일까, 유경과 동생들도 아버지한테 맨 날 맞고 사는 것은 아닐까. 나는 어려서 완벽히 가늠이 안 되지만 어쨌든 불행한 집안임엔 틀림없고, 유경이 사는 세계가 어두운 암흑세계 같아 간이 서늘하고 소름이 돋았다.

학기말시험이 끝나고 여름방학에 들어가기 전이었다.
그때까지도 유경과 나는 서로의 집은 모르고 있었다. 정순에게 풍문 같고 거짓말 같은 유경의 집 내막에 대해 들었지만 나는 모른 척했다. 알아서 좋을 건 없었다.
유경을 보면 가끔 정순이 말한 상상이 떠오르고 의식이 되어 괴로웠지만 나는 애써 생각 안 하려 했다. 그리고 침착하면서 천진한 유경을 보며 정순이 뭘 잘못 알아 와서 과장되게 전한 것이라고 애써 눌렀다.
사실 우리 동네도 유경 집과 비슷한 집이 몇 집 있었다. 그 집들의 아버지는 제왕으로 술만 마시면 부인을 패고 아이들도 패고, 또 다른 집의 아버지는 무슨 자랑처럼 떳떳하게 바람을 피운다. 또 어떤 집은 작은 마누라를 얻어 떡하니 가까이에 두고 두 집 살림을 한다. 그걸 숨기지도 않는다. 본집과 첩의 집을 왕래하며 거리낌 없이 산다. 양쪽 집에 각각 자식들을 두고서. 그런 사람이 꽤 있어서 그 시절 아버지들은 다 그랬다고 나는 커서 뇌에 그렇게 각인이 되어버릴 정도였다.

실지로 유경의 얼굴에서 불행한 집안 환경의 티가 난 적은 없었다. 그런 걸 얼굴에 써붙이진 않겠지만 유경은 초연할 정도로 새순 같은 깔끔한 이미지 그대로였다.

나는 살짝 유경에게 물어보았다.

"난 오빠 둘에 언니 하나야. 넌?"

유경은 곧바로 막힘없이 대답했다.

"남동생만 셋이야."

"오빠 언니는 집에 없어. 다 서울서 대학 다니거든."

"수자 너 귀여움 많이 받겠구나. 난 동생들 떼쓰는 거 받아 주는 거 지긋지긋해."

유경은 하나도 안 지겨운데 말만 그렇게 한다는 투로 심상하게 내뱉었다.

'귀여움은 무슨, 난 태어났기 때문에 사는 거야. 그것도 실수로. 인간들 다 그렇겠지만.'

난 이 말 대신 "동생들 많아서 좋겠다. 심부름도 막 시키고……." 상투적인 말을 했다.

더는 그 무엇도 물어볼 수 없었다.

나와 유경은 토요일이면 학교 마치고 집에 가기 전에 군청 뒤의 공원에 올라가곤 했다.

공원은 해발 오륙십 미터 정도의 낮은 산이지만 가파르게 올라가는 길이 아름다웠다. 다 올라가면 평지 구릉이었다.

일제 강점기 때 신사가 있던 허물어진 자리 터가 있었다. 거기에선 읍내 전체가 보이고 저 멀리 들판과 군과 군의 경계인 큰 바위산이 웅장하게 보였다. 초등학교 때는 단골 소풍 장소였다.

나는 유경과 단둘이 있게 되면 매번 유경이 신비스럽게 느껴진다. 베일 듯이 날카로운 콧날을 보면 찹찹함이 더해져 새초롬한 봄꽃의 이미지가 연상되곤 했다. 세월이 흘러 유경과의 연락이 더 이상 닿지 않게 되었을 때, 그리고 유경이 내 안에서 사라졌을 때, 가끔가끔 떠오르는 유경은 그 느낌으로 남아 있다.

새초롬한 이미지 때문일까. 좀 우수적으로 보이는 유경에게 나는 먼저 뭘 물어보려다 만다. 막상 대화를 나누기 시작하면 봄꽃이나 우수 같은 건 간곳없지만.

"유경아, 넌 주로 무슨 책을 읽니?"

난 말초적인 삼류 연애소설을 읽는다고 말하지 않고 그럴듯한 문학 책을 읽는 티를 내며 슬쩍 물어본다. 유경은 별거 아니라고 말하며 시큰둥하게 대꾸한다.

"책보다도 라디오를 많이 들어."

책도 많이 안 보면서 그렇게 문장력이 좋다는 건 타고난 듯했지만 대놓고 칭찬하기 싫어서 나는 "너 잠도 없는 모양이구나. 저녁마다 〈밤을 잊은 그대에게〉를 들으려고 마음먹지만 매번 쏟아지는 잠 때문에 난 몇 번 못 들었어." 하고 만다.

내가 주로 말하고 유경은 듣고 있지만 하나도 지루하지 않
은 것은 유경이 잘 들어주기도 하고 유경이 가지고 있는 어
떤 태도 때문이었다. 유경은 내 말을 진지하게 들어주고 중
간중간 자신의 의견을 보태면서 나를 신뢰한다는 눈빛을 지
었던 것인데 그건 유경만이 할 수 있는 리액션이었다. 거기다
지식을 군데군데 첨가해서 나는 놀라운 마음으로 그녀의 지
식을 흡수할 수 있었다.

공원에서 뜻하지 않게 동숙 일행과 만나기도 했다.

삼공주인 동숙 일행은 점차 겉멋이 잔뜩 든 티를 내며 까
진 행동을 서슴지 않았다. 일부러 더 까지게 보이려고 껌을
짝짝 씹으며 건들건들 다니는 건 둘째치고 침을 아무 데나
틱틱 뱉으며 쌍소리를 지껄였다. 삼공주답게 셋이 몰려다니
며 공부에는 관심 없다는 티까지 내며 학교 마치면 만화방이
며 점방에서 군것질을 안 하는 날이 거의 없었다.

차부 주변이 주 무대인 듯 나는 차부에서 오며 가며 삼공
주를 봤고 그들은 나 같은 존재는 대놓고 무시하며 나를 옆
눈으로만 흘깃거렸다. 삼공주는 방종하게 보이고 싶어 안달
이라도 난 듯 뚜렷한 목적이 없는데도 가방을 들고 차부 주
변을 어슬렁거리다 집에 들어갔다.

삼공주는 일 학년 내내 깨지는 건 상상도 안 되게 철벽 같
은 우정을 과시하더니 언제부턴가는 서로가 흉을 보고 다
녔다. 애향이, 미향이, 수향이 별명을 빨래 삶은 물처럼 버리

고 삭제했는지 서로 눈도 안 마주치고 다녔다. 서로 마주치면 흥 하고 얼굴을 돌렸다. 진한 우정만큼 진하게 셋은 깨져버린 것이다. 나는 그들을 보며 속으로 혀를 끌끌 차며 비웃었다. 숫자 3은 깨지기 쉬운 숫자야. 셋은 안 돼. 홀수는 가장 변하기 쉽고 갈등하기 쉽고 협상하기 어려운 숫자지. 나는 속으로 말하며 옆눈으로 그녀들을 봤다.

나는 동숙의 축 처진 어깨를 다독여주고 싶은 마음이 잠깐 들었으나 위로해주지 않았다. 동숙이 다시 내게 엉겨 붙을까 봐 모른 체했다. 동숙이 유경과 내가 단짝으로 다니는 것을 부러운 눈으로 보는 것이 느껴졌다. 동숙은 쉬는 시간이면 한동안 수향이었던 말자와 한동안 미향이었던 춘심의 흉을 짝인 내게 쉴 새 없이 봤다. 꼴친 눈으로 말자와 춘심을 흘깃거리며 그녀들이 안 들리게 입을 가리고 삼공주 시절 비밀을 구구절절 내게 들려줬다. 나는 관심 있는 척도 없는 척도 하지 않았다. 리액션 없이 듣고만 있었다. 동숙은 잠자코 듣고 있는 내가 자기 편이라고 생각하는지 쉬는 시간만 되면 내가 모르는, 별 관심도 없는 시시껄렁한 에피소드를 나열하고 말자와 춘심이 얼마나 입이 싸고 비밀이라고 말한 것까지 뇌까렸는지에 대해서 욕설까지 섞어가며 장황하게 늘어놓았다.

그러면서도 "수자야, 비밀이야. 아무한테도 말하지 마. 너한테만 말하는 거야." 라는 말을 잊지 않았다.

나는 딱 한마디 했다.

"이 세상에 비밀은 없어. 비밀이야 말하지 마, 라고 말한 순간 비밀이 아니거든."

여름방학

나는 여름방학만 되면 도청소재지인 S시의 작은아버지 집과 K군의 고모 집을 간다고 바빴다. 나는 사촌들과 놀다가 사촌들을 데리고 우리 집으로 몰려온다. 우리 집에서 실컷 삐대다가 사촌들이 가고 나면 나는 새로 가방을 챙겨 이모 집을 간다. 그러다 보면 방학은 순식간에 지나가 버린다. 초등학교 때부터 방학만 하면 하는 연례행사였다.

여름방학은 뭔가 꿈꿀 것도 놓친 채 순식간에 가버렸다.

방학 시작과 동시에 친척집을 여기저기 오가느라 잔뜩 피로해진 몸으로 나는 개학 맞을 준비를 하고 있었다. 개학은 일주일 후였다.

학교에 간다 생각하자 유경이 몹시 궁금해지고 그리워졌다. 다시금 정순이 말한 유경 집 얘기가 떠올랐지만 나는 애써 생각 안 하려고 머리를 흔들었다. 유경 아버지가 엄마를 팬다고 하던 정순의 말을 나는 믿기 싫었다.

8월 말이지만 끈적한 더위는 사그라들지 않았다. 매미는 마지막 남은 숨결로 더욱 그악스럽게 울어대서 매미 소리를 의식하는 순간 머리가 깨질 지경이었다. 밤중에 자다가 앵하는 모기 소리에 꼭 한두 번은 깼다. 정순도 나도 모기가 물면 긁다가 도로 잠이 들었다. 밤새 누군가의 피를 빨아먹어 통통해진 모기를 손바닥으로 찰싹 치면 피범벅으로 손바닥에서 으깨졌다. 날이 밝으면 어둠 속에 있던 파리 한두 마리가 드러난 어깨와 다리에 올라앉는 통에 일찍 잠에서 깨어난다. 더 자고 싶은데 그놈의 파리 새끼 때문에 일어나지 않을수 없었다. 어린 나이에도 여름은 끝나지 않을 걱정처럼 멈춰 있는 것 같았다.

엄마와 정순은 끝물인 옥수수를 따 와 쪄서 마루 한 귀퉁이에 아무 때나 먹으라고 모시천으로 덮어놓았다. 정순이 열무를 다라이가 넘치도록 절여놓고 우물가에 앉아 돌확으로 고추와 찬밥을 갈고 있었다. 매운 냄새가 마루까지 풍겨 왔다. 바람 한 점 불지 않는 늦은 오후는 시간이 지체되고 뭐하나 숨통 터지게 설레는 게 없었다.

나는 이제 중학교 초기의 호기심이 가시고 삶은 새로울 것도 별다를 것도 없다는 것을 터득했다. 내 성장 속도만큼이나 세상사는 빨리 알아지고 그런 만큼 시시해지고 시들해졌다. 진부함과 식상함과 권태 같은 따분함이 도돌이표처럼 왔다가 갔다가 반복한다는 사실을 알았다. 벌써 삶에 이골이 난 사람 같은 무력증이 내 몸과 영혼을 지배하는 것 같은 시기였다. 다만 가치를 찾아 스스로 삶을 만들어야 한다는 막연한 것만을 알 뿐이고, 사랑이나 행복은 저절로 오기를 기다리는 것이 아니라 스스로 찾아나서는 것이라는 걸 막연히 느낄 뿐이었다. 그것도 책 속의 문장으로 말이다.

일 학기를 보냈을 뿐인데 나는 삶이 식상해져 빨리 나이 먹어버린 애늙은이 대열에 들어선 기분이었다.

방학 중에도 친척 집을 오가는 사이사이 나는 점방집 골방 구석에 더미처럼 쌓여 있는 이런저런 책을 빌려 와 읽었다. 점방집 언니는 맨날 책만 읽으며 사는데도 책을 아무렇게나 취급했다. 읽은 것과 안 읽는 것만 구분해 놓는다. 독서 태도도 발랑 드러누워 읽다가 잠이 들면 얼굴에서 책이 떨어진다. 또 어떤 부분은 큰 소리를 내서 읽는다. 웃기도 하고 훌쩍이기도 한다. 그럴 때는 꼭 또라이 같다.

점방집 언니가 글을 쓰기 시작하면 나는 언니 대신 물건을 팔아주었다. 나는 점방집 언니를 숭배하기 시작한 것이다.

언니가 책을 읽을 때 손님이 오면 언니가 나가서 팔지만 글을 쓸 때는 내가 대신 팔아줬다. 손님들도 거의 다 아는 사람들이어서 수자 놀러 왔네, 하며 물건을 사 간다. 물건도 빨래하다가 비누가 떨어져 사러 오던가, 성냥 한 통, 라면 몇 개, 사탕 한 봉지 식이어서 물건 파는 건 놀이처럼 재미있었다. 반 이상이 외상이라 언니가 하던 것을 봤기에 외상장부에 적어놓는다. 가게 물건은 협소해서 종류가 많지 않았다.

동네 조무래기들이 과자를 사러 오고 비누니 치약 같은 것은 잘 팔리지도 않았다.

개동할머니는 매일 왔다. 소주를 마시러 오는데 손자를 등에 업고 올 때도 있고 혼자 올 때도 있다. 네모난 얼굴에 절인 오이지 같은 굵은 주름이 빈틈없이 채워진 개동할머니는 흰머리가 반인 굵은 모발에 신식으로 파마를 했다. 며느리가 미장원에 데리고 가서 해줬다고 했다.

가게 선반에는 언니 엄마가 준비해놓고 나간 목단 꽃이 그려진 은색 둥근 양은 쟁반이 있다. 쟁반에는 김치 한 보시기와 빈 소주잔이 상보로 덮여 있다. 개동할머니가 가게로 들어와 방 입구 토방에 걸터앉으며 내게 말한다.

"상보로 덮어놓은 쟁반 내려오너라. 오늘은 수자가 놀러왔구나. 소주 따라라." 했다.

나는 언니가 하던 걸 많이 봤기 때문에 됫병 소주병에서 잔술을 따라준다. 됫병 소주병은 잔으로 팔기 때문에 술이 들어 있는 것도 있고 커다란 새 병을 꺼내 따기도 한다.

할머니는 언제나 연거푸 서너 잔을 마시고 김치는 먹는 시늉만 한다. 깡소주가 속을 타고 찌르르 들어가는 것을 즐기는지 할머니는 얼굴을 찡그리는 가운데도 혼자만의 쾌감을 맛보는 기분을 표정에 나타낸다. 그리고 말없이 한참을 앉아 있다가 일어난다.

나가기 전에 속곳에 찬 주머니를 뒤져 공단으로 된 복주머니에서 돈을 꺼내 준다. 한 번씩은 장부에 달아놔라, 하고 그냥 갈 때도 있었다. 나는 외상장부에 '개동할머니 소주 네 잔' 하고 적어놓는다. 독한 소주를 거의 매일 와서 잔술로 마시는 개동할머니는 뒤늦게 들인 양자 아들의 아들을 보고 있다.

우리 집과는 사돈의 몇 촌으로 연결되어 있는 개동할머니는 부잣집 마나님이다. 개동할머니 집은 동네에서 가장 큰 기와집으로 대문을 두 개 넘어야 본채다. 집은 본채 말고도 두 채나 더 있다. 하나는 후원에 백일홍나무 몇 그루가 드리운, 연못이 있는 사랑채인데 개동할머니의 양자 아들이 서울에서 대학을 졸업하고 내려와서 무슨 공부를 더 한다고 내내 사랑채에 머물렀다. 지금은 양자 아들이 결혼해서 할머니 안채를 쓰는데 할머니는 여전히 자신의 안방을 차지하고 양자 아들은 마루 건너편 방을 쓴다. 안채도 커서 할머니 안방과 양자 아들의 건넌방 사이는 멀다. 아들은 곧 서울로 취직해서 간다고 하면서도 한 해 두 해 미루고 있다. 할머니 며느리는 서울 아가씨인데 집안일도 서툴고 애 키우는 걸 버거워해서 개동할머니가 늘그막에 집안일에 손자까지 본다고 엄마가 아버지와 얘기 나누는 걸 나는 들었다. 할머니 집 두 개의 대문을 차례로 들어가면 본채 가기 전 또 한 채에 근처 초등학교 선생님 두 가족이 방 하나 부엌 하나에 각기 세 들어 살고 있다. 개동할머니 집 뒷동산은 온통 동백나무가 **빽빽**해서 나는 어릴 때 동네 아이들과 동백 열매를 주워서 할머니에게 가져다 드리곤 했다. 할머니는 동백기름병을 윗목에 두고 아침마다 머리에 발랐는데 지금은 짧은 파마머리여서 동백기름은 바르지 않는다.

나는 개동할머니가 한 번도 술에 취해 주정하는 걸 본 적 없고, 자세가 흐트러진 걸 본 적도 없었다. 그러나 개동할머니가 옆을 지나가면 술 냄새가 심하게 났다. 할머니는 늘 술에 전 듯 붉으레한 얼굴에 걸걸한 음성이어서 알코올 홀릭이 상당히 진행된 것처럼 보였는데 손자를 업고도 위태위태 잘 걸어갔다.

개학이 사나흘밖에 안 남아서 나는 마음의 준비가 필요했다. 숙제는 대충대충 해놓았고, 마무리를 짓지 못한 것은 담당선생님이 질문하면 임기응변으로 둘러댈 거라고 미리 마음의 다짐을 해놓았다. 개학이 가까워지니 유경이 가장 궁금했다. 방학 중에 우연히라도 유경과는 부딪히지 않았다. 다른 친구들은 오며 가며 본 애도 있고 차부에서 친척 집에 간다고 보기도 했다.

나는 여름방학 동안 사촌들과 어울려 다니며 지칠 만큼 실컷 놀았는데도 학교 갈 날짜가 돌아오자 아무것도 안 한 듯, 아무 일도 없었던 듯, 공허하고 텅 빈 듯한 무언가가 나를 짓눌렀다. 학교에 가면 가장 먼저 유경과 만날 것이 기대가 될 뿐이었다. 사실 방학 동안 여기저기 다녔지만 매일매일이 따분하고 외로웠다. 이것도 초등학교 때와는 비교도 안 되게 달라진 점이었다.

사촌들과 어울려 노는 어린애 놀이는 시시했고 그렇다고 어른도 아니어서 사실 뭘 하든지 새롭지 않았다. 공허한 것 같기도, 권태로운 것 같기도 한 그런 날들의 연속이었다. 나는 한마디로 생이 시시했다. 세상이 시시했다. 많은 것을 했는데도 외롭다는 감정은 여름방학이 끝날 때쯤 절실히 느껴졌다.

겪지도 않고 많은 것을 알아버린 나는 공허와 따분함을 견디며 사는 게 인생인 것 같다는 생각이 순간 스쳤다. 위험을 감수하면서 보낼 다가오는 청춘이 두려웠다. 나는 벌써 내 미래가 손바닥처럼 예견되었다. 이 이상한 예감은 이날 이후로 징후처럼 뇌리에 박혀버렸다.

두 오빠는 내가 K군의 고모 집에 갔을 때 잠깐 들러서 겨우 하룻밤 자고 갔다고 한다. 방학인데도 서울에서 뭘 하는지 물어봐도 속 시원히 말도 안 한다고 아들 키워봤자 서럽기만 하다고 엄마는 의심에 가득 찬 눈초리로 푸념 섞인 한탄을 잔뜩 늘어놓았다.

수이언니는 내가 집에 있을 때 왔는데, 사흘인가 지내더니 더 있다가는 숨이 막혀 미쳐버리겠다고 하면서 가버렸다. 도무지 시골에서는 못 살겠다고 있는 내내 툴툴거렸다. 수이언니는 고향 말과 서울말이 뒤섞인 어정쩡한 억양으로 말끝을 했니이, 로 유독 길게 뺐다.

수이언니가 본래도 곰살맞은 성격은 아니지만 이번에는 유독 더 정순더러 반찬이 입맛에 안 맞느니 어쩌니 하며 성깔을 부려댔다. 엄마는 여름 반찬이 뭐 별거 있냐고 하숙집보다는 더 낫지 않냐 하며 언니를 나무랐다.

수이언니는 "시골 오면 숨이 막혀 죽겠어. 도무지 할 것도 없고 재미도 없고 답답해서 난 시골서는 못 살아. 모기는 또 왜 이리 많아." 이 말을 입에 달고 시골에서 안 살아본 것처럼 말했다. 엄마는 공부하라고 서울 보냈더니 도시 바람만 들었다고 항상 하는 같은 말을 되풀이하며 땅 꺼지는 한숨만 쉬었다.

수이언니는 엄마 말은 듣지도 않고 눈을 게슴츠레 뜨더니 "어째서 시골은 한결같을까, 권태의 극치야. 모든 것이 다 권태로워. 마을사람도 들판도 심지어 텃밭의 푸성귀와 대추나무, 감나무까지도."

엄마가 "미친년 나불대듯이 뭔 말을 하는 거야?" 하니까 다시 또 "서울은 매일 조금씩 다른 일들이 펼쳐지고 날마다 새로운 사건이 터지고 흥미로운 게 끝이 없지. 갈 데는 너무 많아서 탈이고."

내가 "언니야, 여기도 매일 조금씩 다른 일들이 펼쳐져. 안 보이지만 나무도 매일 자라고." 하자 수이언니는 한심하다는 듯 나를 째려봤다.

나는 수이언니가 예전과 좀 달라졌다는 느낌을 받았다. 그래도 나한테는 뭘 물어보고 했는데 이번에는 아예 관심도 없다는 투로 나더러 점방에 가서 편지지와 봉투를 사 오라고 시켰다. 내가 가서 사 오자 언니는 탁 밀쳐버렸다.

"이런 거 말고 차부 옆 문방구에 가서 색색깔로 사 오라니까. 분홍, 노랑, 파랑 그런 거 말야."

내가 차부까지 달려가서 사 오니 언니는 방문을 쾅 닫고 들어오지 말라고 엄포를 놓고는 혼자 내내 편지를 쓰는 것 같았다.

감정기복이 심한 수이언니를 보니 조금 이상했다. 그렇지만 언니한테 물어볼 수는 없었다. 물어보면 또 네까짓 게 뭘 안다고, 할 것이 뻔했다.

두 오빠와 수이언니는 돈이 필요할 때만 집에 와서 돈을 타 간다. 돈 떨어지면 재깍 와서 돈을 타 가고 그렇지 않으면 차비가 드느니 어쩌니 갖은 핑계를 대면서 잘 오지 않는다.

아버지는 필요한 돈의 목록을 조목조목 적어 오라고 해서 적어가면 세세히 들여다보고 질문을 하고 타당해야 돈을 준다. 나는 엄마한테 돈을 받지만 큰돈이 들어가는 두 오빠와 언니는 아버지한테는 큰돈을 타고 엄마한테는 아버지한테 다 타내지 못한 푼돈을 타 간다. 아버지한테 돈을 탈 때는 아버지 앞에 무릎을 꿇은 자세로 아버지를 한껏 존경한다는 듯

굽신거리며 조신하게 행동한다.

아버지는 돈을 줄 때마다 일장 연설을 늘어놓는다. 평소의 입 무거운 아버지가 아니다. 우리가 이 작은 동네에서는 부자 소리 듣는지 모르겠지만 읍내 다른 집에 비하면 부자도 아니다. 겨우 먹고살 만한 처지니 공부 열심히 해서 집안에 보탬이 되고 앞 일은 스스로 헤쳐 나가거라, 따위의 내가 들어도 지겨운 말을 늘어놓는다. 약간 허세가 있는 아버지는 식구들을 제압해 손안에 넣고 주무른다. 허세는 경제였다. 돈이었다.

2학기

지루하고 무더운 공기만이 집 안에 가득했다.

나는 내일 모레면 개학이라서 학교 갈 준비를 하다가 방이 몹시 더워 마루로 책이니 공책이니 한 보따리 날라와 숙제니 뭐니 이것저것 챙기고 있었다.

엄마가 다 늦게 엄마와 나이가 엇비슷한 모르는 아주머니 한 분과 같이 왔다. 아주머니는 엄마더러 "이 집 막내 따님이네요. 늦게 봐서 귀염을 독차지하지요?" 하며 인사치레로 나를 바라봤다.

"그렇죠, 뭐……. 순아. 수자야, 순아 뭐 하니?"

엄마는 이번에는 늘상 달고 다니는 "우리 집 막내는 실수로 낳았죠. 그래도 낳아놓으니 이쁘긴 하네요." 같은 말은 안 했다. 상대에 따라 말은 가려서 하는 것이다.

엄마는 정순을 불렀다.

"순아. 이리 와 보거라." 하더니 인사를 시켰다.

언제나 엄마는 정순을 정순아 하지 않고 순아, 하고 불렀다. 나는 정순을 필요할 때만 짝은언냐 하고 불렀다. 서울의 친언니한테는 엄마가 부르는 호칭을 따라 그냥 언니 하지 않고 수이언니라고 불렀다.

엄마는 정순을 시집보내려고 중매쟁이를 데려온 것이다. 중매쟁이 아주머니는 엄마 앞에서 티 나게 과하게 웃으며 말했다.

"이 처자가 그 처자로구만. 인상이 순하고 눈도 크고 야무지게도 생겼네. 피부도 좋고."

엄마도 억지로 웃으며 대꾸했다.

"아직은 주기 아깝지요. 세상이 달라져서 요새 도시에서는 결혼을 늦게 하는 게 유행이라고 하던데요."

"아휴 그렇지도 않아요. 금값일 때 빨랑 보내야 좋은 짝 찾지요."

중매쟁이는 한 건 성사시키려는 의도가 들어간 대답을 재빨리 했다.

정순이 우리 집에 수양딸로 온 지 얼마나 됐고 내 딸 같은 존재고 고향집에 부모가 다 있고 형제는 몇이고 어쩌고 하면서 두 분은 말을 이어갔다. 엄마는 정순을 딸처럼 아끼고 진심으로 한 식구로 살아왔다는 것을 강조했다.

두 사람의 은밀한 것 같기도 하고 아닌 것 같기도 한 대화를 들으며 나는 마루 저쪽에 엎드려 숙제를 하고 있는 시늉을 냈다. 나는 책을 건성으로 보며 엄마와 중매쟁이의 대화를 하나도 빼놓지 않고 다 듣고 있었다. 그들은 내게 신경 쓰지 않고 얘기를 계속해 나갔다.

눈치 빠른 정순은 본인 말이 나오는 것을 알고 그 사이 부엌으로 들어가서 괜히 이것저것 달그락거리고 있었다.

"순아, 와 보거라."

엄마가 다시 불렀다.

중매쟁이가 정순을 싹 훑으며 떠본다.

"처자. 그 집 가면 처자 편해. 농사일은 안 시킨다고 하드만. 요새 그런 집 잘 없어."

정순은 잠자코 있고 엄마가 대답한다.

"일보다도 사람이 돼야 하는데 우리는 사람을 우선으로 봐요. 성격도 봐야 되고."

"아이고 사모님. 볼 것도 없이 사람은 확실해요. 부지런하기가 닭꽁지보다 날쌔고 어른 알고 얼마나 반듯한데요. 여기 저기 들어오는 선 자리도 많아서 얼른 선수를 쳐야 돼요."

"사람만 확실하다면 생각을 해볼게요. 그리고 우리는 급할 게 없어요. 우리 순아 나이가 아직 어리기도 하고."

"사모님, 떡 본 김에 제사 지낸다고, 양가 한 번 만나게 날짜 맞춥시다. 그쪽 남자랑 부모님 나오고 이쪽은 처자하고 사모님 내외분 나가면 좋겠는데. 바깥어른도 나오실 수 있을랑가? 바깥양반이 나오셔야 자리가 그럴듯할 텐데."

이 대목에서 중매쟁이는 한층 나긋나긋해진 말투로 밀어붙이며 엄마 눈치를 본다.

엄마는 바로 말하지 않고 조금 재보더니 말을 잇는다.

"지금 바로 정하지 말고 다음에 한 번 더 우리 집에 오셔요. 내가 바깥어른하고 상의도 해봐야 되고 우리 순아 속도 떠봐야 하니까. 그리 해요. 네?"

엄마는 중매쟁이가 오늘 일단 정순을 봤으니 추후는 다시 의논해야 한다는 뜻으로 대화에 마침표를 찍었다. 역시 엄마는 밀당의 고수였다. 그새 정순은 저녁 찬거리를 한다고 텃밭으로 내뺀 후였다.

결단력 있는 엄마 말에 중매쟁이는 다 된 밥 푸기만 하면 되는데, 의 아쉬운 표정을 숨기지 않았다.

"사모님, 여자가 애 안 낳고 죽었으니 처자가 가서 대를 이으면 몹시 좋아할 것이요. 논도 몇 마지기는 되지요. 일 년에 반은 쌀밥 먹는 집 흔치 않잖아요."

나는 이 대목에서 눈이 휘둥그레졌다.

어른들이 쑥덕이면서 들먹이던 단어가 떠올랐다. 재취, 맞다. 정순을 재취로 보내려는 것이다. 오 마이 갓, 나는 속으로 고함을 질렀다. 그러면 재취 자리인 걸 엄마도 알고 있단 말인가? 건성으로 읽고 있던 책은 이미 안 본 지 오래다. 나는 책을 탁 덮고 일어났다.

정순은 텃밭에서 오이와 가지를 딴 소쿠리를 들고 나오고 있었다. 정순은 열아홉 살이었다.

유경과 나는 만나자마자 부둥켜안았다. 반 애들도 끼리끼리 단짝과 폭풍 수다를 떤다고 정신이 없었다. 나와 유경은 방학 중에는 서로 편지질도 하지 않았고 소식도 몰랐다.

나는 유경에게 방학 동안에 사촌들과 어울린 일, 사촌과 같이 같던 극장과 영화에 대해서 떠들었다. 나는 할 말이 몹시 많았다. 유경은 주로 내 얘기만 듣고 있었다.

"야, 말 좀 해봐, 함유경. 너도 내가 말하면 뭐라도 말해야지. 방학 때 뭐했어. 빨랑빨랑, 응?"

나는 유경의 옆구리에 간지럼을 태웠다. 유경은 배시시 웃기만 했다. 그러더니 누가 듣고 있기라도 한 듯 주위를 살피며 작은 소리로 말했다.

"난 여름 캠프에 다녀왔어. 사실 이 말은 수자 너한테만 하는 거야. 아무도 알면 안 되거든."

"왜? 캠프 다녀온 게 무슨 비밀이야? 혼자 근사한 데 갔다와 놓구선. 캠프는 어떻게 간 거야?"

"쉿, 사실 나 성당 다녀. 아무도 알면 안 돼."

"성당? 학동에 있는 그 성당?"

난 지나가다 멀리 성당의 뾰족한 탑을 본 적이 있었다.

"응. 성당에서 보내준 캠프야."

"재밌겠다. 나도 그런 데 가고 싶은데."

"성당에 다녀야만 갈 수 있어."

성당 말은 처음 듣는 얘기였다. 캠프 같은 데 가려면 성당에 다녀야 하나 보다. 나도 유경이 갔다는 캠프에 가고 싶었다. 캠프에 가기 위해서 유경이 나를 성당에 데리고 가게 유도할 거라고 순간적으로 머리를 굴린 다음 유경에게 물었다.

"동숙이가 말하던데 일요일날 엄마랑 맨날 어디 간다고, 거기가 성당이었니?"

"응. 왜 누가 나 성당 다닌다고 말했어?"

"아니, 그런 게 아니고 좀 놀래서……."

"누가 알면 안 되는데……."

유경이 중얼거렸다.

동숙은 유경이 엄마랑 남모르게 간다는 뉘앙스로 말했었다. 비밀스럽게 간다는 곳이 성당이라니, 성당 가는 게 무슨 비밀이라고. 그러나 나한테는 사치스럽게 들렸다. 유경만이 누릴 수 있는 사치. 성당 같은 곳은 아무나 가는 곳이 아니라고 나는 생각하고 있었다. 아름다운 신을 만나는 신비스런 장소로만 여길 만큼 나는 종교에 무지했다. 성당이란 단어가 주는 이국적 이미지에 빠져 나는 유경을 황홀하게 바라봤다.

머리에 흰 레이스 미사포를 쓰고 무릎을 꿇고 앉아 두 손을 모아 기도하는, 푸른 옷을 입은 천사 그림만을 알고 있었다. 이발소에 가서 벽에 걸린 이발소 그림으로 봤던 것이다.

"근데 왜 누가 알면 안 되는 거야? 성당 다니는 걸?"

우리가 살던 지역은 보수적이고 전형적인 양반 가문들이 모여 사는 곳이었다.

종교는 대부분 어머니가 다니던 걸 물려받아 절에 다니는
집이 많았고 교회가 있기는 했지만 외지에서 이사 온 사람들
이 다니거나 극히 소수였다. 성당은 더 낯설어서 성당이 있
다는 정도만 알고 있던 터였다.

나는 초등학교 때 크리스마스에 선물을 얻으러 동네아이
들을 따라 교회에 한번 가본 게 다였다. 성당이나 교회에 다
닌다고 하면 쉬쉬하며 흉보는 사람도 있었다. 나는 그때까지
도 엄마 따라 초파일에 절에 가봤을 뿐 종교에 대해서는 무
지했다. 엄마도 초파일이나 특별한 날에만 절에 가지 평소에
는 가지 않았다.

유경이 성당에 다닌다고 하니 갑자기 유경이 고상하게 여
겨졌다. 머리에 흰 미사포를 쓰고 두 손을 모으고 무릎을 꿇
고 기도하는 유경이 떠올랐다. 어떤 걸 기도하는 걸까. 간절
한 기도는 이루어질까. 내가 상상하던 그림 속의 고결한 장
면이었다. 유경이 속삭였다.

"비밀이야. 수자 너만 알고 있어야 돼."

"성당에 다니는 게 왜 비밀이니?"

나는 이해가 안 된다는 표정으로 유경을 바라봤다.

"그런 게 있어. 우리 동네에서 성당 다니는 집은 우리 엄마
와 나뿐이야. 동생들도 안 데리고 가. 아버지 몰래 가거든. 아
버지가 알면 맞아 죽어."

유경은 여기까지만 하고 말을 마쳤다. 묘한 여운을 남기는

말이었다.

그날 밤, 나는 유경의 말 때문에 잠이 안 왔다.

나는 유경이 비밀이라고 말한 포인트가 무서웠다. '유경아, 비밀이면 말하지 마. 비밀인데 왜 말을 했니.' 속에서 아우성 쳤지만 또 다른 나는 계속하라고 소리치고 있었다. 성당에 다니는 게 왜 비밀인 걸까. 아버지의 반대를 무릅쓰고 다니는 건가 보다, 아마도 아버지 귀에 들어갈까 봐 두려워서일 것이라고 단순하게 생각했다.

또 다른 의문이 들었다. 정순이 진외가 가서 듣고 온 얘기니 풍문은 아닌 것 같고, 아버지가 엄마를 팬다고 하던데 성당 다닌다고 그러는 걸까. 엄마가 소아마비를 앓아 다리를 전다고 하던데 사실일까. 그럼 유경도 아버지한테 맞는 걸까. 아니 정순은 유경 아버지가 유경 엄마가 공부도 더 많이 하고 얼굴도 예쁜데 다리를 전다고, 무시해서 때린다고 하던데, 정말 유경의 엄마는 아버지를 무시하는 걸까. 무시는 어떻게 하는 걸까, 나는 상상의 나래를 펴다 잠들었다.

나는 다음 번엔 성당에서는 외국 이름을 쓴다는 사실을 기억하고 유경에게 물었다.

"유경아, 너는 성당 이름이 뭐야? 영어 이름 같은 게 있다고 하던데."

"아, 세례명. 성당에 다니면 다 따로 세례명이 있어."

"궁금해 빨랑 말해줘."

유경은 말하기 전에 뜸을 들였다.

"수자야, 넌 절에 다니니?"

"아니야. 엄마 따라 가본 적 있지만, 우리 엄마도 가짜야. 뭘 빌어야 할 때만 가는 것 같아. 빨리 말해봐."

유경의 눈에는 호기심 같은 애살이 잔뜩 들어 있음이 전해져 왔다. 검은 눈동자가 유난히 더 반짝거렸다. 이윽고 유경이 툭 내던졌다.

"루시아."

"오우 멋진데? 그런 이름은 누가 지어주니?"

"신부님이 지어주기도 하고 수녀님이 지어주기도 해."

"루시아는 무슨 뜻이니?"

"빛을 뜻하는 거야."

"오, 그렇구나. 신기하다."

나는 한꺼번에 여러 가지를 물었다.

"성당엔 왜 가니? 언제부터 갔니? 그리고 수녀님이 쓴 베일 속에는 머리카락이 있는 거니? 없는 거니? 수녀님은 밥 말고 빵만 먹고 살 거 같은데 맞니?"

"수자야, 넌 알고 싶은 게 많구나."

"사실 성당은 되게 생소하거든. 성당을 멀리서 봤는데 저런 곳은 어떤 사람이 다닐까 궁금했어. 가서 무릎 꿇고 기도하는구나?"

"음, 수자야. 나는 엄마 따라 그냥 가. 엄마가 가자고 하니까. 나는 기도하는 게 좋아. 기도하면 마음이 평온해져."

"절에서처럼 소원도 비니?"

"그럼 당연하지. 나는 소원이 너무 많아."

나는 묻고 싶은 것이 한없이 많고 외국소설의 한 장면 같아서 감탄스런 표정으로 유경의 얼굴을 살폈다.

성당이라는 단어는 뭔가 비밀스럽고 고상함이 느껴졌다. 특정한 사람만이 다니고 특별한 인간관계가 이루어질 것 같기도 했다.

"신기하다. 성당 같은 델 다 다니고. 근데 왜 아버지 몰래 가는 거니?"

나는 드디어 핵심을 물었다. 유경은 망설임 없이 대답했다.

"아버지 알면 엄마와 나는 맞아 죽어."

유경은 더 이상 대답하지 않았다. 유경이 여기까지만 말하고 다른 이야기로 화제를 재빨리 돌리고 싶어 한다는 것을 나는 간파했다. 나는 유경이 너 따라서 성당에 다니고 싶다는 말이 목구멍까지 치밀었지만 하지 못했다.

그녀, 문승희

그녀, 문승희가 사는 곳을 알게 된 것은 9월 어느 날이었다. 학교에서 제법 떨어진 곳에 '동리'라는 동네가 있었다. 우리 집과는 반대 방향이었다. 소위 시내라고 하는 읍의 차부를 지나 이십 분 정도 걸어가면 되었다. 엄마의 이종사촌 남동생이 사는 동네였다. 다 저녁 때 들어온 엄마가 말했다.

"너네 담임, 문승희. 외삼촌네서 자취하더라."

"뭐? 진짜?"

"오늘 동리 갔다가 알았어."

외삼촌네는 공무원이나 우체국 직원한테 방을 빌려주고 세를 받고 있었다. 공무원이나 우체국 직원들은 자전거를 타고 출퇴근했다.

"우리 담임이? 가정선생님인데?"

"그러게. 키 큰 여선생. 내가 삼촌네 가서 봤다니까. 인사도 했는걸?"

정순이 끼어들었다.

"어째서 가까운 곳 두고 멀리까지 가서 방을 얻었을까? 왜 하숙을 안 하고? 선생님들 대부분 하숙하잖아."

"뭐가 멀어. 빨리 걸으면 금방인데. 이유가 있겠지. 바글거리는 하숙집보다 조용한 걸 원해서겠지."

엄마는 그런 문제로 대화하는 게 귀찮다고 생각했는지 여기서 말을 끊어버렸다. 엄마 말대로 그녀는 아는 동료들이 바글대는 하숙집을 피해서였을 거라고 나도 엄마 말에 한 표를 던졌다. 워낙 조용하고 수줍은 성격이니 충분히 그럴 만했다.

그로부터 얼마 후 나는 엄마 심부름으로 그녀 방을 방문하게 되었다. 그녀 방을 방문해도 방에는 들어가지 않았다. 가져간 걸 토방에 얼른 놓고 나오는 식이었다.

엄마는 텃밭에서 뽑은 상추나 오이 같은 것과 함께 알맞게 익은 열무김치를 나더러 들고 가게 했다. 석쇠에 구운 김도 조금 덜어서 넣고 선물로 들어온 봉지사탕도 함께 넣었다. 그녀를 외삼촌네서 보고 온 뒤로 마음이 움직였을 터였다.

"여자 혼자 뭘 해 먹기는 할까 싶다만 그래도 갖다 주고 오너라. 외숙모한테 들으니 곤로에 밥해서 김치 하나 놓고 먹는다더구나. 하숙하면 편할 건데."

엄마는 내가 초등학교 때도 열성 학부모는 아니었고 학부모회 임원 수가 모자란다거나 찬조금을 걷는데 학부모의 협조가 부족하니 도와달라는 부탁을 받으면 마지못해 얼마간의 찬조를 했다. 앞에 나서는 건 싫고 귀찮아 뭐든 대강대강

하고 달라고 하면 줘버렸다. 그러니 그녀에게 뭘 보낸 것은 의외였다.

그녀는 학교에서 내게 엄마를 만났다고 언질조차 주지 않았다. 학생인 내가 나서서 묻지 못한 것은 당연하고 그런 구질구질한 여분의 말을 못할 정도로 나 또한 내숭쟁이였다.

나는 그 뒤로도 엄마 심부름으로 텃밭의 풋것을 들고 그녀 방을 갔지만 두세 번에 불과했다. 내가 가져간 것을 토방에 놓으면 퇴근해서 혼자 방에 있던 그녀는 나와서 조그맣게 옹알거렸다.

"어머니께서 무척 다정하시구나. 수자는 형제가 몇이니?"

내가 오빠 둘에 언니 하나라고 말하면 "오, 언니 오빠들이 서울에서 대학을 다닌다고 어머니께 들었단다. 수자도 공부 열심히 해서 서울에 가면 되겠구나."

인사치레에 불과한 형식적인 말을 했다.

그렇게 겨울방학이 다가오는데 뜬금없는 소문이 돌기 시작했다. 우리 반 담임인 그녀가 늙다리에다 껑다리이기도 한 생물선생님하고 그렇고 그런 사이 즉 아리까리한 사이라는 것이다. 오 마이 갓! 아이들은 일제히 어이없다는 표정을 지었다.

생물선생님은 구릿빛 피부에 펄펄 날리는 굽실한 가는 머리카락에 건장한 체격인데 결혼해서 아이가 몇 있을 것 같은 분위기였다. 아직 독신이었는데 독신이라는 사실도 그녀와 그렇고 그런 사이라는 소문 덕에 알게 되었다. 생물선생님은 그만큼 우리의 관심을 끌지 못했다. "너희들 생물은 공부하기 쉽다. 무조건 외우면 백점 맞는다." 그는 그 소리를 입에 달았다. 실지로 외우는 게 가장 쉽던 나는 필기노트를 달달 외운 후에 생물은 백점에 가까운 점수를 받았다.

선생님들 간에 러브라인이 형성되는 것을 상상도 못 했던 아이들은 모두 거짓이야 맞지? 하는 얼굴들이었다. 우리들은 선생님들끼리 사귈 거라는 상상은 못 하고 있었다. 초등학교 분위기에서 막 벗어나서 어른의 관계에 대해 알 턱이 없는 아이들은 사귄다느니 하는 말만 들어도 몸이 배배 꼬이고 일단 부정하고픈 심리였다. 그런 만큼 좀 더 이해의 폭을 넓혀 충분히 그럴 수 있다는 동의의 마음을 가지니 그때서야 고개가 끄덕여졌다. 그러나 아이들은 대개 부정적으로 머리를 굴렸다. 긍정에 인색해서 일단 부정부터 하고 보는 아이들의 심리는 아이들의 특권이었다. 긍정해버리면 손해라도 본다는 듯이.

둘 다 키가 크다는 공통점 외엔 너무나 안 어울리는 조합이라고 입을 모았다. 그러면서 아이들은 다만 서로가 싱글이라는 이유 하나 때문에 사귄 것 아니냐고, 둘은 아니라고 극단적인 품평을 했다.

아니 그보다 우리는 마음으로부터 커플이 됨을 용서할 수 없었다. 중학교 일 학년인 우리의 이유는 '그냥'이었다. 연애의 구체적인 걸 모르는 우리는, 연애라는 것은 만나서 얘기하고 손잡고 걸어간다고 알고 있었다. 둘이 부둥켜안고 있는 모습은 상상도 할 수 없었다. 둘의 외모와 수업방식에서조차 유사점을 찾지 못했고, 두 선생님으로 인해 우리가 중학교에 들어와서 처음으로 연애의 구체적인 것과 맞닥뜨렸는데 미처 흡수하지 못한 충격의 결과였기 때문이다.

사실 그녀와 생물선생님이 그렇고 그런 사이라고 소문은 났지만 팩트 체크는 할 수 없었다. 당사자에게 물어볼 수도 없고 다른 선생님한테 물어볼 용기도 없는 아이들은 소문을 기정사실화 시켜버렸다. 아이들은 한동안 가지고 놀 빌미를 재빨리 낚아채 공식화 해버린 것이다.

하지만 사실로 드러나는 데는 얼마 걸리지 않았다.

한동안 두 사람이 강둑에서 데이트를 하더라, 생물의 자전거 뒤에 그녀가 타고 가는 걸 봤다, 차부 앞에서 둘이 편지 같은 걸 주고받더라, 의 구체적인 말이 이어졌다.

소문이라고만 하기엔 빼도 박도 못할 정황증거가 하나둘 나오니 아이들은 그녀와 생물을 공식적인 커플로 인정해주지 않을 수가 없었다. 아이들이 키득키득 웃는 것은 생물과 그녀가 끌어안고 있는 모습을 상상해서였다. 아이들은 쉬는 시간만 되면 그녀와 생물의 얘기밖에 안 했다. 우리들이 쑥덕이는 걸 듣고 있던 한 선생님에게 한 아이가 물었다.

"정말 맞아요?"

그 선생님은 "몰라. 내가 어떻게 아니?" 하고 씩 웃었다. 씩 웃음의 의미는 예스지, 의 의미였다.

여하튼 그녀와 생물선생님은 학교의 유일한 공식적인 커플이 되었다. 그러나 아이들이 아무리 눈을 크게 떠 '현장'을 잡으려 해도 학교에서는 '연애의 증거'를 잡을 수가 없었다. '소문'과 '실제'가 어떻게 다른지 몰라도 둘 다 너무 어색해해서 아이들이 보는 앞에서는 눈도 안 마주쳤기 때문이다. 그럴수록 상상의 속도는 배가 되어서 아이들은 생물선생님만 지나가면 큭큭 손으로 입을 가리고 웃었다.

대부분의 선생님들은 결혼하신 분들로 발령을 받으면 가족 전부가 이사 와 방을 얻어 살림을 살고 있었다. 막 사범대학을 졸업하고 발령받아 온 풋내기 초짜 선생님들은 하숙을 하면서 토요일 오후만 되면 집에 간다고 차부로 가기 바빴다. 하숙집은 보통 방 하나에 두 명씩 사는데 학교 근처에는 전문 하숙집이 몇 집 되었다.

그녀 방 안에 들어가게 된 건 겨울방학이 시작되기 전이었다.

날마다 눈이 내리고 쌓인 눈이 녹기도 전에 또 내려 쌓였다. 처마 밑 고드름은 낮이면 뚝뚝 꺾여 떨어지고 밤이면 다시 얼었다.

겨울철은 아이들도 어른들처럼 농한기 같은 여유가 있었

다. 중학생이지만 아직 초등학교 버릇을 못 버린 아이들은 추운데도 몰려다니면서 눈밭 위에서 핀 따먹기를 하고 공기놀이를 하고 실뜨기의 1단계부터 8단계까지 가는 놀이를 지치지도 않고 했다.

한편으론 겨울에만 하는 뜨개질을 배운다고 한 집에 모여 시끌시끌 놀곤 했다. 뜨개질은 뒷전이고 어느 집의 아들이 어떻고 어느 선생님이 어떻고 하며 주로 남자 얘기로 도배를 했다. 여고생인 동네 언니들은 특히 선생님들 얘기와 이웃 남고생들 얘기를 질리지도 않게 해서 듣고 있으면 알 듯, 알 듯하지만 구체적이지 않은, 다만 남녀가 부둥켜안고 있는 상상이 떠올라 나는 속까지 붉어지곤 했다.

겨울방학을 며칠 앞둔 어느 날 담임인 그녀가 교무실로 나를 불렀다.

"수자야, 오늘 저녁에 우리 집에 자러 와라. 어머니한테 말씀드리고 허락받아 오면 되겠다. 아니 내가 어머니한테 편지를 써 줄 테니 갖다 드리면 허락해주실 거야. 조금만 기다려 편지 써 줄 테니."

이때쯤에는 나와 그녀는 특별히 가깝지는 않았으나 간간이 엄마 심부름으로 그녀 방을 갔던 터라 형식적인 교사와 학생을 떠나 살짝 비밀스런 감정이 있었다. 그것은 반 아이들도 알고 있었다. 엄마 심부름은 몇 번 되지도 않았고 대단한 게 아니라서 그 정도는 학부모와 교사간의 비밀로 할 만큼의 아무것도 아니었다.

그녀는 편지를 접어서 내게 줬다. 편지를 읽은 엄마는 알았다고 그러라고 했다. 나는 내일 시간표대로 책가방을 챙겨서 어두워지기 전에 그녀 집에 갔다. 그녀는 기다리고 있었던 듯 나를 맞았다.

그녀 방에 들어가는 건 처음이었다. 전기 사정이 좋지 않아 희미한 백열등 아래 그녀 방은 여백이 많아 휑해 보였다. 방은 큰데 살림살이는 초라했다. 방 아랫목 벽면 한켠은 수놓은 광목 횟대보가 걸린 옷을 감춰주고, 윗목에 책 몇 권과 가방 하나와 구두 두 켤레가 신문지 위에 놓여 있었다. 구두 옆으로 판자를 잇대서 못을 친 어설픈 찬장에는 스뎅 그릇과 접시와 양은 냄비가 있었다. 판자로 엮은 어설픈 찬장이지만 흰 바탕에 꽃을 수놓은 흰 상보가 덮여 있어서 역시 가정선생님다운 데가 있었다.

방에 부엌살림이 있는 것은 따로 부엌이 없어 외삼촌네 부엌을 함께 쓰고 있어서였다. 숟가락 젓가락도 한 벌뿐인지 내 것은 외삼촌네서 빌려 왔다. 외숙모가 준 젓갈과 그녀 방 찬장에 있는 김치만으로 그녀와 나는 밥을 먹었다.

아직 어린 나는 단순한 면도 있었던 것 같다. 그녀가 왜 나를 불러 같이 잠을 자자고 했을까 따위는 생각도 안 났다. 나는 정작 나를 부른 이유 같은 건 생각할 겨를도 없이 그녀가 하는 대로 따라 책을 조금 보다가 잠이 들었다. 눕자마자 나는 꿈속으로 직행했다.

　나는 어둠 속에서 깨어났다. 성장과정의 아이인 나는 자다가 잠을 깬 적이 없었다. 언제나 잠이 부족했고 아침에 스스로 깨어난 적이 없었다. 두런두런 말소리가 들렸다. 소리는 너무나 작아서 내가 깰까 봐 무척 조심하고 있었다.

　나는 실눈을 떴다. 천장의 대롱거리는 백열등은 꺼져 있고 방 안은 아주 약한 불인데 윗목에 집중돼 있다. 남포등이 윗목 방바닥 신문지 위에 놓여 있다. 이런 분위기 때문에 방 안이 약간 괴기스러웠다.

　얼른 떴다 감은 눈에 남포등 옆으로 길게 남자의 실루엣이 들어왔다. 남자는 군복을 입은 까까머리였다. 나는 눈을 뜰 수가 없었다. 소리를 내서도 안 되었다. 이것 또한 본능이었다.

　나는 잠이 깬 채로 조용히 있었다. 대화가 완전히 귀에 들어오지는 않지만 그들이 과거 이야기를 한다는 걸 알 수 있었다. 친구인 듯한 이름이 나오는 것 같았다. 대화는 한참을 쉬었다가 이어졌다. 선생님은 남자에게 군인생활에 대해 묻고 남자가 어쩌구 대답을 하면 또 한동안 대화가 끊어졌다. 어색한 대화인 듯한데 어색하기 그지없이 시간은 안 가고 멈춰 있었다.

　나는 돌아눕지도 못하고 그대로 있자니 주리가 틀릴 지경이었다. 침은 왜 그렇게 자주 꼴깍거려지는지 미칠 노릇이었다. 침도 못 삼키고 누워 있는 동안 나는 자세를 바꾸고 싶어 온몸이 근질거렸다. 언제까지 잠이 안 든 채로 있어야 하는지 알 수 없는 밤이었다.

그녀가 내 말을 했다. 내 이름을 말하고 자신이 맡고 있는 반 아이고 집주인과 어떤 사이라는 것을 말했다. 군인은 듣고만 있는 것 같았다.

그렇게 아침을 맞았다. 나는 어느 틈에 잠이 들었는지 모르겠다. 내가 일어나자 군인은 군인 옷 그대로 밖에서 세수를 하고 들어왔다. 나를 보고 어색하게 웃었다. 나는 군인을 보고 놀라 나도 모르게 한걸음 뒤로 물러섰다. 그가 너무나 잘생겼기 때문이었다. 눈을 들어 짧은 순간 본 건데도 잊히기 힘들 만큼 수려한 용모였다. 잘생긴 데다 서늘한 우수마저 깃들어 있었고, 키까지 훤칠했다.

그녀와 셋이 그녀가 미리 사놨음이 분명한 크림빵 한 개씩을 먹었다. 우리 셋은 차부 쪽으로 걸어갔다. 차부 앞에 오자 군인이 들어가지 않고 서서 그녀에게 뜨거운 시선을 보냈다. 보는 내가 민망할 정도의 짧지만 강렬한 시선이었다. 그러나 그녀는 뜨거운 시선은 알아차리지도 못하고 어딘가 불편한 듯 얼른 눈을 돌려버린다. 나는 다 보고 있다. 그녀가 군인은 쳐다보지도 않고 잘 가, 하며 내 손을 잡고 이끌었다. 돌아서기 전에 마지막으로 내가 군인을 봤는데 군인이 나를 보고 눈을 찡긋한다. 잘생긴 남자의 연약한 듯한 미소가 오래 남는다. 나는 군인과 말은 한마디도 안 했는데 많은 비밀을 공유한 특별한 기분에 취해서 마음의 시간이 오래오래 정지된다.

나는 찰나 군인의 눈짓에 매료됐지만 고개를 돌리고 그녀가 잡은 손을 빼내 걸음을 옮겼다. 군인은 차부 안으로 들어가고 그녀와 나는 학교로 향했다. 나는 그 이후로 군복 입은 군인만 보면 그가 아닌가 하고 찾고 있는 나를 발견했다.

훗날, 군인이 마지막으로 내게 눈을 찡긋했던 기억을 내 맘대로 변형해 그때 내 가슴이 턱 받쳤다고 믿어버렸다.

학교로 걸어가면서 그녀가 천진하게 웃으며 내게 경고했다. "수자야, 우리 비밀이다?" 하고 웃었는데 웃음은 수줍고도 은밀했다. 나는 "네." 기어들어 가는 소리를 냈다. 그녀가 웃었으니 협박치곤 가벼운 농담에 가까웠다.

내 입으로 동숙에게 "이 세상에 비밀은 없어. 비밀이야 말하지 마, 라고 말한 순간 비밀이 아니거든." 당차게 했던 말과 완전 반대되는 반응을 해버린 것이다.

그녀와 생물선생님은 그다음 다음 해에 결혼했다. 우리는 이토록 안 어울리는 커플이 현실이 되었으니 인정 안 해줄 수가 없었다. 그리고 2학년이 되자 남녀 간의 애정에 관해 어느 정도 마음으로부터 수긍하는 자세가 되어 있었다. 불과

일 년 사이에 놀랍게도 열린 마음이 되어 있었던 것이다. 선생님들에게 러브라인이 생겨도 충분히 이해할 수 있는 마음가짐이 되었지만 그런 일은 일어나지 않았다. 대신 3학년 선배가 이웃 남학생과 만난다거나 아는 여고생이 몰래몰래 데이트하다 들킨 것을 우리는 알게 되었다.

군인은 누구인걸까.

그녀에게는 공식적인 연인 생물선생님이 존재했기 때문에 나는 군인의 존재가 궁금했다. 그녀 방에서 내가 들었던 대화에서는 그 어떤 아리까리한 기척 같은 것은 없었다. 다만 의심된다면 차부 앞에서 군인이 그녀한테 보낸 뜨거운 시선이었다. 뜨거운 시선도 내 주관적인 느낌일 뿐이었다. 뜨겁다는 것은 내 심적 증거에 지나지 않을 것이기에.

그들의 관계는 친구도 아닌 애인도 아닌, 그렇다고 남매도 아닌, 내가 상상할 수 있는 한계에서 아득히 벗어날 뿐이었다.

가끔 군인이 지나가면 그 군인이 아닌가 해서 나는 예사롭지 않게 돌아보곤 했고, 잘생기고 키까지 훤칠하게 컸던 그 군인 생각이 가끔 나곤 했다. 나는 의문을 안은 채 또 잊고 있었다.

후에 나는 엄마에게 들어 알게 되었다.

그녀는 엄마가 오해할까 봐 이사 가기 전에 외숙모에게 수자 어머니에게 전해주라면서 털어놓더라는 것이다. 내가 하릇밤 자고 간 사실에 대해서 내가 엄마에게 일러바쳤다고 믿고 얼마나 고민했을까가 읽혀진 대목이었다. 여리고 부끄럼 많은 그녀가 고민한 것은 당연했을 것이다.

그녀가 외숙모에게 말한 내용은 이렇다.

군인은 그녀의 첫사랑이고 사귀는 사이였다. 그녀가 고무신을 거꾸로 신을까 봐 못 미더웠던 군인은 짧은 휴가에 그녀를 만나러 왔는데 그녀는 밤에 군인이 올 것을 알고 나를 불러 방패로 이용했다. 그녀는 외숙모에게 몹시 더듬거리면서 군인이 탈영을 할까 봐 그날은 헤어지자는 말을 못 하고 나중에 편지로 이별을 통보했다고 한다. 그러면서 이렇게 덧붙였다고 한다. 군인과는 첫사랑이지만 깊은 사이는 아니라고, 그냥 몇 번 만난 것뿐이라고, 절대로 깊은 사이는 아니라고.

나는 후에 또 생각했다. 내가 그녀 방에 가서 잠을 안 잤다면 군인은 어떤 행동을 했을까. 그녀는 생물선생님과 사귀고 있었기에 전 애인인 군인이 밤에 어떤 짓을 할지 몰라 나를 불러서 방패를 삼았고 군인은 내가 방에 있어서 함부로 행동하지 못했던 것이고 그녀는 영악했었다고 말이다.

엄마한테 이 말을 들었을 때 나는 다만 듣고만 있을 뿐 어떤 궁금증도 없었다. 내 귀는 더 이상 촉각을 세우지 않았다. 이미 너무 많은 것을 알아버린 후여서 그녀의 후일담 얘기는 과거의 희미한 한 조각의 에피소드에 지나지 않았기 때문이다. 다만 나는 또 혼자서 이렇게 소설 비슷한 것을 쓰곤 했다. 군인과 그녀의 전후 사정을 모르므로 내 추측에 기대 상상의 나래를 펴며 소설을 쓴다.

소설은 이렇다. 내가 즐겨 하는 두 가지 버전이다.

★ 버전 1

첫사랑이라고 하지만 군인이 그녀를 더 좋아한 나머지, 냉담한 그녀의 태도에 애가 탄 군인은 그녀의 허락도 받지 않고 막무가내로 휴가를 내서 깜짝 이벤트로 그녀를 만나러 왔다. 그런데 깜짝 이벤트고 뭐고 사랑을 진전시키기는커녕 뜻밖에 방해물인 여학생이 있어서 어색하게 앉아서 밤을 꼴딱 새우고 돌아갔다. 아무 진전도 없이.

★ 버전 2

군인은 그녀 앞에 갑자기 나타나 그녀가 혼자 사는 방에 들어오는 데는 일단 성공했다. 군인은 이 기회를 멋지게 이용해 그녀의 몸을 정복해보려고 마음 단단히 먹고 왔다. 그런데 생각지도 않은 여학생이 턱 잠을 자고 있다. 예상 밖 상황에 어처구니가 없다. 그녀를 어떻게 해보기는커녕 여학생을 방패 삼은 영악한 그녀가 야속하고 얄밉기만 하다. 그녀 몸을 정복하기는커녕 마음도 붙잡지 못하고 귀대한다.

쓰고 보니 뻔하다. 점방집 언니를 모방해 소설을 끄적거려 보지만 내 한계는 여기까지다. 일기장에는 낙서와 이런 쓸데 없는 것을 끄적거리는 칸이 늘어난다.

* PS 버전

나중에 그녀의 이별 편지를 받은 군인은 묶인 몸이라 부대 안에서 속만 태운다. 군인이란 족쇄가 미칠 것 같다. 고된 훈련 중에도, 보초를 서는 중에도 헤어지자는 그녀의 편지 내용만 떠오른다. 마음 같아선 탈영을 해서 당장 달려가고 싶지만 군인은 탈영을 감행하는 미친놈도 아니고 이성적이어서 속만 끓인다. 아무 방법 도 없다. 군인은 절망한다. 나중에 제대를 하고 알아보니 그녀는 이미 동료교사와 결혼해서 애까지 딸린 몸이 되어버렸다. 그래, 사랑은 곁에 붙어 있어야 돼. 멀리 있으면 될 것도 안 돼. 군인은 한탄과 절망으로 몸부림친다.

PS 버전은 그녀가 전해주라고 했다던 외숙모의 말을 엄마 한테 들은 후에 썼기 때문에 언제인지 모르나 후에 내 일기 장에서 발견한 것이다.

나는 혼자 방에서 일기장에 낙서 같은 이런 소설 비슷한 것을 쓰며 밤을 꼴딱 새운다. 이때쯤 나는 알아버린 것이다. 남녀가 밤을 보내는 게 어떤 것이라는 것을. 이로써 나는 어 른에 가까워지고 있었다.

대놓고 데이트를 못 하던 시절이라(물론 그런 치들도 있긴 하지만) 연인들은 몰래몰래 만나고 있었다. 또 어른들이 비밀스럽게 속삭이며 하는 말을 듣노라면 자연스럽게 알아지는 것들이 있었다.

상상할 수 없는 요상한 이야기들은 이랬다.

"오래전에 소문이 떠돌았잖아. 지금 초등학교 다니는 능리양반 아들이 전에 말 있던 소문 속 그 남자 아들이 맞다더라? 똑닮은 거 봐, 씨도둑질은 못 한다고 하잖아. 설마 그런데도 모를까? 그렇게 빼다 박았는데? 그래 어쩌겠어? 자기 자식이거니 하고 그냥 키우는 거지 뭐. 무슨 근거가 있어? 잘못하다간 살인나."

심지어 나는 이런 이야기도 들었다.

"밤에 아낙네들이 죽 서서 어느 집 마당에서 벌어지는 굿판을 구경한다. 어느 집 부인이 두 손을 뒤로 깍지 끼고 서서 구경하던 중 손에 뭔가 뜨듯하고 물컹한 것이 잡힌다. 깜짝 놀라 뒤돌아보니 어둠속에서 아는 남정네가 자신의 은밀한 물건을 부인 손바닥에 턱 얹혀 놓고 있더라는 것이다. 부인이 소리도 못 치고 어찌할 바를 모르니 남정네가 씨익 웃으며 아, 이쪽이 아닌갑네요, 하고 가더라는 것이다."

어른들은 이런 말을 애가 있거나 말거나 속닥이며 깔깔거렸다. 아마도 나 같은 어린애는 말귀를 못 알아듣는다고 지레 짐작한 듯싶다. 사실 상상은 안 되지만 그런 것쯤은 나도 알아듣는다. 그런 것은 누가 가르쳐주지 않아도 그냥 알게 된다, 자연스럽게.

사실 이런 말도 안 되는 소문들은 끝이 없어서 어디까지 믿어야 하고 믿지 말아야 할지 알 수가 없었다. 나는 이런 얘기를 들을 때마다 이해도 안 되고 상상도 안 돼서 혼란스러웠다. 뭐가 기고 뭐가 아닌 걸까.

구체적이고 확실한 소문도 있었는데 초등학생인 남자아이에 대한 소문의 연장선상이었다. 그 소문만큼은 정말 끈덕지게 꼬리가 잘리지 않고 이어지는 소문 가운데 하나였다. 동네 부인들은 빨래터에서, 밭을 매면서, 밤마실에 가서 수군댔다. 그 어린 것을 중학교부터 S시로 유학 보낸 능리댁에 대해 흉보는 것이다. 이 소문은 오래전부터 살금살금 나왔다가 들어갔다 하던 것이었다. 사람들은 소문의 결론이 날 때까지 집요하게 물고 늘어져 끝장을 봐야 한다는 식으로 심심하면 이 얘기를 들춰냈다. 피를 보고야 말겠다는 듯 무서운 집념 같은 소문이었다. 그 결과가 살인날 정도로 참혹하게 무서운 것이라 해도 말이다.

초등학교를 졸업하고 S시의 중학교에 간 능리댁 아들에 대한 얘기는 이렇다.

남자아이가 박가네 혈육일 것이라는 소문은 잠잠하다 떠오르다 했다. 해묵은 소문이었다. 능리양반만 빼고 누구나 아는 비밀이었다. 그 남자아이는 클수록 박 부자 양반을 닮아간다는 것이다. 닮아도 어떻게 저렇게 빼다 박았는지, 저리 닮을 수 있는지 신기하다고 했다. 씨도둑질은 못 속인다며 수군거렸다. 남자아이의 엄마는 양반 중에서도 양반인 해주 최가가 친정인 '능리댁'이었다. 우리 집에서도 멀지 않은 곳에 능리댁 집이 있었다. 능리양반은 술도 담배도 안 하고 선대의 재산을 물려받아 여유롭게 일꾼 부려 농사짓는 약간 부유한 집이다. 능리양반은 고고한 학자처럼 모시옷을 날아갈 듯 차려입고 여름철에도 부채질만 하며 책이나 읽는 한량 같은 사람이었다. 능리양반은 하나뿐인 아들이 박 부자를 닮았다는 소문을 아는지 모르는지 고상하게 일은 재미로 하고 일꾼을 사서 농사지었다.

재산도 있고 남편도 폼나고 뭐가 아쉬워 뚱땡이 대머리 박 부자와 그런 짓을 했을까? 가 여인네들 궁금증이었다.

아주 오래전부터 해괴한 말이 있었잖아, 안 그래? 맞지? 소문만 무성하고 누가 본 사람이 없으니 알 수 없지. 끼워 맞추니 맞네 그려, 저렇게 똑닮았으면 빼도 박도 못해, 같은 온갖 말이 오갔다.

사람들의 의심은 바로 이것이었다. 능리양반이 때리지도 않고 무시하지도 않고 논밭도 있는데 어떤 점이 부족해 능글맞게 생긴 박 부자 같은 사람과 바람이 났냐는 것이다. 바람난 사실 그 자체보다 바람난 상대, 그것이 핵심이었다.

"아마 속궁합이 잘 맞았겠지, 그러지 않고서야."

"박 부자 양반 물건이 엄청 크다며, 그렇다고 하대."

"누가 봤어?"

"생각이지 뭐."

"본 것처럼 말하네. 미쳤어 누가 들어."

야한 상상력은 깔깔거리며 소곤거리며 끝을 모르고 뻗어 나갔다. 엄마까지도 밤마실에서 아낙들과 둘러앉아 소곤거리는 걸 나는 들었다. 밤마실의 얘기 내용은 낮과는 조금 다르다. 더 농익고 은밀하다.

그러나 사람들은 대놓고는 절대 말 안 했다. 소문을 들은 당사자가 확인하러 와서 봤냐고 따지면 살인난다는 것이다. 서둘러 그 어린 것을 유학 보내는 걸 보면 켕겨서라고 결론을 냈다. 사실 나도 그 남자아이가 방학 때 집에 왔을 때 보니 박 부자 아저씨를 닮은 것 같기도 하고 아리송했다.

정순은 이런 말을 들을 때마다 "엄마 엄마, 세상에 징그러워라. 그런 이상한 말 좀 하지 말아욧." 하며 성질을 냈다.

후에 내가 서울에 있다가 고향집에 내려갔을 때 소문의 진의를 알게 되었다.

S시에 중학교부터 유학 간 남자아이는 고등학교 때 방학 중에 고향집에 와서 냇가에서 멱을 감다가 불어난 물에 떠내려갔다. 마침 냇가 앞 느티나무 아래서 바람을 쐬고 있던 박 부자 양반이 남자아이를 구하려고 뛰어들었는데 구하지 못

하고 둘 다 떠내려가 버렸다. 사체 두 구는 냇가에서 한참 떨어진 다리 밑 이쪽저쪽에서 수초에 걸린 채 발견되었다. 능리댁이 슬피 우는 와중에 '부자'가 한꺼번에 갔으니 내가 죄를 받는 모양이라고 했다고, 나 또한 전해 들었으니 그 진위는 알 수가 없다.

 겨울철이면 은밀한 계절답게 한 번도 건너뛴 적이 없을 정도로 놀라운 일이 일어나곤 하는데 이번 겨울에도 사건이 하나 터졌다. 한동안 풍문인지 소문인지 은밀한 말이 돌고 사람들은 쉬쉬하며 말을 주고받았는데 언제나 풍문은 뒤늦게 사실로 드러나곤 했다.
 읍내의 이런저런 소문은 끓일 날이 없었다. 소문은 이 마을 저 마을로 삽시간에 퍼지고 내용은 누가 들어도 주로 낯뜨거운 스토리였다. 읍사무소 아가씨와 상사, 하숙집 젊은 며느리와 하숙생인 초등학교 교사의 불륜, 경찰서 순경과 어느 집 딸내미의 비밀연애, 남자 누구와 여자 누구가 붙어먹었다는 소문이 좁은 동네를 발칵 뒤집어놓곤 했다.
 이번 소문의 근원은 수이언니와 여고 동창인 남희라는 처녀였다.
 남희언니는 수이언니와 초등학교부터 여고까지 같이 나왔는데 친하지는 않았다. 남희언니는 학교 때 늘 일등을 놓치지 않았는데 외모도 참하게 생겼다.

나도 남희언니의 얼굴은 알고 있었다. 남희언니가 가정 있는 아저씨와 그렇고 그런 사이라는 소문이 나돌기 시작한 지는 꽤 되었다. 소문은 숨겨놓은 불씨처럼 한동안 잠잠하다가 걷잡을 수 없이 타올라 폭발해버렸다.

난데없이 아저씨의 부인이 한밤중에 남희를 끌고 남희 집에 들이닥쳐 쑥대밭을 만들어버렸다. 아저씨의 부인은 자신의 여자형제들을 떼거리로 몰고 가 남희 집 세간살이를 부수고 무지막지하게 행패를 부렸다. 아저씨 부인 패거리들은 당당하게 남희 집 안방에 신도 안 벗고 들어가 방에 깔아놓은 이불을 걷어차고 잡히는 대로 세간살이를 마당에 던졌다. 신발자국이 마루에 안방에 어지럽게 찍히고 놀란 남희 가족들은 울고불고 아우성을 쳤다. 아무것도 모르는 남희 부모는 한밤중에 들이닥친 낯설고 무서운 여자들에게 갖은 수모와 모멸을 당했다. 사연도 뭣도 모른 채 싹싹 빌어야 하는 처지에 직면한 것이다.

조용한 밤의 구경거리를 놓칠 리 없는 동네 사람들은 모두 나와서 흥미로운 구경을 했다. 기나긴 겨울밤의 권태 속에서 횡재 같은 볼거리가 생겨서 오히려 고맙다고 속으로 외치면서 동네사람들은 남희 집 골목에 팔짱을 끼고 빙 둘러서서 아저씨 부인 패거리들의 일방적인 행패를 여유롭게 지켜봤다.

농협에 다니는 남희는 농협 고객인 아저씨와 사귄 지 일

년 만에 들통이 났는데 현장을 덮친 부인 패거리한테 질질 끌려와 자신의 부모형제 앞에 섰다. 동네 사람들한테 처참하지만 흥미로운 구경거리를 제공한 아저씨 부인 패거리들은 부지불식간에 남희 집을 쳐들어와 대놓고 당당하게 들쑤셔 버린 것이다. 본인들은 피해자니 행패를 부려도 갑질이 아니라고 당당하게 실력행사를 했다는 말이었다.

이 사건의 전모는 읍 전체에 퍼져서 남희 부모뿐만 아니라 형제들도 얼굴을 들고 다닐 수가 없어서 밖에 나다니지 못한다고, 우리 집에 오는 엄마 지인들은 그 얘기를 질릴 때까지 우려먹었다. '그런 짓을 하면 어떻게 되는지 알지?' 한통속 같은 그들의 표정은 이렇게 말하고 있었는데 어떤 득의가 실려 있었다.

이처럼 풍문은 사실로 드러나고 남희는 죽으려고 수면제를 한 움큼 삼켰는데 잠만 실컷 자고 깨어났다. 둘은 헤어지고 가정 있는 아저씨는 다시 가정으로 돌아갔다.

우리 집에 놀러 오는 엄마 지인들은 소문을 물어 나르는 동시에 소문을 해부하기에 이른다.

"세상에나 마상에나 그렇고 그런 사이가 될 때까지 아무도 몰랐으니 얼마나 오래된 거야, 글쎄? 일 년이면 별별 짓 다 했을까?"

다른 아줌마가 받아친다. 갑자기 소곤거림으로 바꾸는 걸 잊지 않으면서.

"진짜로 부부같이 그랬을까? 참말로?"

또 다른 아줌마가 재빨리 끼어든다.

"그걸 말이라고 해? 부부보다 더했겠지."

"이 순진한 여편네야. 부부는 저리 가라지."

"아이고메, 숭하네. 세상천지에 우세스러워라."

"기가 막혀 죽겠네. 아무리 남의 일이지만 세상천지 누굴 믿고 살까."

"아이고, 다 그럴라고요. 그런 사람이나 그러겠지."

누구나 다 하는 뻔한 말을 뚫고 누군가 비장하게 끼어든다.

"그 아가씨 시집가긴 다 틀렸네."

"뭘 시집 못 가. 재취로 가면 되지."

"하기야, 재취 자리도 많으니까."

"그러게, 믿을 사람 하나도 없단 말이 사실이네. 남정네는 항상 단속을 해야 돼." 하고 자신의 견해를 밝히고 젊은 새댁한테는 남편 단속은 평생 해야 한다고 은밀하게 코치를 했다.

순경과 동네 처녀의 비밀 로맨스 건도 있었는데 풍문인지 사실인지 몰랐으나 나중에 결혼한다고 했을 때, "아 그랬구나. 그때는 긴가민가했는데……." 하며 사람들은 고개를 끄덕였다. 아무튼 이런저런 소문들은 날이면 날마다 새로 태어나고 재생산되어 사람들은 소문을 물어 나르느라 바쁘게 이웃집을 오갔다.

언제까지나 잊힐 것 같지 않던 야릇한 소문도 곧 잊혀져 갔다. 새 소문이 헌 소문을 덮었기 때문이다.

길고 긴 겨울밤이면 엄마들은 한집에 모여 이런저런 수다를 떤다고 세월 가는 줄 몰랐다. 중학교에 올라간 뒤로는 아니었지만 그 전에 나는 수시로 엄마를 따라다녔다. 남편들은 다 어디 갔는지(그 시절 남편들도 한집에 모여 노름을 많이 했다) 엄마들은 한집 안방을 떡 차지하고 미리 눈 위에 던져둔 고구마와 무를 깎아 먹으며 이웃 동네의 건너건너 아는 집 소문까지 주고받기 바빴다. 똑같은 스토리가 질리지도 않는지 처음부터 끝까지 그런 얘기밖에 안 했다.

한참 세상의 은밀한 소문이나 성에 호기심을 갖는 내 또래 아이들도 어른들처럼 밤에 한집에 모여 놀았다. 어른들처럼 아이들도 따뜻한 아랫목 이불 속에 발을 넣고 떠들다가 밤이 이슥해서야 집에 온다. 나는 자주는 아니지만 누군가 나를 부르러 오면 마지못한 듯 여고생인 처녀들 틈에 끼어 놀다 오곤 했다. 별 얘기를 안 하는데도 밤마실 자체가 재미있는 것은 내가 상상하는 야한 스토리가 펼쳐질까 봐 지레 하는 호기심 때문이었다. 다른 계절은 그렇지 않은데 겨울만 되면 어른들도 아이들도 그 재미에 빠져 밤마실을 나갔다.

그즈음 밤에 정순이 자주 나갔다. 특히 겨울밤은 길기도 해서 정순은 또래 처녀들과 한집에 모여 늦도록 수다를 떨고 놀다 언제 들어왔는지 내가 아침에 일어나면 부엌에서 달그락거리고 있었다.

정순은 엄마가, "어젯밤에도 또 나갔다 왔니?" 하면 이 핑계 저 핑계를 대며 우물우물거리며 넘겼다.

엄마는 "아무리 세상이 변했어도 여자는 조신하니 살림하다 시집가야 한다." 뭐라 뭐라 하며 정순을 잡았다. 정순은 그때마다 친구 이름을 대며 "친구 집에서 연속극 들으면서 놀았는데…… 그래도 일찍 들어와서 잤어요."

고분고분하면서도 할 말 다 하고 지기 싫어하는 야무진 정순은 엄마 말에 한마디도 지지 않고 말대꾸를 했다.

나는 밤중에 나갔다 오다 골목 어느 집 담벼락에 기대선 정순을 봤다. 눈이 와서 희끄무레하게 사물이 보였고 정순이라는 것을 나는 알아봤다. 정순 곁에는 남자가 있었다.

·2부·

우리 집 식구

나는 기와집에서 태어났다.

내가 다니는 읍내 중학교에서 다리를 넘으면 '향리'라는 우리 동네가 시작된다. 동네를 가로지르는 메인 골목을 가다 보면 어느 집이나 기와를 얹은 담 너머 뽕나무, 매화나무, 대추나무, 무화과나무, 목련나무, 살구나무, 감나무가 키 큰 자태를 드러내고 있다. 집 안에는 작은 화단이 있어 수선화와 백합과 맨드라미와 붓꽃, 봉숭아, 분꽃, 국화, 채송화, 달리아와 불두화가 철 따라 피고 지고 했다. 능소화를 기와담장 위로 늘어뜨리게 심은 어느 집 부인은 줄장미를 심는 게 소원이라고 말했다.

동네 대부분의 집들은 기와집이다.

해주 최가와 함평 박가, 창녕 조가가 뿌리를 내리고 사는 집성촌으로 타성받이가 들어와 정착하기 힘든 곳이다. 조상 대대로 양반임을 내세워 콧대가 세고 텃세도 심해서 외지인을 꺼렸다. 그런 만큼 완고하고 보수적인 성향이 강했는데 시대의 변화에 따라 개방적이 되어가더니 '내가 양반…….'

하고 누군가 말하면, 지금 시대가 어느 땐데 그런 말 하냐고 통을 쳤다. 심한 사투리는 그들끼리는 잘 알아들어도 서울에서 온 사람들은 말 중간에 꼭 몇 번씩은 재차 물어봐야 말의 오해가 안 생긴다는 점을 알아서 어색하게 웃으며 다시 묻곤 했다.

읍내가 코앞이어서 변화는 다른 지역보다 더 빨랐다.

그 동네 한가운데 우리 집이 있다.

기와를 얹은 담장의 긴 골목을 따라가면 대문채가 나온다. 대문채는 양옆으로 방이 하나씩 딸려 있고 대문을 넘으면 넓은 마당 끝의 기와집이 제법 크다. 아침나절의 집은 짙은 집그늘이 드리워 마루는 서늘해 보이면서도 두려운 어두움이 있다. 해가 옮겨가면서 햇볕이 마루에 기어올라 오면 집은 순한 사람처럼 아늑해진다. 해의 기울기에 따라 집은 매번 다른 모습을 띠며 밝기의 음영이 바뀐다. 음영은 계절에 따라 눈에 안 보이게 이동하지만 식구들은 알아차리지 못한다. 설령 알아차린다 해도 입 밖에 내어 말하지 않는다. 해의 음영 같은 그깟 것은 아무것도 아니다. 매끼 밥상에 뭐가 오르는지 중요하고 농사일의 시기가 중요하고 돈이 되는 일인지가 중요하고 문중의 대소사와 제사 등 집안 행사가 중요하다.

집 뒤는 얕은 야산인데 동백나무가 지천이고 밤나무와 대나무 숲도 있다. 동네의 여러 집들은 뒷산을 가지고 있다. 부엌을 돌아 뒤꼍으로 가기 전 네모나게 콘크리트를 친 장독대가 있다. 장독대 옆으로 텃밭이 있는데 어린 내 눈에는 끝없이 넓어 보인다. 집 뒤란은 넓고 그늘진 데 우물이 있다. 내가 중3이 되었을 때 시대에 따라 우물을 메워버리고 장독대 옆으로 펌프를 설치했다.

어릴 때 집은 깊은 우물 같았다. 집 뒤의 낮은 산은 집을 보호해주지만 혼자 있을 때 대나무 잎들이 비비는 소리는 섬뜩할 만치 소름끼쳤다. 어린 마음에도 대나무 바람소리는 애간장을 녹였다고 기억한다. 아버지 지인들은 우리 집이 조용하고 고즈넉해서 쉽게 아무나 들락거리지 않는 점이 좋다고 말했지만 살아보면 아니었다. 동네 한가운데 있지만 섬 같은 집이었다. 옆집과의 거리도 멀어서 아이들이 흔히 하는 학교 가자고 부르러 오는 아이는 아무도 없었다. 내가 나가서 데리고 와야만 친구도 왔다.

태어나서 열아홉 살까지 살던 집의 이미지는 내 정체성과 취향을 세우는 데 어느 정도 기여한 것 같다. 혼자 있을 때나 특히 먼 데로 여행을 가서 생각에 잠기면 어김없이 맨 앞에 나타나는 그림은 고향집 마루에 앉아서 보는 배경이었으니까.

지붕 그림자가 마당의 선을 반쯤 그은 어둠과 밝음, 그 너머의 기와 담장벽, 항상 여러 가지가 심어져 있는 텃밭, 텃밭과 대나무밭 경계치에서 뭔가를 타고 올라가는 뒤엉킨 오이

넝쿨, 텃밭 끝의 짙은 푸른 하늘, 미동도 없는 그 세계는 산 그늘처럼 아득하면서 고요했다.

정적인 사람처럼 가만가만 가라앉은 차분함이었다.

어른이 되어 도시에 살면서도 나는 그 차분함을 언제나 그리워했다.

엄마는 세상 귀찮다는 표정으로 외출에서 돌아오곤 했다.

많은 날이 부재중인 아버지는 집에 있을 때도 낮이면 한가하게 집에 붙어 있지 않았다. 아버지의 부재는 가장으로서 설명이 필요 없는 당연한 것이라서 본인 마음대로 하면 되었고, 품삯을 받는 일꾼들을 데리고 일하러 나가서 저녁 늦게 들어온다. 농한기에는 벌목꾼을 사서 나무를 베 파는 사업을 한다고 겨울에도 바빴다.

또 얼마 전부터는 힘들게 농사 지어봐야 비료값이니 농지세니 내고 나면 남는 게 없다고 푸념을 하더니 아버지는 소주 내리는 사업을 하면 돈이 된다고 일을 벌리기 시작하는 눈치였다. 몇 해 전 아버지는 밀주를 내리는 사업을 하다 들켰다. 그 뒤 잠잠해지자 이번에는 소주 사업을 한다고 설치기 시작한 것이다.

양복 입은 아버지 손님들이 수시로 오고 엄마와 정순은 손님들 점심 준비한다고 바쁘게 설쳤다. 손님들은 우리 집 뒤란이 넓고 우물이 깊으니 물맛이 좋다며 뒤란에 기계를 설치

하는 작업에 들어간다며 몇 날 며칠 의논했다. 내가 가만 들으니 소주 사업을 하려면 공식적인 사업을 승인받아야 하는데 그것이 너무 까다롭다, 공무원을 구워삶아야 하는데 쉽지가 않다, 몰래 하는 방법은 없을까, 하는 말이 들린다.

엄마는 아버지가 하는 일은 알지도 못할뿐더러 아버지 역시 엄마한테는 의논도 협의도 양해도 없다. 아버지는 자신의 아버지가 그랬듯 밖의 일은 남자 소관이고 남자 일에 여자가 가타부타 참견하는 것은 옳지 않다는 신념을 가지고 있다. 그것은 아버지의 가치관이기도 했다.

여자인 엄마는 아버지 뜻대로 따라가면 되고 주는 돈 가지고 살림을 살며 아버지를 우대하며 존경의 모양새를 갖춰야 한다. 아버지 말은 어긋나거나 틀리지 않고 다 맞기 때문에 토를 달아도 거역해서도 안 된다. 아버지의 명령은 법이나 마찬가지이니 어기는 짓은 상상도 못 한다. 어김은 같이 안 살겠다는 다른 말인 것이다.

다행인지 아버지는 바람을 피우거나 첩을 얻는 따위의 여자 문제는 일으키지 않으니, 무서운 시아버지처럼 호령은 할망정 알아서 돈을 주는 것으로 엄마는 만족해야 했다. 농한기 때 잠깐잠깐 도박판에 가는 건 애교로 쳐줘야 했다.

그 당시 주변에는 거리낌 없이 바람을 피우는 부류들과 첩을 얻어 두 집 살림을 하는 아버지들이 심심찮게 있었다. 그런 집 부인들이 겪는 여자 문제나 혼외자식 문제를 봐왔던 엄마는 생각만 해도 골치 아팠다. 그런 문제는 갈 데까지 간 최악의 상태인 것이다. 심심풀이로 도박판에 가지만 아버지의 유전자는 여자 쪽이 아니라 사업 쪽에 치우친 것이니 얼마나 다행인지 몰랐다. 그러니 자상함까지 요구하면 있는 복도 없어질지 모르기 때문에 숨죽이고 살아가야 한다. 엄마는 이것을 너무나 잘 알았다.

소주 사업 얘기가 나오고 아버지의 출타는 더 잦아졌다. 나갔다 오면 손님과 같이 왔고 손님은 대문채에 붙은 사랑방에서 머문다.

엄마는 왜 저럴까. 또 시작이다. 엄마는 허공에 대고 뜬구름 잡는 소리를 잘했다. "봄이나 여름이나 가을이나, 세상은 똑같네." 언제나 이런 식이었다. 엄마는 현실성 없는 꿈을 꾸고 바라고 원했다. 아버지와 몇십 년을 살고도 또 저런다. 엄마의 여생이 나는 슬그머니 걱정된다. 남은 긴 인생을 이러고만 살 거라는 허무맹랑한 예감이 내 뇌리를 스치고 지나가서다.

엄마는 표정으로 마음을 표현하는 사람이다.

언제부턴지 엄마는 허공을 바라보는 버릇이 생겼다. 심심함에 이골이 난 사람처럼 맹한 표정으로 마루 끝에 걸터앉아 있는 날이 늘어갔다. 표정은 맹하지만 이런저런 어수선한 마음이 들어 있는 게 읽힌다. 뭐랄까, 엄마의 눈에서 채울 수 없

는 공허가 보인다. 그것이 나를 불안하게 한다. 머지않아 큰
일이 생길지도 모른다. 이를테면 엄마가 외가에 가서 영원히
안 돌아온다, 간혹 들리는 다른 집 소문처럼 엄마가 춤바람
이 나서 집을 나가버린다, 이것도 간혹 소문으로 듣지만, 동
네 아저씨와 바람이 나서 보따리를 싸서 종적을 감춘다, 따
위다. 엄마가 옷을 차려입고 나가면 더욱 그런 생각에 사로
잡힌다.

눈치 없는 내가 엄마의 그런 변화를 느꼈으니 꽤 되었는지
모르겠다.

엄마는 삶에 만족하지 못하는 걸까. 벌써 늙어버린 걸까.
공허한 눈은 빛을 잃은 듯 힘없고 무기력해 보인다. 조금 크
니 이런 것도 보였다.

심심한 할머니처럼 허공에 대고 엄마는 말한다.

"봄이나 여름이나 겨울이나 어느 때든 다 똑같아."

엄마의 그 말이 내게는 희망 없는 노인의 푸념처럼 들린다.

나는 친구들이 네 엄마는 할머니 같다, 할 때 상처가 되었
다. 친구들의 말은 듣기 싫었고 실지로 할머니까지는 아니지
만 다른 엄마보다 늙어 보여서 속으로 상처를 삭일 때가 많
았다. 엄마는 왜 나를 늦게 낳은 걸까, 늦게 낳을 바에야 차
라리 낳지 말지, 하는 의문이 뒤숭숭하게 들 때도 많았다.

엄마는 평생 아버지가 집에 들어오기만을 기다리며 산다.
몇 년에 한 번 정도만 작은아버지가 사는 S시에 두 분이 차

려입고 동부인해서 외출한 적이 있을 정도로 여행 같은 외출
은 별로 없다. 그 외, 부모님의 공식적인 동반외출은 일 년에
두 번, 봄과 가을에 하는 아버지 띠모임인 갑장모임을 갈 때
다. 엄마는 차려입는 걸 좋아해서 갑장모임에는 화려하게 꾸
미고 나간다.

아버지는 처갓집에 결혼식 때 말고 한 번도 가본 적이 없
다. 가볼 생각이 없는 게 더 맞는 말이다. 엄마는 친정나들이
를 혼자 가거나 우리 남매들을 앞세우고 간다. 그것도 아주
아주 가끔 외갓집 행사 때나 간다.

몇 년에 한 번씩 외삼촌은 우리 집에 다니러 오지만 외할
머니는 우리 집에 딱 한 번밖에 안 왔다. 딸인 엄마가 친정에
오기를 기다리며 사는 게 외할머니의 낙이라고 들었다. 아버
지가 쌀쌀맞게 굴어서 외할머니가 우리 집에 오지 않는다고
엄마가 말한 적이 있다. 그러면서 엄마는, "어쩌면 저렇게 냉
정하고 정 없이 굴까, 말 들어보면 다른 집들은 안 그런다고
하던데, 생긴 거 하고 똑같다니까." 하고 분해하며 불만에 차
서 가끔 혼잣말을 했다. 엄마가 아버지의 생김새를 가지고
타박을 하는 건 이때뿐이다. 긴 얼굴에 결기 있고 곧아 보이
는 외모의 아버지는 마른 체형으로 선비 같은 이미지가 있는
데 실제 성격과 외모는 너무나 똑같다.

엄마는 옆에 있는 누군가 듣기를 바라면서 개의치 않고 말
했다.

"저 양반이 눈치 줘서 너네 외할머니가 우리 집에 안 온다고. 너네 아버지가 고약하다고."

엄마는 우리 앞에서 이 말을 종종 했는데 한이 서린 듯했다.

딱 한 번 막내딸네 집에 왔던 외할머니는 영원히 우리 집에 발길을 끊었다. 아버지는 외할머니가 처음이자 마지막으로 우리 집에 와 계시는 동안 엄마더러 "언제 가실라는고?"를 입에 달았다 한다.

내가 외갓집에 가서 그런 눈치를 받은 적은 없지만 엄마가 한 말이 사실이라면 아버지는 충분히 그랬을 것 같다. 아버지는 마음속에 없는 말을 하는 사람이 아니었다. 마음속에 있더라도 최소한의 표현만을 했다. 다정하고 따뜻하고 말랑말랑함 같은 건 눈 씻고 찾아봐도 아버지한테는 없었다.

엄마는 아버지 앞에서 불만을 말한 적이 없다. 아버지 시각에서 불만은 있을 수 없다. 집 있고 돈 주고 안 때리고 바람 안 피우고 이렇듯 잘사는데.

그러나 엄마는 불만이 많은 듯하다. 엄마의 불만은 혼자 앓고 삭이다가 자연 산화된다. 불만이 불만을 덮는다. 다음번의 더 큰 불만이 소리 없이 덮쳐서 앞의 불만은 뭔지도 모르게 된다.

엄마는 아버지 앞에서 왜 당당히 불만을 말하지 못하는 걸까, 라는 생각이 든 건 성인이 되어서다. 나라면 이렇게 따졌을 것이다. "당신, 왜 그래? 짜증 나. 내 의견은 의견도 아니야? 적어도 같이 사니까 내 의견은 물어봐야지." 이 정도라도 말이다.

엄마가 마루에 걸터앉아 넋이 나간 듯한 모습으로 있을 때면 자신의 삶을 뒤돌아보는 것 같단 생각이 들었다. 엄마가 아버지를 '선택'했을 때 엄마의 삶은 결정지어졌다. 중매로 만나 교제기간을 거치고 결혼을 했으니 억지로 한 결혼도 아니다. 살아보지 않았으니 몰랐을 건 당연하겠지만. 결혼은 시행착오로 얻어지는 게 아니란 걸 엄마가 알았을 때는 애가 몇 딸려 있었다.

엄마가 마루 끝에 앉아 삶을 뒤돌아본들 현재의 삶을 어떻게 할 것인가. 바꾸기라도 할까. 이미 건너온, 건너갈 삶도 본인 자신의 삶이고 본인이 선택한 것이니 어쩔 것인가. 본인 인생은 본인이 만든다. 나는 커서도 맹하니 마루 끝에 앉아 있던 엄마 모습이 트라우마처럼 가끔 떠올랐다.

나는 엄마와 마주 앉아 있으면 할 말이 없다가도 학교에서 돌아오면 할 말이 쟁여 있는 것처럼 엄마를 찾는다. 이것도 본능이다.

엄마의 코고무신이 댓돌 위에 있는지부터 본다. 고무신이 없으면 책가방을 마루에 던져놓고 엄마를 찾아 나선다. 가까운 집부터 차례로 둘러보며 엄마의 고무신이 있는지 살핀다. 여러 켤레의 똑같은 고무신이 놓여 있어도 엄마의 고무신은 알아본다. 이 집 저 집 부리나케 뛰어서 몇 집을 가본다. 엄마는 있기도 하고 없기도 한다. 있으면 안심이 되어 엄마들이 모여 있는 집의 방문을 왈칵 열고 들어간다. 없으면 온 동네 다 찾으러 다니다가 축 처져 돌아온다. 그러나 이 짓도 초등학교 저학년일 때나 했다. 정순이 우리 집에 오고 난 후 나는 엄마를 찾지 않고 정순을 따라다닌다. 엄마는 더 이상 필요 없어졌다.

나는 정순을 따라서 밭에도 가고 빨래터도 가고 마실도 가고 옆구리처럼 붙어 다닌다.

아버지는 태반이 부재중이다. 나는 어느 땐 아버지가 집에 있으면 더 이상하다고 생각한다. 그런 아버지에게 엄마는 익숙하다. 엄마는 인생의 덕목 중에 체념을 우위에 놓는지도 모른다. 아버지를 따라 살려면.

자상함이나 상냥함은 눈을 씻고 봐도 없는 아버지는 어른의 어른 같았다. 조부모는 내가 태어나기 전에 돌아가셔서 본 적이 없지만 짐작건대 아마도 할아버지가 아버지 같았을 거 같다는 생각이 들었다.

간혹 내지르는 윽박은 아버지의 특권이었다. 아버지는 아버지다움의 권위를 보여주려는지 화가 나면 즉시 한 성깔 부려서 식구들을 제압했다. 우리 남매들은 아버지가 뭐 때문에 화가 났는지 관심 없이 방 안으로 슬슬 들어가 버리면 되지만, 한 성깔 상대역인 엄마는 그 순간만 참으면 모든 일이 풀린다는 걸 숱한 경험상 알기에 속으로 욕을 하며 그 순간을 버틴다. 같이 살기 위해 터득한 엄마다운 대처법이지만 속은 터져 울화병이 천 번 만 번 도졌다 풀어졌다 하며 긴 세월을 건너왔을 터였다.

아버지의 성마른 성격은 식구들에게 은근한 압박으로 다가왔고 그 앞에 서면 우리는 무조건 쫄렸다. 이유 같은 건 필요 없고 쫄린다는 사실만이 우리에겐 중요했다. 게다가 아버지는 우리의 의견 따위 묻지도 듣지도 않고 혼자 모든 걸 다 해내는 마초 중의 마초였다. 하나부터 열까지 가정의 모든 것을 책임지고 떠안는 완전무결함, 이것이 아버지가 식구들을 위하는 방법이었다. 그런 이면에는 본인이 최고라는 인식이 들어 있었을 것이다.

시간이 더 흐른 후 내가 어른이 되었을 때 나는 다른 생각이 들었다.

아버지는 자기 주도적이고 마초지만 흔들리지 않은 내공이 있었고, 강한 아버지였고, 그러므로 아버지다웠다고. 내가 아버지를 어느 정도 이해하게 되자 멋있다는 생각까지 들었다.

나는 한 번씩 안방에서 부모님이 싸우는 소리를 듣는다. 싸움까지 갈 것도 없이 엄마의 유도신문이 먹히지 않는 상황이 반복된다. 아버지가 기분 좋아 보이면 엄마가 슬쩍 '기분 좋음'에 얹어 쌓인 말을 하는 것이지만.

작은방에 누워 가만히 듣고 있으면 엄마는 애교 섞인 앙탈을 부린다. 나는 엄마에게도 저런 면이 있었나, 의아하지만 내 생각일 뿐이다.

아버지는 지레 엄마 입을 막아버린다. "어디서 여자가 남자 하는 일에 밤 놔라 배 놔라 그처럼 무례하게 따지느냐"는 요지다. 엄마는 "허구헌 날 나가서 뭔 일을 하는지도 모르고 집에서 마음 편히 있을 사람이 누가 있냐"는 식의 힘없는 국숫발 같은 대답을 한다. 애초 엄마가 의도한 추궁은 걱정으로 전이되어 엄마가 우물우물 넘기면, 또 아버지는 "남자 하는 일에 쓸데없는 의심이나 하면 마가 낀다고 될 일도 안 된다"고 버럭 고함을 친다. 그러면서 "집구석에서 애들 단속이나 잘하라"고 못을 박는다. 애교 섞인 앙탈에 대한 보답은 고함으로 돌아오고 더 이상 엄마는 할 말을 못 찾고 수그러진다. 마지막에는 이렇게 변질된 말이 엄마 입에서 나온다.

"이녁이 뭔 일을 하면 내가 막은 적이 있소. 말이라도 속 시원히 하면 내가 그렇겠소. 당신 뜻을 내가 거스른 적 있소." 하고 엄마는 바로 물러선다.

엄마는 뭐가 그리 죄스러운 걸까. 왜 그렇게 아버지가 무서운 걸까. 엄마는 속으로는 자상한 이웃집 남편과 비교하는 말을 준비했다가 꺼내지도 못하고 바로 막을 내린다.

나는 엄마의 한숨이 들리는 것 같다. 불만에 찬 속이 보이는 것 같다. 두 분의 목소리가 커지면 작은방의 나는 뭔가 큰일이 터질 것 같아서 조마조마하다. 더 이상 큰소리가 들리지 않으면 안심하고 내 일을 한다.

어른의 어른 같은 아버지는 집안의 잔일은 모르고 큰일만 한다. 아버지는 집에서 제왕이다. 식구 모두 아버지를 떠받든다. 아버지는 밥상도 독상으로 받는다. 독상은 집안의 가장인 아버지에게 베푸는 위대한 권리로 독상을 차려줌으로써 엄마는 아버지를 존중한다는 의미를 담는다. 오빠들이 오면 아버지와 겸상을 하지만 여자들인 엄마와 나와 정순은 따로 먹는다. 막내의 특권을 가끔 누리는 나는 오빠들이 없을 때 아버지가 부르면 아버지 상에서 밥을 먹기도 한다. 남기기를 바라며 아버지의 흰 쌀밥을 쳐다보고 있으면 아버지는 쌀밥을 내 밥그릇 위에 덜어 준다. 그제야 나는 밥을 먹기 시작한다.

엄마는 간혹 아버지가 남기는 밥을 빌미 삼아 자신의 행복이 아버지에게 달렸다는 신호를 보낼 때가 있다. 소식을 하는 아버지는 매번 밥을 남긴다. 엄마는 애정 어린 눈으로 아버지를 향해, "잘 잡숴야지, 매번 남기실까." 나는 엄마의 그말을 이렇게 해석한다. '내 행복은 당신에게 달렸어요.' 내가 보기에 엄마는 삐딱한 말을 곧잘 하지만 맹목적인 복종으로 아버지를 대한다고 생각한다.

식구들은 아버지 비위를 맞추고 아버지 말을 어기는 법이 없다. 아버지는 두 오빠와 수이언니한테는 약간 두려운 존재 지만 막내인 나는 제외다. 제왕 같고 무뚝뚝하고 항상 성질 이 나 있는 것 같은 아버지는 내게만은 한없이 부드럽다. 아 버지는 나를 보고 말한다. "막내야, 어디 돌아다닌다고 그렇 게 탔냐? 여식이 새카맣게 타면 안 되지." 하며 나를 만질 때 는 한없이 순한 눈이 된다. 그럴 때도 나는 아버지 앞에 선뜻 나서지 못하고 아버지가 불러야만 내 생각을 말하고 요구사 항을 말한다.

정순도 엄마 앞에서는 어리광 부리듯 코맹맹이 소리를 하 고 달랑달랑 말대꾸를 곧잘 하지만 아버지 앞에서는 긴장한 다. 아버지가 약주를 한잔 걸치고 풀어진 틈을 타 기회를 잡 을 때만 큰아부지이, 부르며 정순도 애교를 떤다.

잠든 아버지를 본다. 잠든 모습이 낯설다. 가까이 보니 모 르는 사람 같다. 근엄하고 자신감 넘치고 강인하고 그런 모습 은 없다. 잠든 모습은 한없이 나약하고 부드럽다. 위로받아야 할 소년을 보는 것 같다. 연약함이 깃든 잠든 아버지는 측은 하다. 나는 커서 알았다. 아버지가 큰소리치는 건 돈을 주는 입장도, 잘나서도 아닌 삶의 목적이기 때문이라는 것을.

두 오빠와 수이언니는 아버지에게 돈을 탈 때만 아양을 떨었다. 어린 내가 봐도 알 수 있었다. 성적표를 빌미 삼아 돈을 후하게 타갈 궁리만 하는 그들은 티가 나게 아버지 앞에서 굴욕적으로 굴었다. 아버지 앞에서는 공손하게 무릎을 꿇었고 비위를 맞추려고 노력하는 게 보였다. 두 오빠들은 사건을 일으켜 부모님 속을 태우지는 않지만 돈 필요할 때가 되면 재깍 집에 내려온다. 돈을 타기 위해서 부지런함은 필수다.

아버지가 식구들의 돈줄이라는 생각이 든 것은 꽤 성장한 후다. 두 오빠와 수이언니 마음을 이해하게 된 것도 내가 커서다. 나도 두 오빠와 수이언니가 했던 것처럼 아버지한테 큰돈을 탈 때는 황송한 마음이 들어 저절로 아양이 나왔으니깐.

아버지는 표나게 폭력을 행사한 적은 없지만 대강 넘어가는 자질구레한 폭력은 심심찮게 행사했다. 길들여진 엄마는 그 순간만 모면하려고 얼른 자리를 피했다. 자식들에게도 표나게 때리는 것이 아닌 은근한 폭력을 겪게 했다. 본인은 생각지도 못할 테지만. 나는 아버지의 부재로 인한 방치를 겪고 엄마의 방임을 겪으며 성장했다. 물질보다 무서운 게 정신적인 방치라는 것도, 역시 내가 커서 든 생각이었다.

아버지에게 두 오빠는 완벽한 종족보존의 존재임과 동시에 가장 확실한 심적 물적 안심 증거였다. 존재 자체가 오빠들의 임무이니 오빠들은 집에 오면 빈둥빈둥 놀면서 농사일 같은 건 할 생각을 안 했다. 아들이라는 자체가 위대하다는 걸 본인들이 알아서다.

일찍이 엄마는 아들을 둘 낳음으로써 자신에게 주어진 임무를 확실히 수행했던 터라 엄마의 마음속에는 아들을 낳았다는 자부심과 더불어 우쭐한 심리가 들어 있다.

수이언니는 무난한 우리 남매들과 조금 다른 성격이다. 자기애가 강하고 이기려는 성향이 강하다. 오빠들과 나와는 완전 반대다. 엄마는 수이언니가 고집을 피우면 욕 아닌 욕을 한다. 누굴 닮아선지 여자애가 드세고 지 욕심만 차린다고, 우리 집 종자 안 닮았다고. 남의 자식 흉보듯 발언을 한다. 잘못 들으면 위험한 발언인데 사실이라면 절대 못 할 말이기도 하다.

내가 학교에서 돌아오면 엄마는 세상 물정 모르는 태평한 얼굴로 외출에서 돌아온다. 아버지가 출타한 틈을 타 이런저런 구실을 만들어 미장원이나 양장점에서 시간을 보내고 들어오곤 한다. 살림에 애살이 없는 엄마는 허무주의자처럼 멍하니 시간을 때우고 별 실속도 없는 수다를 떨면서 아버지 부재를 대체했다.

봄방학

봄방학이 시작되자마자 들락말락하던 감기 기운이 제대로 자리를 잡았는지 콧물이 줄줄 흐르고 머리가 아파서 나는 드러누워 버렸다. 봄 같은 건 안중에도 없이 2월 추위가 매서웠고 매일같이 싸락눈이 흩뿌렸다.

나는 아침나절에 창호지를 뚫고 들어오는 햇살이 방 안 가득 퍼진, 따뜻한 아랫목에서 아침밥을 먹고 혼곤히 한잠을 자곤 했다. 아무 할 일도, 중요한 과제도, 기를 쓰고 해야 할 일도 없는 게으른 이 상태는 무아지경이었다. 식구들도 내가 아프다고 하니 내 존재를 잊어버린 것 마냥 관심도 두지 않았다. 이대로 나이 먹어버린대도 세월이 훌쩍 흘러가 버린대도 상관이 없을 듯싶다. 차라리 후딱 세월이 건너가 버렸으면 싶다. 따뜻한 아랫목에 가만 누워 있으면 세상의 그 어떤 것도, 나를 채근하는 귀찮은 것들도, 나와 엮인 관계망도, 떠다니는 구름만큼이나 나와 아무 상관없이 여겨졌다. 절박한 게 하나도 없고 그저 세상이 시시하고 심플하게만 보였다.

심하게 아프지는 않고 꾀병도 아닌 어설프게 아픈 상태에

감사한 마음으로 매일같이 누워 지낸 어느 날, 나는 유경 동네 성리에 가볼 수 있는 일이 생겼다.

나는 누워 생각이 이끄는 대로 끌려가고 있었다.

곧 2학년이 시작될 거고 나는 또 눈에 안 보이는 경쟁과 구속, 질서와 규범과 갖은 속박과 굴레와 절대 하지 마, 그러면 안 돼, 에 묶여 학교생활을 해야 한다. 집이라고 별다를 게 없다. 나는 이런 식의 과정을 거쳐야만 어른이 되는 거고 차근차근 나이를 먹어갈 것을 안다. 그때그때마다 내용만 다른 똑같은 과정을 되풀이해야 할 것이다. 지금까지의 이 과정과 뭐가 다를 거란 말인가. 그것이 성장하는 것이고 인생의 수레바퀴일 텐데.

내 앞에 놓인 문제와 부모님의 간섭과 친구들과의 잡다한 갈등 속에 뛰어들어야 한다. 그것들은 내가 세상을 살아가는 이유이고 과정이고 반드시 거쳐야 하는 성장단계다. 그것에 대처해야 하는 것은 벌써부터 피곤하다. 나는 이런 것을 다 알고 있으며 내 앞에 놓인 생을 건너뛰는 건 있을 수 없는 일이라는 것 또한 잘 알고 있다. 이런 생각은 하나 마나 한 말도 안 되는 것이다.

여기까지 생각하자, 이제까지 내가 겪어온, 앞으로 겪을 성장과정은 어쩌면 불행한 일인 것 같다는 생각까지 들었다. 성장기는 끔찍이 혼란스런 감정을 헤쳐 나가야 하고 받아들이며 내 안의 것으로 확립해야 하는데 얼마나 많은 시행착오와 마음의 혼란과 상처가 있을 것인가. 나는 성장과정 그 자체가 괴롭다. 건너뛰는 방법은 없나, 순간이동으로 바로 어른이 돼버리면 좋겠다. 폭풍우 같은 혼란을 받아들여야만 어른이 된다니 참 잔인하다.

나는 또 소설 속에서나 가능한 어처구니없는 생각을 한다.

……몇 년이 흘렀다. 나는 서른 살이 되었다…….

상상은 꼬리에 꼬리를 물고 턱없이 뻗어나간다.

아무튼, 나는 태어나고 싶지 않았다. 아니 이 세상에 태어나고 싶어 태어난 사람은 없다. 출생과 성별과 이름은 내 뜻과는 상관없이 남이 지어준다. 내가 어떻게 할 수 없는 문제다. 우리 모두, 전부.

사실 나는 이 모든 것들이 성가셨다. 할 수만 있다면 아무것도 안 하고 무료하게 권태롭게 따분하게 가만히 있고만 싶다. 그렇게 살고 싶다.

부모님은 생각 없이 나를 낳았다. 생산이 끝났다고 믿었는데 실수로 내가 태어났다는 말을 아무렇지도 않게 했다. 내가 듣든지 말든지 그들은 떠들었다.

"우리 집 막내는 실수로 태어난 거야."

"생긴 걸 어쩌겠어. 낳아야지. 별 방법이 없잖아?"

"그래도 낳아놓으니 예쁘긴 해."

그리고 별생각 없이 호호 하하 웃었다.

내가 태어난 게 실수였다니. 대충 생각하니 그럴 수도 있는 일일 것 같았다. 충분히 가능한 일이었다. 세상에는 나처럼 실수로 태어난 사람도 많을 것이다.

말은 하기 나름이었다. 갖다 붙이기 나름이었다. 이렇게 말하면 이렇고 저렇게 말하면 저랬다. 실수든 의도적이든 뒤섞어 갖다 붙이면 이해 못 할 말도 없다. 그러나 부정부터 하고 보는 사춘기인 나는 깊이 생각하면 할수록 짜증이 나고 욕이 나왔다.

'뭐라는 거야? 도대체 그런 말을 일부러 왜 하고 다니냐고?'

그 이전에 그들은 알아야 했다. 피임을 안 하고 육체관계를 하면 실수를 할 수 있다는 것을. 운에 맡기고 섹스를 했다는 말이었다. 임신이 된 게 운이 나빴단 말이었다. 섹스는 임신으로 이어지는 걸 그들은 외면했다는 말이었다. 임신 걱정에 제대로 섹스나 즐겼을까, 그들은 자신의 무식함을 떠벌리고 다닌 것이다.

아이가 태어나 아이를 키우는 크고 복잡한 과정은 생각지도 않은 채 아이를 낳았다는 말이었다.

긴 겨울방학 중에도 나는 동네 친구들 몇 외에는 만나지 않았다. 이제 좀 컸다고 방학만 하면 가던 친척집을 과감히 끊어버렸다. 사촌들과 시시덕대고 몰려다니는 짓이 쓸데없고 시시하게 여겨질 만큼 나는 고상한 세계에 나를 가둬버렸다. 내가 봐도 놀랄 만큼 나는 변했다.

내가 친척집에 가지 않자 엄마는 별일 다 있다고 하며 뭐가 잘못돼서 헛소리하는 애 취급을 하더니 "너 맘대로 해. 너 인생 너가 살지 누가 살아주냐." 하고 넘어갔다.

동네 마실에 가서 동숙을 만나고 동숙이 나를 따라 우리 집에 와서 몇 번 놀다 갔다. 뉴스 메이커인 동숙은 멀리 사는 친구들 소식을 어떻게 그렇게 잘 아는지 시시콜콜한 것까지도 내게 다 말해줬다. 오늘만 지나면 잊히고 말 그런 얘기들은 그러나 듣고 있으면 재미있었다.

동숙은 말끝에 "수자야. 비밀이야. 내가 했다고 아무한테도 말하면 안 돼."란 말을 매번 빼먹지 않았는데 나는 "알았다. 비밀은 지키라고 있는 거지. 비밀 지켜줄게."라고 대답해줬다. 나는 저번의 "이 세상에 비밀은 없어. 비밀이야 말하지 마, 라고 말한 순간 비밀이 아니거든." 같은 말은 하지 않았다. 똑같은 말을 되풀이하기가 싫었던 것이다. 내 의식 속의 것을 시시콜콜 이해시키는 게 성가셨던 것이다.

점방집 언니 집에는 이따금 갔다. 점방집 언니 집에 가는 건 습관이 돼서 안 가면 궁금했다. 말수 적은 점방집 언니는 나한테는 이야기를 조곤조곤 잘도 했다.

"수으자, 너도 책 보는 재미를 알았구나. 책을 많이 읽으면 일쩍 성숙해 세상을 보는 눈이 확장되지. 그건 좋은 일이야.

그러나 안 좋은 것도 있단다." 하고 알쏭달쏭한 말을 했다.

나는 그 언니가 말을 하면 언제나 필요 이상 진지해져서 단어 하나하나를 흡수할 것처럼 듣고 있다.

"책을 너무 많이 읽으면 세상이 시시해지는 법이지. 너무 일찍 공허를 알고 겪지도 않았는데 세상을 알아버리지. 너무 많이 안다는 건 시니컬하게 세상을 바라보게 되는 것 같고. 너무 일찍 세상의 진부함을 알아버리면 흠, 사는 게 재미는 좀 없겠지?"

나를 꼬맹이가 아닌 언니와 동급으로 쳐주는 대화를 한다는 점에서 나는 황홀한 심정이 된다.

그녀와 함께 있을 때 누가 물건을 사러 오면 나는 언니에 대한 애정과 흠모가 지나친 나머지 글 쓰는 언니 대신 점방의 물건을 팔아주는 걸로 내 호의를 표하곤 한다.

그녀와 둘이 있을 때 개똥할머니가 술을 마시러 왔는데 할머니는 그날따라 같이 서 있는 우리를 보더니 "너 말고 너." 하며 점방집 언니를 콕 집어서 말했다.

"내가 너 관상을 보니 '한다' 하는 년이 되겠구나."

그 말을 남긴 할머니는 술값 장부에 달아놔라, 하고는 가버렸다.

겨울방학은 언제 갔는지도 모르게 기억도 없이 순식간에 지나가버리고 말았다.

겨울방학이 끝나고 학교에서 만나자마자 나와 유경은 얼싸안고 회포를 나눴다. 유경과는 단짝이지만 서로의 집을 오가지는 않았다. 나는 유경의 집은 가 본 적이 없고 유경이 우리 집에 오긴 했었다.

교과서 진도는 다 나간 상태라 선생님들도 이야기나 해주면서 설렁설렁 수업을 마쳤다.

그녀 문승희와 생물선생님의 연애 건은 초반의 떠들썩한 러브스토리 중계가 끝난 지 좀 되어서 이미 식상해져 버렸다. 둘의 연애가 기정사실화되고 결혼만이 남아 있어서 아이들의 관심 밖으로 밀려나 관심을 두지 않았다. '사귀면 그다음은 당연히 결혼'으로 알고 있는 우리들은 이제는 좀 컸다고, 이웃 남학교 학생들과 도시의 대학에 다니며 방학 때 집에 내려오는 대학생에게 관심을 돌렸다.

얼마간 느슨하게 학교에 다니다 봄방학이 시작되었으니 나는 유경이 어떻게 지내는지 알 수가 없었다.

아침 내내 자다 깨다 이불 속에서 뭉그적거리면서 끝 모를 공상에 빠져 있는 즐거움은 컸다. 긍정보다는 부정하는 쪽이 언제나 우위를 차지하지만.

나는 아프다는 핑계로 누워서 오만가지 상상을 한다. 내 눈 앞의 벽지 뫼비우스의 띠처럼 상상에서 망상으로 치닫고, 끝은 있을 리 없다. 상상이나 공상이나 망상이나 뭐가 다를까만 상상, 공상 더하기 망상은 즉 이런 것이다.

바오밥나무가 사는 곳은 어떤 곳일까, 죽기 전에 가볼 수나 있을까. 사막에는 오아시스가 있다는데 진짜일까, 안 보고는 믿을 수 없어, 거긴 또 어떻게 가보나.

또, 어느 스타가 죽기 직전에 "제 인생의 매 순간순간을 저는 사랑했습니다."라고 말하고 죽었다고 신문에서 읽었는데 도무지 이해가 안 간다. 어떻게 매 순간을 사랑한다는 말인가. 인생이 얼마나 긴데, 사랑하는 짧은 순간도 있긴 할 테지만 나머지는 무료하고 따분하고 재미없고 지겹기만 한데, 말의 트릭도 이 정도면 심하네. 멋지게 보이는 그 순간을 사랑한 거야, 그 스타는. 스타다운 말을 하려면 멋들어지게 해야겠지, 누구나 다 하는 상투적인 말은 안 해야겠지. 그런 사람은 분명 자기애가 강하고 자만심에 도취된 나르시시즘의 부류야…….

이 정도까지 진행하면 방해물이 꼭 나타나기 마련이다. 언제나 망상을 깨러 빽 소리를 지르는 사람은 거룩한 존재 정순밖에 없다. 현실은 리얼하고 잔혹하다. 막바로 현실로 진입하기 싫지만 장면 전환은 자동으로 된다.

"수자 가이나야, 해가 중천인데 아직도 자냐? 이 게으름뱅이야."

나는 정순이 소리를 지르거나 말거나 일어날 마음이 없다. 지겨움이 끝장날 때까지 누워 있다가 일어나긴 해야 할 테지만. 이불을 머리끝까지 뒤집어써 버린다.

엄마는 진외가의 노할머니를 각별히 챙겼는데 정순에게
뭔가를 들려 보내는 일이 잦았다.

우리 집에는 S시의 작은아버지 집에서 가끔 선물을 보내왔
고 또 아버지 손님이 꽤 드나들었는데, 손님이 들고 오는 귀
한 선물을 엄마는 조금 덜어내서 진외가 노할머니께 보내는
것을 잊지 않았다. 마침 노할머니가 아프다는 소식을 들었던
엄마는 직접 가기가 귀찮아서 거룩한 존재 정순을 불렀다.

"순아, 진외가에 싸게 다녀와야겠다. 노마님이 편찮으시다
는데 내가 들여다봐야 할 일이다만 오늘 낮에는 나갈 일이
있구나. 싸놓은 이것 가지고 가서 어떠신지 들여다보고 오너
라. 내가 직접 들여다봐야 되는데, 백모 곗날이라 안 가면 안
돼서 할 수 없이 네가 왔다고. 내 말 잊지 말고 꼭 전해라. 알
았지?"

엄마는 마지막 말, 내 말 잊지 말고 꼭 전해라, 를 두 번이
나 강조한다. 정순에게 알았어요, 알았어 하는 다짐을 받고
선물로 들어온 센베이나 카스테라 같은 걸 정순에게 들려 보
냈다.

엄마는 본인이 가야 할 도리건만 이렇게 애매하게 핑계를
만들어서 정순을 보내는 일이 가끔 있었다. 정말 곗날인지는
모르겠으나 흐지부지하게 둘러대서 정순을 대타로 보내는
것이다. 딱히 오늘 가야 할 필요가 없고 곗날이 아닌 내일 가

도 되는데 말이다. 그런 걸 다 아는 정순은 나갈 일만 생기면 생기가 돌아서 얼른 말을 되받는다.

"알았어요. 백모. 퍼뜩 다녀와서 점심 차리면 되겠네."

엄마 말에 대답하는 정순의 명랑한 소리가 들리고 정순이 방에 들어왔다.

"수자야, 니는 맨날 잠만 처자냐. 어디 나가지도 않고 게을러 터져서 뭐가 될래?"

정순은 말은 그렇게 해도 나한테 하나도 불만이 없고 내가 누워 있는 그것마저 밉지 않다는 식으로 말꼬리에 빙글빙글 애교가 들어 있다.

"짝은언냐. 진외가 가니?"

"응, 퍼뜩 갖다 주고 오면 된다. 갔다 와서 점심 차리면 되겠다. 큰아부지도 나가시고 백모도 나가신다니 우리 둘만 먹으면 되겠네."

"나도 따라갈까?"

"그럴래? 나야 좋지. 바람도 쐬고. 얼른 일어나."

그렇게 해서 난 유경이 사는 동네 성리에 가게 되었다. 순간적인 기지로 정순이 진외가에 가는 걸 핑계 삼아 유경 동네를 한번 가보자는 생각이 들었던 것이다. 내 마음속 깊은 곳에는 나도 모르는 얄팍한 술책 같은 호기심이 꿈틀댔는지도 모른다.

성리로 들어서자 나는 정순에게 유경의 집 위치를 물었다.

"짝은언냐. 유경 집 안다면서?"

"수자, 너는 그렇게 쌍둥이처럼 붙어 다닌다면서 친구 집도 모르냐?"

"친구라고 다 알아야 되는 법 있나……."

내가 속으로 우물우물거리자 정순은 이렇게 말한다.

"유경이 집 알고 싶어서 나 따라온 거 다 안다."

정순의 말은 사실이었다. 나는 샐쭉하게 말끝을 흐려 말했지만 켕기기는 했다. 성리에 유경 집이 없다면 나는 정순을 따라나서지 않았을 테니까. 유경이 말하지 않은, 아니 말할 수 없을 어떤 초라함에 대해 호기심을 갖는 내 천박한 행동을 정순에게라도 들키고 싶지 않은 건 당연하고, 내 마음속 비밀을 정순에게 들킬까 봐 사실 두려웠다. 이것 또한 내 본능이었다.

우리 반 아이들 누구도 유경의 집을 가본 애는 없다. 가정방문도 유경은 부모님이 안 계신다는 평계를 대서 막았다. 그것은 당연한 것일지도 모른다. 나는 그런 유경을 이해해야 한다. 나는 정순한테 유경 집 비밀에 대해 들었고(아버지가 주기적으로 엄마를 팬다고 했다) 그런 만큼 유경이 자기 집에 데려가지 않을 거라고 미리 짐작해서 유경 집을 가본다는 생각을 내 머릿속에서 제외시켰다. 유경의 집이 학교에서 먼 탓도 있고 정순에게 들어서 짐작하는 대로 누굴 데려가고 할 처지가 아니라고 나대로 해석했다. 마음 한구석에 있는 유경을 향한 연민 때문에 가보려는 희망조차 갖지 않았다.

사실 유경은 우리 집에는 서너 번 정도 왔다. 두어 번은 집에 아무도 없는 토요일 학교 마치고 함께 우리 집에 와서 놀다 간 적이 있었고, 한 번은 반 친구들 여럿이서 학습과제 때문에 학교에서 가까운 우리 집에서 하자고 해서 온 일이 있었다.

"수자야, 저 집이다. 일부러 빙 둘러서 왔다. 진외가는 삼거리에서 바로 가야 빠른데."

정순이 가리키는 손끝을 따라가니 낮은 대나무 울타리가 쳐진 조그만 집이 보였다. 집은 흙벽에 아직 슬레이트도 얹지 않은 초가지붕을 한 오두막이었다. 슬레이트로 개조하지 않은 집은 거의 없었다. 골목에서 바로 보이지는 않고 집 옆구리가 보였다. 밖에서 보기에도 가난의 냄새가 풍기는 집이었다. 그래서 그런지 더 휑해 보였다. 나는 가슴이 쿵쾅쿵쾅 뛰어서 유경 집 앞을 빨리빨리 지나칠 심산으로 정순을 이끌었다.

"유경이 있나 불러볼까?"

내 속을 모르는 정순이 말했다.

"그냥 가자. 집만 알면 됐지 뭐."

나는 정순을 빨리빨리 이끌어 골목을 걸어갔다. 혹시 유경이 나올까 봐 얼굴이 화닥거렸다. 다행히 유경의 집은 조용했고 아무도 없는 듯 적막이 감돌았다.

골목을 돌아 한참 가자 진외가가 보였다.

성리에 다녀온 그날 밤 나는 얼른 잠이 오지 않았다. 이상한 슬픔과 고통 같은 것 때문에 잠을 이룰 수가 없었다. 오후내내 마음이 괴로워 무엇에고 집중이 안 되었다. 오두막 같은 유경의 집도 집이지만 아버지의 폭력을 보고 사는 유경을 상상하자 소름끼치게 외면하고 싶었다. 정순에게 들었던 처음의 건은 어느 정도는 잊고 있었다. 우리 동네의 아내에게 매질하는 비슷한 집을 아는 터라 그러려니 여겼다.

그날 진외가 손녀딸한테 전해 들은 유경 집 내막은 리얼해서 거짓말 같았다. 유경의 집을 보고 온 것이 후회가 되었다. 진외가에 안 갔더라면 몰랐을 소식이었다.

손녀딸한테 들은 전말은 이렇다.

웬만하면 남의 집 일에 참견 안 하는 동네 사람들까지 나서서 뜯어말릴 정도로 유경 아버지가 난폭하게 군 사건이 얼마 전에 있었다. 유경 엄마는 얼마나 얻어맞았는지 온몸에 성한 곳이 없었다. 날이 갈수록 심해지는 유경 아버지의 폭력을 보다 못한 이웃 사람들은 혀를 내두르며, 경찰에 신고해야 하는 것 아니냐는 말까지 나올 정도였다.

유경 아버지는 안 패면 몸이 근질거리는 병이라도 있는지 주기적으로 매질을 한다. 유경 엄마는 악다구니 한 번 안 하고 얻어맞는다. 행패 끝에 유경 아버지가 지쳐 나가떨어져 자는 틈을 타서 유경 엄마는 보따리를 싸서 어디로 도망가버렸다. 그런 일이 있을 때마다 동생들을 끌어안고 방에 숨어서 울기만 하던 유경이 이번에는 아버지한테 악을 쓰고 대들었다.

유경은 한 번도 아버지에게 대든 적이 없었다. 그러나 지금 이 순간 몸속에서 어떤 기운이 꿈틀거리고 올라와서 제어가 안 되었다. 있는 힘껏 소리쳤다. 유경의 입에서 나온 말은 "당신은 아버지도 아니야."였다. 유경 아버지는 그런 유경이 기가 차서 유경을 노려보다가 유경 엄마를 더 때렸다.

유경 아버지가 엄마를 패면서 노상 입에 다는 말은 저년이 나를 얼마나 무시하는지 아냐며 모녀가 한통속이 되어 쓸데 없는 성당에 돈 갖다 바친다고, 다 나가버리라며 모진 말을 하고 포악하게 굴었다. 특히 유경 입에서 나온 "당신은 아버지도 아니야."에 더 악에 바쳤을 거라고 손녀딸은 말했다.

그 사태 이후 유경의 엄마와 동생들은 어디로 가버리고 유경은 학교 때문에 성당에서 며칠 숨어 있다가 다시 집으로 들어가서 지금은 집에 있을 거라고 손녀딸이 말했다. 그러면서 이렇게 덧붙였다.

"또 얼마 안 있으면 유경 엄마가 애들 앞세우고 와. 또다시 잠을 자주고 밥을 해주고 옷을 빨아줄 거야. 결국 되풀이되는 거지."

손녀딸은 어쩔 수 없는 굴레에 갇힌 게 인생이라는 듯 어른스럽게 말했다.

"수자가 유경이 하고 친하다며? 유경이 그런 티 안 내지? 유경이는 일체 내색 안 하는 애야. 그 쪼그만 게 속이 그리 깊어서 더 불쌍하다."고 말했다.

나는 유경이 예전에 한 말을 떠올리고 말했다.

"유경이 성당 다니는 것을 아버지가 알면 맞아 죽는다는 말은 한 적이 있어. 근데 아버지가 성당 다니는 것을 싫어하는데 왜 굳이 다닌 걸까?"

손녀딸은 그런 문제는 남의 집 얘기니 잘 모르기는 하지만 꼭 성당 때문은 아니라고 한다.

"그럴수록 더 종교에 매달리는 거겠지. 성당도 성당이지만 유경이 아버지는 유경이 엄마가 자기를 무시한다고 항상 말하고 다닌대. 억지를 부리는 거지. 우리가 보기에도 열등감 때문인 것 같애. 유경이하고 엄마랑 성당 다니는 걸 속였는데 아버지가 이번에 알게 된 거야. 속였다면서 더 팼다고 하더라. 그리고 성당에 가서 자기 흉볼까 봐 사람 많은 데 못 가게 한 걸 거야, 아마. 속 좁은 놈이지."

"유경이 참 불쌍하다. 앞으로 어쩐대? 수자야. 너는 몰랐니?"

정순이 울먹거리면서 나를 보고 말했다.

"남자는 여자에게 꿀린다고 생각하면 못 참는 족속이야.

못나서 그래."

손녀딸이 결론처럼 말했다.

"그럼 유경이는 지금 어디 있어?"

내가 묻자 손녀딸은 "유경이 지금은 집에 있을걸. 애비라는 게 그리 못돼도 딸은 또 아낀다? 딸이 대들자 더 미친놈이 된 게 확실해."

나는 낮에 갔던 성리 유경의 집이 또렷이 떠올랐다. 슬레이트도 얹지 않은 초가지붕의 유경의 집. 재능이 넘쳐나는 샐쭉한 아이. 누구보다도 생각이 깊어 함부로 말하지 않고 나서지 않아 자신의 존재가치를 애써 숨기는 아이. 앞으로 자신 인생의 행로를 아는 유경은 공부를 잘함으로써 나은 삶을 추구하는 것이리라. 공부만이 살아갈 희망이고 끈이고 전부이리라. 나는 본능적으로 알 수 있었다. 겪지 않아도 세상을 어느 정도 아는 나는 고개를 흔들었다. 유경의 미래를 예측할 순 없지만 험난한 여정이 될 것만은 확실했다.

겨울 끝자락 밤의 바깥은 칼날 같은 매서운 추위에 바람까지 부는지 마당의 내놓은 빗자루며 바가지가 날아가는 소리가 들렸다. 나는 내 일이 아니기에 또 유경의 일은 조금씩 잊어가고 있었다. 유경에게는 심각하고 치명적인 문제일지 몰라도 내 일은 아니었다. 친구일 뿐, 어쨌든 남의 일이었다.

2학년

나는 죽순처럼 쑥쑥 자라고 있었다.

초등학교 6학년부터 중학교 1학년을 거치는 사이에 부쩍 키가 커버린 나는 어느 순간 내 정체성이 정리되어 가고 있는 것을 알았다.

좋아하는 색은 언제나 블루이고 유경처럼 선이 가늘고 섬세한 타입에 끌리고 교복이라도 시선을 끌게끔 입는 게 좋다. 말은 먼저 내뱉지 않고 경청한 다음 내 의견을 말하고, 학급 일도 나서는 법 없이 누가 시켜야만 한다. 경쟁의식도 별로 없는 편이라 시험이 다가오면 벼락공부를 한다. 벼락공부인 만큼 시험기간 내내 밤을 새운다. 뭐든 내가 좋아하는 것 위주로 하고, 하고 싶을 때만 한다. 그런 만큼 원하는 성적이 안 나와도 애걸복걸 안 한다. 어려운 일을 끝까지 물고 늘어지는 건 딱 질색이라서 안 된다 싶으면 빨리 체념하고 포기해버린다. 체념하고 나면 세상 편하다. 그러나 이런저런 걸 다 제쳐두고라도 가장 중요한 문제가 하나 있는데 그것은 귀차니즘이었다. 나는 내가 생각해도 한심할 만큼 귀차니즘이 심했다.

그렇더라도 나는 알아서 크고 있었다. 집 있고 밥을 주니 내가 해야 할 것만 하면 되는 것이다. 아버지와 엄마의 평소의 지론은 세상에 나오면 자기 복 가지고 나오는 법이라서 갈 자리 있고 설 자리 있다고 한다. 부모님 식의 고전적이며 전형적인 논리에 따르면 나 역시 내 앞에 펼쳐진 대로 따라가면 된다. 순리대로 살면 된다. 그러니 세상에 나온 걸 고마워하며 이미 정해진 세상의 질서대로 순응하며 살면 되는 일이었다. 실수라지만 이미 태어난 인생, 부모님이 받쳐주니 적당히 눈치껏 세상사 얹혀 가면 될 일이었다.

아침이면 학교에 가고 일요일에는 빈둥거리다가 오후에는 학교 도서관에 가서 책을 보고, 사이사이 엄마 심부름을 하고 가끔 멍하니 알 수 없는 낙서를 하고, 망상의 세계에서 헤매고, 밤이면 쏟아지는 졸음을 못 참고 라디오 일일연속극에 미쳐 있는 정순 곁에서 먼저 잠이 든다.

나는 이때쯤 엄마를 졸라 겨우 새 라디오를 샀다. 오빠가 쓰던 낡은 트랜지스터가 있긴 했는데 두드려야 소리가 나다가 또 슬그머니 소리가 가버리는 고물이었다. 나는 틀 때마다 짜증이 나서 새로 나온 세련된 에프엠 겸용 금성 라디오를 사달라고 엄마를 졸랐다.

엄마는 사줄 듯 말 듯 내 속을 태우다가 내가 지쳐 나가떨어질 때쯤 읍내의 하나밖에 없는 전자상사에서 마지못해 사

왔다. 오래 걸렸지만 엄마의 치맛자락을 붙잡고 대성통곡한 덕은 있기 마련이었다. 나는 초등학교에 들어가자마자 물고 늘어지는 기술을 자연스럽게 터득한 터라 이것만은 자신 있었다. 새 물건에 대해서라면 중간에 포기하지 않고 끈질긴 집념을 발휘하면 된다는 것을 말이다.

정순은 저녁 설거지가 끝나기도 전에 연속극을 틀어놓으라고 미리부터 성화를 부린다. 함께 연속극을 듣다가 정순이 먼저 잠이 들면 나는 〈밤을 잊은 그대에게〉를 듣고서야 잠을 잔다. 조금 더 커서는 자정까지 하는 음악프로 도중에 이벤트로 끼어 있는 '성 상담'을 들으려고 졸음을 버티고 밤마다 듣기도 했다.

내 삶은 태어난 대로, 주어진 대로, 순응하며 살아가면 된다. 내 미래는 어떻게 되며 나는 무엇이 될까, 는 생각해본 적이 없다. 그런 것은 그때 가야 알 수 있지 않은가.

학년 초기만 되면 어김없이 담임이 설문지를 돌린다. '장래 희망을 구체적으로' 또는 '20년 후의 나'에 대해서 쓰라고 한다. 머리를 쥐어짜 뭐가 되고 싶은지 아무리 생각해도 쓸 것이 없다. 아이들이 흔히 쓰는 법관, 간호원, 선생님, 성우, 외교관, 아나운서, 등등등. 또 몇의 아이들이 쓰는 현모양처. 나는 생각하고 또 생각해도, 되고 싶은 것도 될 만한 마땅한 것도 없다. 뭐가 되긴 돼야 하겠지만.

그래서 옆 아이를 커닝해 '현모양처'라고 쓴다. 나는 현모양처가 내게 알맞아 보인다. 직업을 갖는 것도 귀찮은 만큼 가정주부는 적당히 할 수 있겠다 싶다. 내가 여자니까 살림은 잘할 수 있을 것 같다. 엄마와 정순이 하는 걸 어깨 너머로 배워서 반찬도 할 줄 알고 특히 무 채썰기는 자신 있다. 더 깊이 들어가자 내가 현모양처 스타일은 아닌데, 게으르고 희생 봉사정신도 없고, 깔끔하지도 않잖아, 하는 생각이 든다. 남편에게 기대 그냥 살면? 돈 안 벌어도 되고. 이 생각이 순간적으로 스치고 지나간다. 현모양처라고 그냥 쓴 것이다 아무튼.

우리 동네에는 중학교나 여고를 졸업하고 집에서 가사를 도우는 처녀들이 있었다. 처녀들의 희망사항은 누구나 '현모양처' 되기다. 신부수업이라고 고상하게 말하는데 실지로는 취직할 곳이 없어 집에서 놀고 있다. 그들은 남자 여자 모여 4H* 활동을 한다고 긴 토론을 하고 영농후계자 강의를 듣는다고 모여서 어딘가를 다녀오기도 한다. 농촌 발전에 힘을 두고 미래의 훌륭한 농촌지도자가 되는 것이 목표인 그들은 농한기에도 놀지 않고 농기계교육을 받는 틈틈이 막간의 시간을 잘 활용해서 4H 회원끼리 데이트도 하고 결혼까지 하는 커플도 생기고는 했다.

* 4H 클럽 : 농업구조와 농촌생활 개선을 목적으로 하는 세계적인 청소년 민간 단체

현모양처가 되려면 일단 결혼을 해 아이를 낳아 키우고 남편 뒷바라지를 해야 한다는 데 생각이 미쳤다. 현모양처의 뜻은 착한 처가 되고, 어진 어머니가 되어 봉사와 헌신을 해야 한다는 것이다. 그쯤이야 얼마든지, 하고 나는 생각하다가 다시 아닌 것 같다고 생각을 고쳐먹는다.

나는 현모양처를 지우고 '그냥 사람으로 살기'로 쓰고 싶지만 그럴 수가 없다. 명사로만 써야 한다. 선생님이 빨리 내라고 한다. 나는 결국 빈 종이를 낸다.

또 '20년 후의 나'에 대해 쓰라니. 이건 더더욱 상상할 수가 없다. 세상이 이렇게나 천태만상이고 속전속결로 변해가는데. 나는 어른이 되어간다는 사실만을 어렴풋이 알 뿐인데.

유경과 나는 2학년으로 올라가서도 같은 반이 되었다. 나와 유경은 손을 잡고 펄쩍펄쩍 뛰면서 한 반이 된 걸 좋아했다. 유경은 평소와 똑같이 별 변화 없이 학교에 왔다. 유경의 얼굴만 보고는 집안에서 무슨 일이 있었다고 짐작조차 되지 않았다. 나는 변함없는 유경을 보면서 진외가 손녀딸한테 들었던 그런 나쁜 말은 안 듣는 게 좋고 차라리 모르는 게 속 편하다는 생각을 했다. 무엇이든 너무 깊이 알면 괴롭다. 말할 때도 할 말 안 할 말 가려서 해야 되니 피곤하다.

나는 유경에게 봄방학 때 성리에 갔던 말은 하지 않았다.

동숙은 다른 반이 되고 그녀 문승희는 3학년 담임을 맡았다. 우리 반 담임은 샌님이라고 별명 붙은 국어선생님이 되었다. 좁장한 얼굴에 눈이 처져 약간 슬프게 생긴 담임은 우리 동네 출신이었다. 옆 여자고등학교에 있을 땐 수이언니 담임을 한 적도 있었다. 결혼해서 아들과 딸이 있는데 부인의 배는 만삭이었다.

부인은 부모님이 정해준 참한 여자라고 하는데 바라만 봐도 깨질 듯한 연약함 때문에 나팔꽃이 연상되었다. 보기만 해도 찢어져 상처를 받을 것같이 생겨서 저절로 연민이 드는 타입이었다. 그는 큰소리 한번 친 적 없고, 법 없이도 살 사람이고 외모만큼 세상 착한 사람이었다. 별명답게 샌님 중의 샌님이었다. 골목에서 나와 마주치면 먼저 웃으며 아는 체를 했는데 우리 담임이 된 거였다.

2학년이 되자 아이들은 노련해지고 부쩍 성숙해져서 알 수 없는 여성스러움을 풍겼다. 1학년 때의 그 아이들이 아니었다. 아이들은 나날이 예뻐지고 여자다워지고 키가 자라고 덩치가 커졌다. 그런 만큼 적당히 수다스러워지고 스스로 터득하듯 경계심을 풀었다.

분별없는 애들은 여전히 분별없이 굴고 넉살 좋은 애들은 점심시간에 아무 아이한테나 가서 도시락 반찬을 묻지도 않고 비위 좋게 집어 먹었다. 내성적인 아이는 곁눈 한번 안 주고 예습 복습을 하고 속이 깊고 사려 깊은 아이는 더 말수가 줄어들었다. 뒷자리의 유별나게 성숙한 몇 아이는 비밀을 간직한 영화 속 여주인공처럼 거만하게 콧대를 세우고 느긋하게 앞자리의 애들을 바라봤다. 아무나 하고 말하지 않고 귓속말로 자기들끼리 쑥덕거리고 밖에서는 사복을 입고 돌아다녔다.

놀라운 변화는 나도 예외가 아니어서 깡마른 몸에 살이 조금 붙고 가슴도 제법 나와 여성성이 강조됨이 나 스스로도 느껴졌다. 나는 나의 조숙함이 때론 감당하기 힘들었다. 남들은 쉽게 넘어가는 것 같은데 내게 닥친 사춘기 과정을 겪는 일은 보통일이 아니었다. 사춘기를 겪는 과정이 만만치 않다는 걸 나 스스로도 잘 알고 있었다. 다양한 신체적 변화는 혼란스러워서 미칠 지경이었다. 아랫도리와 겨드랑이에 나기 시작하는 징그러운 음모는 더욱 심한 마음의 혼란을 가져왔다. 테이프를 붙여서 자라지 못하게 막아버리고 싶었다. 왜 이런 변화가 생기는지, 그래야만 어른이 되는 것을 학습을 통해 아는데도 직접 겪은 나는 점점 내성적으로 변하고 마음은 자꾸 쪼그라들었다. 누가 말을 거는 것도 싫고 어른인 체하는 충고는 더욱 싫었다. 참견을 하는 행위가 같잖게만 여겨졌다. 그러나 또 다른 나는 티 안 나게 강건하게 대담하게 나를 부추기며 일상생활을 했다. 내 이런 마음을 아무에게도 들키고 싶지 않았다.

몸의 변화는 눈에 띄게 달라져서 벌써 교복이 작다고 늘리는 아이도 있었다. 1학년 때와는 질적으로 달라졌다. 몸의 성숙만큼이나 내게도 비밀이 많아지고 내면을 숨기고 생각을 함부로 내뱉지 않고 프레임 안에 가두는 것이 자리 잡아 갔다.

그러면서도 부쩍 달라지는 몸에 나는 적응하기 힘들었다. 가슴이 막 나오던 시기보다 한결 더 어색했다. 가슴은 왜 자꾸 커지는지 엉덩이에 살이 왜 붙는지 음모는 왜 나오는지 나는 정말 몸의 변화를 거부하고 싶었다. 몸의 변화를 받아들이기는 쉽지 않았고 몹시 부끄러운 일이었다. 다음 생에는 남자로 태어나고 싶다는 생각도 들었다.

한번은 동네의 한 남자가 가던 길을 멈추고 나를 뚫어지게 바라보더니 "수자, 너 나이보다 성숙하다."고 말했다. 그것이 또 이상하게 들렸다. 이 말이 묘하게 콕 박혀 나이보다 더 성숙하단 말이 칭찬이 아닌 음흉한 말로 들린 것이다. 그 말은 누가 하느냐에 따라 달라진다. 엄마 친구나 정순이 하면 아무렇지도 않은 걸 동네 건달 같은 남자가 하니 콕 박히는 것이다. 누구냐에 따라 오해의 소지가 있고 없고 한다. 이것은 내가 성에 대해 인식하기 시작했다는 반증이었다.

내가 방어적이 된 것은 이때부터였다. 힐끔거리는 눈빛은 불길했고 기분 나빴다. 경계심이 내 머리에 선을 죽 그어버린 것 같았다.

이런 적개심과 반항이 내포된 생각은 저절로 들었다. 내 안의 어떤 것이 자연스럽게 그렇게 시킨 것이다. 이것도 정체성의 범주에 들어가는 것일까. 정체성의 본질이 형성되는 과정에 한쪽으로 굳어지는 이것도 내 정체성이 되는 것일까.

나는 정체성 같은 건 깊이 모르지만 변하는 몸만큼 생각도 자리를 잡아가고 무엇이든 좋아하는 쪽으로 더 기울어지는 마음의 폭은 느낄 수 있었다.

수업에 들어오는 선생님들은 하나같이 지금부터는 장래에 무엇을 해야 할지 뚜렷한 가치관을 갖길 바라며, 여성으로서 내 몸을 소중히 해야 한다고 누누이 말했다. 중2면 공부도 어려워져 지금부터 따라가지 않으면 중간에 팽개칠 수 있으니 예습 복습이 중요하다고 강조했다. 현재는 같은 반의 친구지만, '공부'를 어떻게 하느냐에 따라 장래는 완전히 달라진다고 말했다. 그러면서 이름이 알려진 유명한 법조인과 정치인, 구두닦이와 건달을 비교해 실례를 들었다. 여성 법관 이태영과 화가 천경자와 소설가 한무숙의 이름을 나열하며 여성의 능력에 대해 말했다.

나는 그런 말을 들으며 우리 반에 그런 애가 누가 있을까 떠올려 보았다. 장래가 촉망되는 아이는 몇 되지 않지만 유경이 확실하게 떠올랐다. 유경은 당연히 특별한 뭔가가 되어 있을 거라고 한 치의 의심도 안 들었다. '공부'는 무엇도 될 수 있다. 인생을 바꿀 수도 있다. 유경이라면 악조건의 환경에서 일어설 수 있는 아이라고 말이다. 유경은 공부도 상위

권을 벗어난 적이 없고 그림이면 그림, 작문이면 작문, 모든 면에서 우수했다. 티 내지 않는 성품도 유경을 더 그렇게 보이게 했다.

유경은 장래희망을 '대학교수'라고 썼다. '20년 후의 나' 란에는 대학에서 강의를 하고 있는 자신의 아름다운 모습에 대해 썼다. 유경은 수업을 진지하게 듣고 있었다. 유경의 옆모습에서 그 점만은 자신 있게 보였고 당연하게 보였다.

유경과 나는 여전히 세상에 둘도 없는 친구지만 서로에게 너무 익숙한 나머지 우리의 우정에도 약간의 권태기 같은 게 찾아왔다. 유경과 나는 1학년 때와 다르게 개인적인 일이 중요해서 함께 있다가도 금방 헤어지곤 했다.

나는 여전히 책에 빠져 살았다. 박계형 소설은 너무나 감미롭고 흥미로웠다. 달달한 문장과 낭만적인 묘사는 잡으면 끝까지 가야 했다. 나는 박계형의 거의 모든 책을 다 봤다. 점방집 언니와 동네 처녀들은 서로서로 돌려보았고 내 차지까지 왔을 때에는 책은 나달나달해져서 커다랗게 부풀어올라 있었다. 그러나 처음에만 신기했을 뿐 점점 비슷한 방식의 얘기는 흥미가 사라졌다.

대신 점방집 언니가 주로 보는 문학에 빠져들기 시작했다. 그런 책이라면 우리 집에도 있긴 한데 다 있는 건 아니어서 책 때문에 나는 여전히 그 언니 골방을 드나들고 있었다.

내가 그처럼 열심히 책을 보는 것은 책 내용의 즐거움이기도 하지만 또 다른 나를 보호하는 시간이기도 했다. 세상의 마찰과 위험과 비밀로부터 나를 보호하려는 수단이기도 한 것이다. 책 읽는 시간은 안락한 둥지 같은 하나의 완벽한 세계였다. 나는 현실과 완전히 다른 책 안의 세상에서 나오기 싫었다.

이제 나는 책에도 내 취향이 생겨서 매끄럽게 읽히면서 가슴이 소용돌이치는 문학적 묘사가 많은 소설과 산문적인 문장이 강한 책을 주로 읽기 시작했다. 그 책들은 '세계고전문학'이었다.

나는 세계고전문학을 탐독하기 시작했다. 학교 도서관에서 책을 빌려와 읽고 점방집 언니 집에 가서 나한테 맞는 책이 있으면 빌려와 읽었다.

특히 모파상과 이반 투르게네프, 펄벅은 가히 압권이었다. 막심 고리키, 토마스 하디, 릴케, 루이제 린저, 프랑수아즈 사강, 빅토르 위고, 알렉상드르 뒤마, 오스카 와일드를 비롯한 숱한 작가들은 환상 속에서 나를 잡고 흔들며 공격하고 가슴 뛰게 했다. 이런 책들을 읽고 있으면 아무것도 안 하고 책만 읽으며 일생을 보내도 아쉬울 게 없을 것 같았다.

나는 점점 더 책에 탐닉했다. 어려운 책은 완벽하게 이해를 못 하면서도 문장에 끌려 읽기도 했지만 어렴풋이 알 것 같았다. 나는 그런 책을 읽으며 평생 죽을 때까지 책을 읽을 것이라는 사실을 깨달았다. 책은 삶을 만들며, 앞으로 내가 어떻게 살아야 할지 책이 제시해준다는 것도 알아갔다.

그 시절의 책들은 내가 읽기에 어려운 것이 많았지만 이해하기 전에 마음으로 스며들었다. 되새겨보니 마음도 몸도 쑥쑥 커가던 그 시기만이 가지는, 엉킨 머리카락 같은 혼란함은 후에 정체성으로 대변되는 단어인 것을 알았다. 혼란함 가운데서도 나를 나로 만들어가던 시기인 것이다. 이러니 내가 생각해도 내 정체성이 자리 잡는 것이 느껴졌던 것이다.

책 보는 시간이 점점 늘어나니 정순과 대화가 끊겨 정순이 심심하다며 불만스럽게 툭툭 나를 치곤 했다.

"수자 가이나야. 니는 진짜 싸가지 없다. 지랄 좀 엔간히 떨어라. 좀 컸다고 재냐?"

그러면서 턱도 없는 생색을 낸다.

"꼬막만 한 거 다 키워놓으니 누구 땜에 컸는지도 모르고 지랄을 떤다."

말은 앙칼스럽게 하면서도 포기할 건 또 빨리 포기하는 정순이었다.

정순은 내가 저보다 한참 어린데도 우리 사이에 조그만 틈이라도 생기는 걸 원치 않아서 아주 작은 일이라도 다 알고 넘어가려 한다. 학교생활도 꼬치꼬치 캐묻고 성가시게 굴며 '나의 모든 것'을 알려고 했다. 나는 초등 때는 잘 몰랐지만 중학생이 되고 정순의 이런 개입이 슬슬 귀찮아지고 버거워졌다. 그래서 정순한테는 대강대강 신문기사 제목처럼 핵심만 말해주고 입을 닫아버린다.

엄마는 정순과 내가 그러거나 말거나 한숨을 푹푹 쉬며 집안 대소사를 챙겼다. 장손 며느리인 엄마는 제사가 많고 늘 손님이 끊이지 않기 때문에 장을 보고 음식을 하느라 바빴다. 일을 하면서도 간간이 푸념 섞인 말을 했는데, 우리 딸들은 장손한테 안 줄 거라는 요지였다. "결혼하기 전에 장손인가부터 먼저 보는 게 정석"이라며 장남은 절대 안 돼, 를 강조했다. 큰오빠도 우리 집 장손인데 그 말 할 때만큼은 큰오빠 생각은 안 나나 보았다.

텃밭은 주로 정순이 관리하고 엄마는 몸뻬로 갈아입고 들판 너머의 밭을 매러가기도 했다.

나는 이따금 하교 후에 점방집에 갔다. 그 언니 엄마는 비 오는 날이 아니면 거의 집에 없었다. 그 언니는 여전히 세속의 일에는 관심도 두지 않고 책을 읽고 글 쓰는 것을 반복했다. 해만 바뀔 뿐이지 액자 안에 머물러 있었다. 정물인간 같은 그 언니의 행위는 숭고스럽기까지 했다. 나는 어느 순간 그 언니에게 영향을 받아서 복제인간처럼 그녀를 베끼고 있었지만 그 사실을 알아차리지 못했다. 그 언니에 대한 무조건적인 흠모는 실은 잠재된 내 욕구였다.

간혹 그 언니는 나와 동네 여자아이들을 앞세우고 개울 건너 저 산 밑자락의 제실까지 갔다가 오곤 했는데 그것이 언니의 유일한 외출이었다.

그 언니 집에 있을 때 누가 물건을 사러 오면 나는 그 언니에 대한 애정과 흠모가 지나친 나머지 글 쓰는 언니 대신 물건을 팔아주는 것을 계속했다.

나는 2학년이 되어서도 일기는 안 빼먹고 썼다. 일기는 소설처럼 두 가지 버전으로 쓴다. 두 가지 버전은 내 취미가 된지 오래다.

★ 버전 1

나는 성실하지 않다.

나는 지각을 밥 먹듯이 하고 조퇴도 두 번이나 했다.

나는 숙제도 몇 번 안 해서 손바닥을 맞았다.

나는 공부는 중위권이지만 어쩌다 상위권에 오를 때도 있는데 한두 번에 불과하다.

나는 책을 끼고 사는데도 작문이 어렵다.

★ 버전 2

유경은 성실하다.

유경은 성실한 모범생답게 결석은커녕 지각도 안 한다.

유경은 숙제는 안 한 적이 없고 예습 복습도 하는 눈치다.

유경은 학년 석차 5등 안에 든다.

유경은 그림도 잘 그리고 작문은 정말 우수하다. 어쩌면 천재가 아닐까 하는 생각까지 든다.

나는 잉크를 묻혀 여기까지 쓴 것을 엑스 자로 죽 그어버린다. 다시 종이를 확 구겨 던져버린다.

아, 이 모든 것은 질투다. 나는 생각한다.

모든 게 유경에게 뒤처진다고 생각하니 몸이 뒤집어질 듯이 질투가 불타올랐다. 나는 잠시 생각에 잠겼다. 우수한 친구를 둔 건 분명 자랑스러운 일인데 왜 이렇게 질투가 나는 걸까. 생각할수록 유경이 밉고 질투가 나는 것은 내가 속이 좁기 때문일까. 이것도 내 본능이다. 그것도 절대적인 본능.

집에서 일기를 쓰거나 혼자 생각할 땐 질투심에 몸서리치다가도 막상 학교 가서 유경과 말하고 있으면 집에서의 감정에 죄의식이 들고 내가 부끄러워지는 것도 못할 짓이다. 나는 질투와 시기, 잘난 친구를 뒀다는 자만과 우쭐함 사이에서 왔다 갔다 했다. 그리고 유경이 이런 내 속내를 알아챌까 봐 전전긍긍하며 일부러 크게 말한다.

"유경아, 너 샌님이 문예부장 시킨다던데?"

나는 하기 싫은 말을 흘린다. 안 해도 될 말을 하고 있는 나는 아무래도 좀 덜떨어진 머저리 같다. 속과 겉이 다른 전래동화 속 호랑이 같다. 사실 얼마 전에 샌님을 골목에서 만났다. 샌님이 나보고 이렇게 말했다.

"수자야, 함유경 글 솜씨가 좋더라. 문예부장에 함유경 시키면 되겠더라." 했다.

그러더니 "아니, 수자 네가 할래?" 했다. 이건 또 무슨 지랄 같은 말인가. 나를 시킬 거면 유경은 왜 들먹이는가 말이다.

이미 뱉은 말은 상처가 된다는 걸 간발의 차이로 인지한 멍청이 샌님은 안 할 말을 했음이 뒤늦게 들었는지, "수자, 네가 할래?" 했던 것이다. 나는 뒤의 수자, 네가 할래? 그 말이 더 싫어서 샌님 얼굴은 쳐다도 안 보고 운동화 코만 땅바닥에 비벼댔다. 샌님이 또 뭐라 뭐라 하는데 나는 도망치듯 내빼서 집에 와버렸다. 집에 와서 속이 안 좋고 울렁거려 하루 종일 굶어버렸다.

유경과 나는 문예반에 들어갔다. 나는 책벌레를 자처하니 당연히 문예반에 들어간 것이고 유경은 나를 따라 들어왔다. 유경은 그림이 수준급인데도 미술반은 보이콧했다. 이를테면 시시한 것이다. 미술선생님은 유경이 미술반에 들어올 거라 당연히 믿었는데 문예반에 들어가자 한마디로 일침을 놨다. "야, 함유경. 너 나 배신했다?" 하며 그래도 귀엽다는 듯 하하 웃었다.

나를 따라 들어온 유경이 내 자리를 차지하고 (문예부장은 내 자리라고 믿어 의심치 않았다) 우위에 선 상황에 이처럼 열 받을지 그땐 몰랐다. 나는 유경을 문예반으로 꼬드긴 걸 진정으로 후회하는 중이다.

샌님은 전전날 골목에서 나를 만난 일 같은 건 이미 잊어버린 뒤라 문예반 첫날 교실에 들어서자마자 뭐가 그리 급한지 유경부터 찾았다.

"함유경, 함유경 왔니? 어, 왔구나."

그러고 교실을 둘러보았다. 그러더니 아이들 의견 따윈 묻지도 개의치도 않을 태세로 결론을 말했다.

"함유경이 문예부장이다."

유경은 성향대로 특징대로 좋은 것도 아닌 싫은 것도 아닌 아무 반응 없이 앉아 있었다. 샌님이 아이들을 향해 "다들 이의 없지?" 하고는 곧장 문예반 활동에 관한 다음 얘기로 넘어갔다. 그렇게 해서 유경은 샌님의 추천으로 문예반의 문예부장직을 맡게 되었다.

그러고 나서 얼마 후, 전교생이 모인 아침 조회시간에 단상에 올라가 마이크를 잡은 샌님이 중대 발표를 했다.

"올해의 '도내 5월 중고등학교 시 짓기 대회'에 우리 학교 대표로 2학년 1반 함유경이 나가게 되었습니다."

담당교사인 샌님이 결정하는 것에 이의를 제기할 사람은 없다. 샌님이 결정하면 받아들이기만 하면 된다.

해마다 도청 소재지에서 열리는 시 짓기 대회는 우리 학교의 자랑이기도 했다. 우리 학교 학생은 꼭 상을 타 왔기 때문에 올해도 좋은 결과가 있을 것이라고 교장 선생님은 훈시 마지막에 덧붙여 말했다.

아이들은 유경이 누구인지 어떻게 생겼는지 부러운 눈으로 유경을 보려고 야단들이었다. 유경은 고개를 숙이고 얌전히 서 있었다.

나는 쉬는 시간에 유경에게 가서 축하한다고 말했다. 속마음을 누르고 태연히 거짓말을 했다.

이렇게 되기 얼마 전에, 국어 작문 시간이었다.

유경이 쓴 시를 보고 샌님은 평소의 그답지 않게 너무나 과한 호들갑을 떨며 유경을 칭찬했다. 샌님은 유경을 앞으로 나오라고 하더니 쓴 시를 직접 읽어보라 했다. 유경이 부끄럽다고 얼굴을 붉히며 머뭇거리자 그럼 자리에서 일어서서 읽어보라고 했다. 유경이 일어나 시를 읽었다. 유경이 1학년 때 나한테 보낸 편지(지금은 서로 편지를 안 한다)의 문구도 들어 있었다.

내가 듣기에 유경의 시는 어려운 단어에 문장은 좀 억지스럽게 느껴졌다. 문단도 통일성이 없고 관념적으로 생각의 나열만 늘어놓은 것 같았다. 그렇지만 샌님은 우리들이 흔히 쓰는 직접적인 묘사에 은유를 적당히 넣으니 시가 근사하게 되었다고 설명하며 단어 선택을 잘했다고 한다. 그러면서 너희들도 문장을 만들 때 사실을 쓰고 생각을 넣어서 어렵게 안 쓰는 대신 흔히 저지르는 상투적인 문장은 쓰지 말라고 충고했다. 나는 고개를 갸웃거렸지만 그런가 보다 하고 넘어갔다.

또 그러면서 "수자는 시가 산문 같으니 시를 쓸 때 늘이지말고 압축하면 좋겠다"고 언급했다. "산문으로 쓴다면 묘사가 특히 좋다"고 했다. 나는 그 말에 기분이 나아졌다. 다른아이들도 일일이 지적하며 다음에는 '산문 쓰기'를 할 거라고 했다.

나는 집에 와서 교과서에 나오는 시와 유경의 시를 비교해보았다. 유경의 시가 탁월하다는 생각은 들지 않았다. 너무 꾸민 듯해서 작위적이고 단어도 거슬렸다. 이런 시야말로 잡지 속의 시를 모방한 키치 시라고 나는 혼자 입을 삐죽거렸다. 내 본능은 곧바로 나타났던 것이다. 본능은 바로 질투였다.

그렇지만 잘 썼다고 응원해줄 수도 있는데 부정하는 마음이 앞서다니, 나의 이런 태도는 질투가 분명했다. 샌님의 칭찬대로 유경이 시를 잘 썼는데 나만 인정하기 싫은 이것은확실한 질투였지만 질투조차도 인정하기 싫었다.

샌님의 칭찬을 학생으로서 곧바로 수용하지 않고 거부반응을 보인 건 분명 질투다, 라는 데 결론을 내자 나는 더욱더질투심이 타올라 마음을 진정시키기 힘들었다. 곁들여 질투라는 속마음의 요상한 죄책감이 또 들어 괴로웠다.

수이언니

 수이언니는 대학교 3학년이다.

 어려서부터 공부를 잘했던 수이언니는 서울의 유명한 대학에 붙었다. 수이언니는 대학교 근처에서 하숙을 한다. 두 오빠는 방 하나를 얻어 함께 자취를 하는데 수이언니는 오빠들과는 죽으면 죽었지 같이 못 살겠다고 떼를 써서 하숙집을 구했다. 분명 오빠들이 밥이고 집안일이고 다 시킬 게 뻔할 뻔 자인데 공부에만 전념할 고귀한 이 몸이 오빠들의 하녀 노릇은 못 하겠다고 했다. 견딜 수 없는 모욕이라고 했다. 그것도 아버지가 집에 없을 때 엄마한테만 조르며 대들었다.

 "같이 사느니 차라리 죽어버릴 거야."

 부모님은 어쨌거나 오빠들 방을 빼서 두 칸짜리로 옮겨 남매가 모여 살면 안심도 되고 돈도 적게 들어 이득이라고 아무리 설득을 해도 곧 드러누울 듯이 생떼를 쓰는 수이언니한테 졌다. 수이언니의 쇠고집을 당해낼 재간이 없었다. 부농도 아닌 우리 형편에 서울에 자식을 셋이나 유학 보낸다고 허리가 휜다고 말해보지만 수이언니는 부모님 사정에는 콧방귀도 안 꿰었다. 내가 알 게 뭐야, 나만 편하면 되지 뭐. 이것은 수이언니의 본능인지도 모르겠다.

오빠들도 비슷했다. 오빠들이나 언니나 야망을 위해서는 공부 잘하는 방법밖에 없었다. 그들은 공부를 잘했다. 내가 볼 때 오빠들과 언니는 야망이 크고 꿈도 야무지고 장래 큰 사람이 되겠다는 목표가 확실했다. 나만 이 모양으로 어리버리하고 안주하는 타입이었다. 그들은 언제나 아버지한테 잘 보여 돈 타 갈 궁리만 했다. 그러려면 공부를 잘해야 하는 건 당연할 것이다. 영악한 그들은 그것을 잘 알았다. 부모님은 어중간히 공부하는 자식들 서울까지 보낼 만큼 과한 욕심도 없었고, 그럴 형편도 되지 않았다.

오빠들도 언니도 알고 보면 본인들의 야망을 위해 한통속이 된 듯했다. 뜻을 이루려면 오직 공부밖에 없다는 것을 알고서 이용했다.

엄마는 몰랐던 수이언니의 내면을 새로 발견하고 배신감을 느꼈지만 저렇듯 큰 강도로 나오니 아버지를 설득해 수이언니를 하숙시켰다.

수이언니는 친언니지만 어느 때는 한심할 정도로 이기적이었다. 우리 남매 중 가장 대가 세서 고집을 부리고 드러누우면 누구도 감당 못 한다. 부모님의 각각 탁월한 유전자를 집중적으로 받고 태어난 것 같다.

수이언니는 공부 잘하는 걸 대단한 유세로 활용했다. 우리 집에서 정순을 진짜 식모를 뛰어넘어 몸종으로 부리는 사람은 수이언니뿐이다. 그 점은 우리 집 정서에 안 맞는다. 오빠들도 집에 오면 수양딸인 정순한테 뭘 시키지 않고 정순이 차려주는 대로 먹으며 별말 없이 정순을 있는 듯 없는 듯 대한다.

수이언니는 태생이 코가 높아 시건방지다는 비난도 받고 거드름에 잘난 체했다. 자존심과 자기애가 강해 승부욕이 높은 만큼 공부도 잘했다.

비난은 엄마한테 돌아왔다. 아무리 공부 잘하고 영리해도 딸 그렇게 안하무인으로 키우면 안 된다고 친척들은 칭찬 뒤 끝에 한마디씩 했다. 일부러 칭찬을 먼저 한 다음 슬쩍 '자식이 귀하면 꾸짖어 버릇을 가르쳐야지.'라는 말을 뒤에 흘렸다.

그러나 친척들이 하나 마나 한 참견이 되고 만 것은 수이언니의 타이틀 때문이다. 수이언니의 자질구레한 거만한 행동은 빛나는 타이틀인 '서울의 유명대학 다니는 여대생' 위에서 찬란히 빛나기 때문에 묻혀버렸다. '서울의 유명 대학 다니는 여대생' 타이틀은 아무도 무시하지 못하게끔 엄마의 자존심을 살려주었다.

중고등학교 다닐 때도 수이언니는 친구도 공부 잘하고 예쁘게 생긴 부잣집 애만 사귀었다. 그래도 교복 한번 줄여 입지 않고 애교머리도 낸 적 없이 공부 잘하는 모범생 딸내미

모습을 유지했다. 속은 시건방이 넘칠망정 겉은 착한 딸내미로서 엄마의 품격을 높여주었다. 엄마는 이런 수이언니 때문에라도 코를 높이 쳐들고 매사에 당당할 수 있었다.

나는 이번 겨울방학만 지나면 중3으로 올라간다. 수이언니는 대학교 4학년으로 올라가고.

수이언니는 설이 다 되어서야 집에 내려왔다. 엄마가 방학하면 곧장 내려오지 뭘 한다고 이제 왔냐고 하자 언니는 엄마의 그런 말 따위 귀찮다는 듯이 라디오를 끼고 안방에 깔린 이부자리 속으로 쑥 들어가서 누워버린다.

두 오빠들도 어쩐 일인지 이번 겨울방학은 집에서 보내고 설 쇠고 갈 거라고 하며 집에서 개기고 있다. 큰오빠는 대기업에 취직이 되어서 3월부터 출근한다고 하고 작은오빠는 몇 번이나 미룬 징집 영장이 나와서 봄에 군대에 가니 그동안 집에 있었다.

두 오빠들은 친구를 만나고 며칠 동안 여행 삼아 어디를 다녀온다고 각자 집을 나가 있는 날이 많았다. 부모님은 두 오빠들이 나가도 들어와도 알은체만 할 뿐 따지지 않는다. 오빠들이 하는 말은 무조건 믿어주고 허락해준다. 남자들에게 관대한 건 어느 집안이나 비슷했다.

수이언니는 내려온 첫날부터 아랫목에 누워서 꼼짝도 안 했다. 뭔가 고민이 있는 듯 한숨을 푹푹 쉬며 밥도 잘 안 먹고 엄마 어디 갔냐고 엄마만 염탐했다. 작은방을 차지하고 누워서 나더러는 안방에 아버지 혼자 계시는 데 가서 공부하라고 책을 던져준다. 작은방을 같이 쓰는 정순과 나는 방을 뺏긴 기분이었다. 수이언니는 종일 이불 깔아놓고 따뜻한 아랫목을 차지하고 누워 아무것도 안 하고 잠만 잤다. 낮잠을 자다가 서울에 전화할 데가 있다며 우체국에 다녀오기도 했다. 정순더러 방이 식지 않게 불 때는 간격을 좁히라고 잔소리를 했다.

그렇게 지내던 수이언니는 갑자기 서울로 올라간다면서 가방을 챙겼다. 설이 곧 코앞이었다. 엄마는 설이나 쇠고 가라면서 언니를 잡았지만 언제나 그렇듯 수이언니 고집이 이겼다.

며칠을 뭉그적대다가 수이언니는 서울로 올라갈 당일 차부까지 따라간 엄마한테 뭔가를 털어놓았다. 집에서 털어놓으려고 마음먹었지만 차마 못 한 일방적 알림이었다. 서울 가는 언니를 차부까지 따라간 적이 없었던 엄마를 수이언니는 이렇게 저렇게 이유를 만들어 차부로 유인했다. 집에서 기회를 염탐하다 실패한 말을 수이언니는 재빨리 뱉어버렸다.

"엄마, 나 결혼시켜 줘."

수이언니는 엄마 얼굴을 정면으로 안 보고 재빨리 말해버렸다. 지금 사귀는 애인과 결혼을 할 거라고 하며 "안 그러면 죽어버릴 거야."라고 비장하게 덧붙였다.

어리둥절한 엄마는 지금 이 요상한 말이 무엇을 의미하는
고, 하며 머리를 굴리던 참이었다. 엄마는, "다시 한번 뭐라
고?" 하며 수이언니를 쳐다보니 그새 언니는 안 보였다.

수이언니는 그 말만을 남기고 마침 떠나려는 서울 가는 버
스를 타버렸다. 버스에 타서는 창문을 열고 "엄마 서울 가서
편지할게." 하더니 창문을 탁 닫았다.

기절하기 직전의 엄마는 수이언니가 탄 차가 움직이자 조
금 전의 상황을 뒤늦게 깨닫고 버스를 세우려 했지만 허사인
건 당연했다.

집에 온 엄마는 수이언니처럼 드러누웠다.

분명 말 못 할 뭔가 큰 사달이 난 게 분명했다. 그렇지 않
고서야 날벼락처럼 무슨 결혼이란 말인가. 엄마는 혹시 얘가
임신? 하는 상상에 이르자 가슴에 천불이 나고 화딱지가 올
라와서 벌떡 일어났다.

저녁에 아버지가 들어오자 안방에서는 벼락 같은 큰소리
가 이어지다가 긴 침묵이 이어지다가 또다시 사이사이 엄마
아버지의 번갈아가는 탄식의 한숨 소리가 들리다가 골목 깊
은 우리 집은 육중한 대문처럼 한동안 암울한 침묵에 휩싸
였다.

정순과 나는 작은방에서 안방의 기척에 귀 기울이다가 불
안해서 밖에 나가지도 못하고 숨죽여 있었다. 정순도 나와

정순만 아는 비밀이 있는지라 혹 불똥이 자기에게 튈까 봐 전전긍긍하며 불안해했다. 나는 정말 정순의 비밀은 지켜주고 싶었다.

나는 그 밤을 새우며 진짜 사람에게는 짐작조차 못한 일이 일어날 수도 있다는 사실을 알았다. 어른들의 일과 세상사는 내가 감히 상상조차 못한 일이 벌어질 수 있다는 사실에 나는 또 한번 어른이 되기 싫은 공포에 휩싸였다. 미래는 알 수 없는 미로와 같고 미로에 들어서면 나오기까지 많은 역경과 오류와 짜증과 허우적거림과 시련이 걸린다는 것을 말이다. 그들의 세계는 감히 해외 토픽감이었다.

그다음 날 첫차로 엄마는 서울에 올라갔다. 수이언니의 편지를 기다릴 시간 같은 건 아무짝에도 소용없었다. '모든 것을 알아오라'는 아버지의 명령에 따른 것이었다. 부모님의 하루는 일 년 같았다.

아버지는 혼자 있을 때 으레 그러듯이 장부를 내놓고 안경 너머로 숫자를 살피고 있다. 이번 겨울에는 소주 사업을 연기한다면서 집에서 지냈다. 지난가을 우리 집 뒤란에 시범 삼아 설치한 소주 기계에서 소주를 내리기 시작하고 순경이 들이닥쳤다.

아버지는 누가 찔렀냐고 고함을 고래고래 질렀다. 시험 삼아 한번 해보고 곧 사업승인 받아서 사업을 진행시키려 했는데 그새를 못 참고 누가 찔렀다고 했다. 이건 불법이 아니라고, 누구 잘되는 꼴을 못 본다면서 언젠가는 코를 납작하게 해줄 거라면서 펄펄 뛰었다. 누가 찔렀는지 찌른 사람을 당장 알아내야 한다면서, 시험 삼아 하는 게 뭐가 잘못됐냐며 따졌지만 이미 끝난 게임이었다.

경찰서 간부인 아버지 지인은 아버지더러 "형님, 마 형식적입니다. 신고가 들어오면 우리로서는 단속 안 할 수가 없어요. 이 기간만 넘겼다가 조용해지면 그때 다시 하십시오. 사업하기가 쉽지 않은 거라……." 하며 그동안 아버지한테 얻어먹은 술이며 음식값에 대한 보답을 번지르르한 말로 무마시켰다. 아버지는 기계값이 얼만데 기계 녹슬면 방법이 없다면서 창고에 넣어둔 기계를 보고 한숨을 쉬었다.

장래를 예측할 수 없는 아버지의 이루지 못한 사업과 오빠들의 한량스런 태평세월과 엄마의 여전한 심드렁함과 나의 귀차니즘에서 비롯된 시큰둥함에 더한 냉소와 정순의 들뜸 속에 우리 집의 겨울은 검은 기와지붕만큼이나 푹 꺼져 보이고, 뒷동산의 헐벗은 나무들은 언제까지고 새잎이 돋을 날이 있을까 싶었다.

우리 집에서 들뜨고 행복한 사람은 정순 혼자였다.

정순은 겉으로는 집안의 긴장감 때문에 굳은 얼굴인 체하고 있지만 속으로는 기쁨에 차올라 표정이 순간순간 바뀌곤 했다. 나는 슬쩍슬쩍 옆눈으로 정순을 훔쳐보면서 '가시나,

지랄하고 자빠졌다.' 속으로 삐쭉거렸다. 정순의 입장에서 보면 수이언니는 수이언니고 부모님은 부모님이고, 정순은 본인의 행복이 우선이었다. 이것 또한 정순의 본능이었다.

엄마가 서울에 가서 모든 것을 알아온 날 저녁, 골목 깊은 우리 집은 이번에는 수이언니가 차부에서 뱉고 떠난 '충격적인 말'보다 더한 정말 되돌릴 수 없는 깊은 속사연에 휩싸였다. 누구한테도 함부로 말할 수 없으며 남부끄럽지 않게 조용히 해결해야 할 큰 문제를 남모르게 꾸며 가장 자연스럽고 신속하게 처리해야 했던 것이다. 그것은 이렇게 된 거 이왕지사 빨리, 결혼식 날짜를 잡고 예식장을 잡는 일이었다.

엄마가 새벽 첫차로 서울에 가서 수이언니의 '모든 것의 시작과 과정과 결말'이 담긴 자초지종을 듣고 온 후 무거운 얼굴로 아버지와 엄마는 조용히 의논에 들어갔다. 아무도 모르게 감쪽같이, 하루에도 몇 번씩 나타나는 도둑고양이도 모르게, 남부끄럽지 않게, 그럴듯한 스토리를 엮느라 두 분은 밤새워 나직나직 대화를 이어갔다. 모처럼 아버지의 다정한 의논에 힘입어 엄마는 자기도 모르게 현실을 잊고 쿡 웃음소리를 냈다가 스스로 찔려 웃음기를 거뒀다.

밤새운 결론은 봄에 수이언니를 결혼시킨다는 것이었다. 표가 나기 전에. 하루라도 빨리.

수이언니는 화려하고 낭만적인 봄의 한가운데 일사천리로

결혼식을 올렸다.

결혼식 장소는 'in 서울 예식장'을 고집한 수이언니를 누르고 새로 생긴 지 얼마 안 된, 화려하고 품위 있는 외관의 '궁전예식홀'이었다. 읍내의 하나밖에 없는 예식장을 단박에 구식으로 만들고 1순위 예식장이 된, 유치한 화려함을 넘어 잘못 보면 러브호텔 같은 장소였다.

서양의 화려한 궁전을 모방한 궁전예식홀은 삐죽삐죽한 탑이 포인트였다. 외관은 온통 흰색으로 칠하고 커다랗고 삐까번쩍한 샹들리에에 대리석 계단을 한 예식장이 전국에 하나둘 생겨나던 시기였다. 그렇지만 궁전예식홀은 대리석도 샹들리에도 모조리 모조로 꾸몄다. 겉은 화려하고 그럴듯하지만 실내는 조악한 장식을 한 그저 그런 예식장이었다. 이런 것은 자세히 살펴봐야만 알 수 있는 법이다.

이번에는 부모님이 수이언니를 이겼다. 수이언니는 '서울의 예식장'이 아닌 읍내 촌구석에서 결혼식을 올릴 거라고는 상상해본 적이 없었다. 체면이 말이 아니어서 짜증이 나 견딜 수 없었지만 본인의 행실 탓에 어쩔 수 없이 수치심을 누르고 한발 물러섰기 때문인지 살짝 겸손한 모습을 보였다. 내 눈에는 풀이 약간 죽어 보였지만 그것도 내 생각이었다. 풀이 죽은 수이언니를 보자 되레 언니가 불쌍해 보이는 건 무슨 징조인지 몰랐다.

결혼식날은 티 없이 맑은 따뜻한 봄날이었다.

형부는 초면이었다. '사회' 보는 형부의 친구도 초면이었는데 사회자의 첫 인사말처럼 '만물이 생동하는 봄의 한가운데 축복의 결혼식'이 거행되었다.

형부라고 하지만 처음 봐서 어색하기 그지없었다. 사회 보는 형부 친구도 사돈들도 나한테 어색하기는 마찬가지였다. 정순은 한껏 들떠 "형부는 어쩜 저리 잘생겼을까. 진짜 서울남자 같아."를 연발했다. 나는 구별 못 하는 서울남자를 정순은 구별하는지 '서울남자'에 악센트를 강조하며 서울남자는 멋있어, 라는 말을 몇 번이나 했다.

자부심과 자만심이 남다른 수이언니는 아무리 신식인 '궁전예식홀'이라 해도 읍내에 있다는 사실의 진실이 싫었다. 억지를 부린다고 먹힐 일이 아닌지라 서울에 있는 예식장을 들먹이다 바로 고집을 내린 데는 형부의 배경 없고 가난한 집안사정이 한몫했다.

형부는 가난한 서울 촌놈에 홀어머니의 외아들이었다. 집안의 대들보로 무거운 짐과 동시에 수이언니처럼 생각지도 못하게 이른 나이에 결혼식을 올려야 하는 사정이 생긴 만큼, 우리 부모님의 은근한 압력에 굴복해서 간단하게 빨리 서울이 아닌 소읍에서 결혼식을 치르는 데 기꺼이 동의했던 것이다.

형부는 엄마가 그렇게나 안 된다고 강조하던 '장남'을 넘어서 장남보다 한 급수 위인 '홀어머니에 외아들'이었다.

형부의 어머니를 비롯한 사돈들은 겸손해서 그런지 아니면 뭐가 그리 미안한지 부모님을 어렵게 대하는 것은 물론 낮은 자세를 취한다는 것이 눈에 띄었다. 나중에 알고 보니 결혼식 비용을 포함한 신접살림방 전세비용을 아버지가 댔기 때문이었다.

처음 본 형부는 수이언니와 잘 어울려 보였다. 언니는 결혼하자마자 불러오는 배 때문에 크고 헐렁한 옷을 입고 새색시가 되었다. 학교를 휴학하고 가을에 아들을 낳았다. 계획에도 없는 아이 엄마가 된 수이언니는 그러나 행복해 보였다.

번갯불에 콩 볶듯 한 수이언니의 결혼식이 끝나자 엄마는 눈에 띄게 쇠약해져 있었다. 아버지 또한 결혼식에 관한 그 어떤 얘기도 꺼내지 않고 침묵함으로써 심중의 불편함을 드러냈다. 큰오빠는 막 입사한 회사여서 당일로 다녀가고 작은오빠는 국가의 부름을 받고 논산훈련소에 묶여 있는 몸이라 어쩔 수 없이 불참했다.

동네 사람들과 친척들은 수이언니의 얼렁뚱땅한 결혼을 두고 말이 많은가 보았다. 남의 뒷말하기를 좋아하는 것은 사람의 심리다. 본능에 더 가까운지도 모르겠다. 그들은 보나 마나, 알다마다 수이언니의 결혼을 두고 이러쿵저러쿵 오만 가지 소문에 상상을 보태 소설을 쓰느라 바쁘게 이웃집을 오갈 것이 뻔했다. 동네 처녀들의 이상형 수이언니는 이

로써 이상형에 종말을 고하고 '이른 결혼 사연의 진위여부'
의 궁금증을 남기고 소문 속으로 묻혀졌다.

엄마는 진실과 변명을 떠나 '느닷없이 일찍 결혼'으로 말머
리의 포문을 열려는 동네 사람들 심리를 알고도 남는지라 평
소의 엄마답지 않게 동네 마실도 친척집도 가지 않고 집 안
에서만 뱅뱅 돌았다. 엄마는 입에 달기만 하고 몇 해째 미뤘
던 옷가지 정리와 살림살이 정리를 하며 시간을 보냈다. 덕
분에 정순더러 고향에나 다녀오라며 헌 옷 중에 괜찮은 것을
챙겨주었다.

수이언니는 애 엄마가 되자 수시로 집으로 내려왔다. 애 키
우기가 힘들다며 짜는 소리를 하면서도 아직 학생인 형부에
대해서 쉴 새 없이 정보를 불었다.

내 형부가 된 수이언니 남편은 입주과외를 하는 고학생이
었다. 결혼하고 입주과외는 그만뒀지만 여전히 저녁에는 돈
이 되는 과외를 몇 탕이나 뛰느라 집에 늦게 들어온다고 했
다. 한 해만 있으면 직장을 잡고 직장인이 될 거라 했다. 몇
탕이나 하는 과외가 직장 신참내기보다 돈을 더 많이 벌기
때문에 사는 데는 걱정 없다고 했다.

그러나 오래 지나지 않아 수이언니와 형부는 부부싸움의
빈도가 늘어나기 시작했다. 형부보다 수이언니가 더 많이 좋
아한 사랑이 흔들리기 시작한 것 같았다. 수이언니는 언제나

그 성격이 문제였다. 더 많이 사랑하기 때문에 더 많이 집착하고 더 많이 의심하고 더 많이 사랑을 안 준다고 불평했다. 싸움은 점점 치열해지고 가속도가 붙어 으르렁거리는 날이 늘어갔다.

내가 방학 때 수이언니 집에 가서 보니 밤중에 죽일 듯이 싸우고도 아침이면 말짱했다. 언제 싸웠냐는 듯 더 다정해 보였다. 한 번은 싸운 걸 보고 나갔는데 돌아와 보니 팔짱을 끼고 외출한다며 나보고 애 좀 보라고 했다. 수이언니의 뱃속에는 두 번째 아기가 나오려고 대기 중이었다.

형부는 결혼하고 그리 오래지 않아 직장에 들어갔다. 그때쯤 수이언니는 아들 하나에 딸 하나였는데 수이언니는 애들을 업고 걸리며 집에 수시로 내려왔다. 나는 수이언니가 왠지 좀 불행하다는 느낌을 지울 수가 없었다. 수이언니가 집에 와서 있으면 형부가 와서 빌고 데려가기를 반복했다. 그들의 진한 사랑만큼 싸움은 치열하고 격렬했다. 수이언니는 그 누구보다도 격렬하게 치열하게 생을 살아가고 있었다. 그것도 수이언니의 본능이었다. 수이언니는 형부의 잘생긴 얼굴에 반해 혼전임신에 일찍 결혼한 대가를 혹독하게 치르고 있는 중이었다.

내가 후에 재수시절 수이언니 집에 잠깐 빌붙어 살 때도 그들의 치열한 결혼생활은 지속되고 있었다. 내가 볼 때 수이언니의 불같은 성격과 직설적인 화법도 문제지만 형부 또

한 어른이라고 하기에는 좀 어린 데가 많아 보였다. 형부는 가장이 되어 가정을 이끌기에 미숙할뿐더러 우유부단한 성격이 문제였다. 언니를 감싸주지 못하고 언제나 같이 맞붙고 언니가 원하는 속 시원한 대답을 안 해주니 언니는 더 진흙 같은 앙금을 채워 엉겨 붙고 하는 식이어서 보는 나도 아슬아슬했다.

한 번은 형부가 나더러 이런 말을 한 적이 있었다.

"언니는 자기애가 지나치게 많아. 그래서 피곤하다."

나도 그때는 제법 어른인지라 형부에게 내 의견을 말했다.

"그렇다면 언니 성격을 알기 때문에 져줘도 되는 거 아닌가? 져주는 게 이기는 거라던데? 사랑한다면 말이다." 형부는 "그것도 한두 번이지 처제도 알잖아." 하면서 오만상을 구겼다. 그러면서, "밥 먹을 때 쩍쩍 소리 내는 것도 잘못이야?" 라고 말했다.

나는 이렇게 대답해줬다. "언니는 밥 먹을 때 쩍쩍 소리 내는 거 제일 싫어하는데?" 형부는 "아 참 나보고 어쩌라고?" 하며 얼굴을 구겼다. 그런 형부가 짠해 보였다. 형부가 결혼을 잘못했다는 불운한 생각을 지울 수가 없었지만 그래도 수이언니는 내 친언니였다.

형부보다 수이언니가 더 많이 좋아하기 때문에 더 약자여서 안달하고 집착한다고 나는 생각했다. '더 좋아하면 더 잘해주지 왜 괴롭힐까, 본인도 괴로울 텐데……' 사랑의 속성

을 모르던 나는 사랑하면 소유하고 지배하고 싶다는 걸 그
때는 몰랐다.

수이언니는 뭐가 불만이 그렇게 많은 것일까, 언니는 자신
이 원하는 인생의 그림을 그려놓고 그림 안에 맞추려고 악착
같이 오기를 부리는 것일까. 내가 보건대 수이언니는 조금씩
시들어가고 있었다. 너무 일찍 지쳐서 생을 다 살아버린 여
자의 허무함이 벌써부터 감지되었다. 왠지 수이언니는 과거
내가 봤던 젊을 적 엄마 모습과 닮아가고 있었다.

수이언니는 못 한 공부가 아쉽지 않은 걸까. 가끔 궁금했
지만 나는 묻지 않았다.

정순의 결혼

정순은 지난겨울부터 연애를 한다고 혼을 쏙 빼고 있다. 나와 정순 둘만 아는 비밀이다. 정순과 나는 어떻게든 부모님 귀에 안 들어가게끔 조심하고 우리끼리만 속닥거린다.

눈이 많이 내리던 겨울 어느 밤. 나는 동네 마실을 갔다가 돌아오는 길에 정순이 남자랑 담벼락에 기대 서 있는 장면을 봤다. 딱 걸린 것이다. 둘은 삐딱하게 담벼락에 기대서서 춥지도 않은지 눈밭 위에서 히죽거리고 있었다. 나는 둘을 지나쳐 집으로 들어왔다. 정순이 뒤늦게 들어와서는 내가 말을 꺼내기도 전에 먼저 불었다.

"수자야, 아까 봤니?"

"봤지. 걔 누구니? 도대체."

내가 물었고 정순이 대답했다.

"그게 그러니까, 흥흥……. 이발소 새로 온 총각."

이발소 새로 온 총각? 나는 알 리가 없었다. 정순 말에 따르면 '삼거리 이발소'에 이발 기술을 배우러 온 시다 총각이라고 한다. 정순은 밤마실에서 동네 또래들과 어울리다 이발소 총각과 눈이 맞았다고, 처음 본 순간 둘이 동시에 뿅 반해 버렸다고 말한다. 홍시처럼 볼이 빨개져서.

"지랄하고 자빠졌다. 엄마 아버지 알면 짝은언냐 너 죽는다?"

나는 이것저것 별별 것을 경험하진 않았지만 들어서 알고, 간접경험으로 알고, 또한 책 속에서 알았던 터라 대강 어떻게 돌아가는지 알고 있었다. 부모님이 반대할 건 뻔해서 걱정이 되었다. 그녀는 내 말 따위 상관없이 빨개진 볼로 어리광스럽게 중얼거렸다. 아련한 표정과 침이 가득 고인 끈끈한 말투는 별책부록이었다.

"나도 모르겠다, 수자야. 이런 감정은 처음이라서. 자꾸만 만나고 싶다. 보고 싶어 잠도 안 오고. 흥흥."

늑진거리는 어감하며 그녀답게 어리광을 한껏 부리며 내가 언니라도 되듯 나에게 기댄다. 나는 뭐든 다 안다는 식으로 건너다보며 조용히 일러준다.

"아이고 그것이 사랑이라는 거다. 사랑에 푹 빠지셨구만, 미친다 진짜."

"하루 종일 그이 얼굴이 대롱대롱 떠다녀, 안 없어져. 미치겠다 진짜앙."

"언냐, 너 돌았구나. 흠 나도 잘 모르겠다. 안 해봐서. 근데 한 가지 중요한 사실은 엄마한테 들키면 안 된다는 거다. 알았니?"

"수자야, 나 어떻게 하니? 백모가 알면 난리 나겠지?"

"당연하지. 내가 봐도 한참 자신이 안 선다."

"뭐가? 그이가? 직업이?"

"그것까지는 잘 모르지만 엄마가 생각하는 상대가 아닌 것만은 확실해. 네가 엄말 잘 구슬려야 할 거야. 아버지도."

정순은 에고 이 일을 어쩨야 쓰까나 하는 표정에서 금방 들뜬 처음의 상태로 원위치되더니 내 얼굴을 똑바로 보고 이렇게 묻는다.

"수자야 맞지? 이것이 바로 사랑이라는 거지? 내가 사랑을 하는 거 맞지?"

사랑의 정점에 계시는구만, 나는 정순이 그처럼 흥분을 못 이기고 들떠서 히죽거리는 상황을 책에서 다 경험했다. 정순은 몸을 부르르 떨며 이불 속에 누워서 혼자 곱씹느라 잠도 안 자고 이리저리 뒤척였다. 나는 다 안다는 듯이 정순을 흘낏 보고 잠을 청했다.

연애니 사랑이니 하는 건 알면서도 모르고 모르면서도 아는 것일 텐데, 직접 경험은 없어도 정순이 하고 있는 사랑이 내 가슴에 잔잔한 파문을 일으킨 건 사실이었다. 살짝 부러운 마음이 드는 것도 같았다. 나도 언젠가는 그 감정 속에 풍덩 빠지는 날이 있긴 할 텐데, 그러나 중학교 2학년인 나의 현실 속에서 미리 걱정하고 안달할 문제는 아니었다. 다만

한 사람, 군인이 생각났다. 군인은 아직도 군인일까, 나는 고개를 저었다. 나한테 중요한 문제는 당장 중간고사 같은 시험이었다.

나는 엄마한테 일러바치고 싶어 입이 근질거렸으나 참았다. 참는 것은 힘들었지만 정순과의 약속을 깨지 않았다. 정순은 절대 비밀이라고 아무한테도 말하지 말라고 나를 다그쳤다.

"수자야, 너하고 나하고만 아는 비밀이다."

사람들은 '비밀이다'를 남발한다. 비밀이라는 단어를 써서 '너와 나는 공범이다'를 일깨워 상대방을 제지하고 압력을 넣어 포위한다. 나는 정순에게 순순히 대답했다.

"알았다. 비밀 지켜줄게. 근데 아무도 모르게 할 수 있으려나? 너나 나불대지 말고 처신 잘해라."

"알았다. 가이나야. 비밀이나 지켜라."

"알았다고 글쎄."

나는 쿨하게 대꾸했다.

시간이 조금 지나자 쿨하게 대답한 마음은 간곳없이 발설하고픈 욕구에 시달리게 되었다. 참는 것은 순간이지 장시간이 아니었다. 이것은 무슨 지랄 같은 심리인가, 비밀을 지키기가 이처럼 어려우니. 엄마에게만 살짝 일러바칠까 고민고민하다 마음을 거뒀다. 그래서는 안 될 것 같았다. 사람들이 비밀을 발설하고픈 이유는 혼자서는 감당하기 힘들기 때문이라고 하는데, 나는 비밀을 지켜주는 게 얼마나 힘든지 몸소 체험하고 있다.

나는 속으로 엄마 아버지가 알면? 상상해봤다. 아리송했다.

나는 소설 비슷한 것을 썼다.

내가 좋아하는 두 가지 버전으로.

★ 버전 1

우리 부모님과 정순 부모님의 일심동체 결사반대로 사랑의 위기에 처한 정순은 도저히 이발소 총각을 포기 못 해 그가 아니면 캭 죽어버리려고 저수지 물에 뛰어드나 다행히 지나가는 행인이 구해 목숨을 살린다. 이발소 총각은 사랑했으나 집착하는 정순이 무섭기만 하다. 그새 이발소 총각은 정순이 죽었다고 지레짐작하고 고향으로 가버린다.

★ 버전 2

정순의 연애는 우여곡절 끝에 성공한다. 우여곡절은 정순이 수이 언니처럼 고집을 부리고 허락 안 하면 죽어버리겠다고 엄포를 놓음으로써 혼인이 성사될 듯하다가 결혼식장에 들어가 봐야 안다는 말처럼 마지막에 불발이 된다. 이유는 정순이 험난한 난관과 반대를 무릅썼는데 오 마이 갓, 이발소 총각이 사랑의 위험을 무릅쓸 용기가 없어 떠난다고 한 것이다. 정순이 그러면 죽어버리겠다고 너 없으면 못 산다고 애걸복걸해서 가까스로 이발소 총각을 잡지만 그는 사랑이 식었다며 떠나버린다.

역시 쓰고 보니 별로다. 뻔하다. 소설은 아무나 쓰는 게 아니다. 점방집 언니가 더 우러러보인다. 그렇지만? 다시 생각한다. 어쩌면 쓸 수 있을 것도 같다. 그냥 한번 밀고 나가보는 거다. 턱없는 자신감에 내가 생각해도 살짝 당황스럽다. 아니다. 역시 나는 상투성이 문제야. 상상력은 뻔하고 스토리는 빈약해. 문학작품처럼 여러 갈래인 인간의 내면을 쓰고 싶은데 어려워. 나는 재능이 없어. 이렇게 낙서로만 대체할 뿐인 거지.

나는 소설쓰기를 포기해버린다. 너무도 쉽게. 나답게.

그러나 얼마 안 가 정순의 연애 건은 들통 나고 말았다. 정순이 자초한 거나 마찬가지였다. 정순은 달아오를 대로 달아오른 속마음을 숨기지 못하고 아무 때나 히죽히죽 웃고, 밤중에는 하루도 거르지 않고 나가서 엄마가 찾으면 없었다.

엄마가 나한테 정순이 어디 갔냐고 물으면 나는 누구누구 언니네로 마실 갔다고 구체적으로 둘러대줬다. 나도 매번 거짓말로 둘러대는 데 피곤해져서 "아휴 몰라 내가 어떻게 알아?" 엄마한테 대들기를 여러 번, 눈치가 빨라 때려 맞췄는지, 어디서 들었는지 엄마가 정순을 다그쳤다.

"순아, 요새 너 행동이 이상하다? 궁둥이 흔들고 다니는 꼬

락서니도 수상하고 들은 소문도 있고."

그러면서 엄마가 엄포를 놓고 슬쩍 떠봤는데 정순이 불어버렸다. 정순은 뒷수습보다는 현재의 상황에 더 예민한 성격이었다. 그리고 늘 어림짐작을 해서 일을 망쳤다. 자기 속을 즉각 보여줘서 경솔하게 보이는 짓을 되풀이했는데 이것 또한 정순의 본능이었다.

정순은 항상 그게 문제였다. 발설하고 싶어 못 참는 점, 그점 때문에 엄마가 다그치자 재깍 불어버린 것이다. "입이 싼 너나 떠벌리지 마라." 내가 한 말을 금방 잊고서. 연애의 정점에서 도취된 기분을 얼마 즐기지도 못하고 스스로 취해 떠벌리고 말다니, 안타깝다. 저 싼 입이라니.

그리고 사랑의 절정에서 발설하지 않고 참는 것처럼 힘든 게 없다는 것을 알아버린지라 불어버리고 싶은 정순의 본능이 먼저였다.

엄마가 소리쳤다.

"누, 누구라고?"

삼거리 이발소 시다 총각이라는 걸 들은 엄마는 어처구니없는 표정으로 정순을 노려봤다.

"세상에나, 근본도 모르는 뜨내기 아냐? 그런 사람은 안 된다. 어디서 흘러들어 왔는지도 모르고. 그리고 너희 부모님이 아시는 날엔 내가 볼 면목이 없다. 절대로 안 된다아."

엄마는 절대로 안 된다아의 '아' 자를 탁 끊어 단칼에 잘랐지만 정순의 사랑보다 체면이 먼저였다. 오랫동안 데리고 부려먹다가 결혼도 아무하고나 맺어줬다는 원망이 먼저였다. 엄마는 더 알려고 하지 않았다. 무슨 방법으로 이 불을 끌 것인가 하는 커다란 난제를 해결해야 하는 대처가 먼저였다.

엄마는 이 갑작스런 돌발 상황에 흥분한 상태지만 마음을 가라앉히고 차분히 생각에 잠겼다. 서두르다 보면 일을 망친다. 이런 때일수록 침착해야 한다. 역시 엄마는 밀당의 고수였다.

수이언니 때는 친자식이라서 앞뒤 안 가리고 드러누웠지만 정순의 경우는 좀 다르다. 그리고 수이언니 때는 철없는 자식이 분해서 미칠 지경이었는데 이번 정순 건은 냉정히 판단해서 사태를 수습해야 한다. 정순 부모님한테 추후 원망을 듣는 일은 일어나지 않아야 한다. 어쨌든 수이언니와 정순의 경우는 다르다. 피와 물의 관계니까.

'내가 너를 얼마나 사랑하는지 알지? 네가 잘못되면 나는 못 산다.' 엄마는 서두를 이렇게 시작한 다음 달래기로 하고 문장을 외운다. 엄마는 구애 작전으로 나가기로 한다. 마음에 호소해야 한다. 동정 작전을 펴야 한다. '내가 너를 얼마나 사랑하는지 알지? 수양딸도 내 배로 낳은 딸과 똑같다.' 마음속으로 외운다.

엄마는 조용히 정순을 불러 앉혔다.

"순아. 그 사람이 뭐가 그리 좋디?"

막상 정순이 눈앞에 대령하니 비꼬는 심정이 되는 건 무슨 조화일까, 외운 문장은 간곳없고. 그러나 실은 엄마가 묻고 싶은 핵심은 이것이었다. '순아 어디까지 갔니? 설마 선은 안 넘었겠지? 잠은 안 잤겠지?' 차마 엄마 입으로 할 소리가 아니어서 엄마는 꾹 눌렀다. 정순은 방바닥에 눈을 내리깔고만 있었다. 엄마는 한껏 감정을 누른 채 타이르는 태도로 말했다. 그새 엄마는 가련 작전으로 나가고 있었다.

"내가 알아봤더니 이발 기술 배운다고 품삯도 없다더라. 먹여주고 재워주는 것도 고마워해야 할 형편이란다. 더구나 어디서 흘러들어 왔는지도 모른데. 뜨내기에 영글지도 않은 데다 모든 게 악조건인데 너희 부모님인들 봐주시겠니? 안 봐도 훤하다. 얼마나 나를 원망하시겠니? 순아, 그러니 나를 봐서라도 그만 잊어라. 응?"

엄마는 가련 작전을 넘어 애원 작전으로 가고 있다. 정순을 다독이는 엄마의 눈빛은 부드러웠으나 표정은 독기가 배어 있고 말은 앙칼지고 우격다짐이 들어 있다. 내 말에 순순히 따라야 하지 않겠니? 하는 무언의 압력도 들어 있다.

엄마는 애원하는 듯 단호하게 말했지만 본인이 얼마나 잔인한 말을 하는지 모르고 있다. 사랑을 갈라놓는 것만큼 잔인한 게 또 있을까. 갖은 안 좋은 말을 그럴듯하게 해서 정순을 설득하려고만 한다. 정순은 엄마 말을 듣는지 어쩌는지 훌쩍거리며 눈물 콧물을 찍느라 정신이 없다.

또 엄마는 "순아, 고생을 스스로 자처하는 꼴은 내가 못 본다. 앞날이 훤해. 지금은 힘들겠지만 지금만 참고 넘기면 좋은 사람 만나고," 어쩌고 하며 정순을 어르고 달랬다.

정순은 내 앞에서와 달리 엄마 앞에서는 그래도 안 대들고 듣는 척하며 어른의 말에 존중한다는 표시를 했다. 다소곳이 앉아 눈물 콧물을 찍어냄으로써 한번 잘 생각해보고 웬만하면 백모 말 따르겠다는 듯이 아무 말 안 했다. 엄마의 설득과 정순의 속마음이 같진 않겠지만 정순의 누그러진 듯 다소곳한 태도로 어쨌든 그 순간은 그렇게 넘어갔다.

엄마는 정순이 나가고 혼잣말을 길게 늘어놓았다.

"순아 년한테 뒤통수를 맞아도 옳게 맞았네. 아휴 분해, 엉큼한 년. 똑똑한 줄 알았더니 헛똑똑이야. 내가 속았어. 걔가 사고 칠지 누가 알았겠어, 글쎄? 관계가 어디까지 갔는지, 설마 깊은 관계는 아니겠지? 깊은 관계면 정말 큰일 났네." 하며 한숨을 쉬었다.

"이것들이 떨어질까 모르겠네, 안 떨어지면 어떡하지?" 하며 수이언니한테 당한 것을 또 당한다고 생각하니 치가 떨리고 아연실색한 모양이었다.

이런저런 우여곡절 끝에, 몇 번이나 눈물바람에, 되도록 조용한 처리로, 감쪽같이 아버지 모르게, 그러나 더디게 정순의 첫사랑은 끝을 향해 가고 있었다. 하루아침에 사랑이 소멸한다면 누가 사랑을 위대하다고 하겠으며 누가 사랑을 위해 몸을 던지겠는가. 불꽃처럼 타올라 불꽃처럼 스러질 사랑의 위기에 처한 정순은 본래의 명랑함을 잃고 얼굴은 그늘이 지고 눈에 띄게 수척해졌다.

살이 빠져 수척해진 그녀를 나는 다시 봤다. 뻐드렁니 때문에 예쁠 뻔한 얼굴이 조금 아쉬웠는데 고아한 아름다움을 발견한 것이다. 세상에나, 뻐드렁니긴 해도 저런 모습이 있었다니. 정순만의 독보적인 느낌이 있다. 내가 새로 발견한 정순의 매력이었다.

'짝은언냐, 살 빠지니까 예쁘다.' 나는 이 말을 하고 싶어 입이 근질거렸지만 지금 할 말이 아니었다. 해도 불행이 끝난 다음에 해야 할 말이었다. 그때가 되면 생각도 안 나겠지만.

그러나 순리가 뭔지 잘 모르나 순리에 따르기로 한 정순은 이발소 시다 총각과 울고불고한 끝에 헤어지기로 마음을 먹었다. 정순은 이발소 시다 총각이 아니면 저수지 물에 뛰어들 것처럼 울며불며 엄마의 애간장을 녹이더니 결국 고집을 꺾고 반년 만에 엄마의 적극적인 중매 세례로 이웃마을 총각과 결혼하게 되었다.

참 희한한 게 내가 두 가지 버전으로 썼던 정순의 연애 건 소설 결말대로 이발소 총각이 읍내를 떠나버렸다. 정순과 헤어지고 얼마 후 그는 아무 말 없이 편지 한 장만을 남겨놓고 새벽 첫차로 어딘가로 가버렸다고 한다.

수이언니의 혼전임신도 정순의 열애도 엄마한테는 받아들이기 쉬운 문제가 아니었다. 결혼하기 전의 순결은 엄마 잣대에선 중요했다. 아니 당연했다. 결혼 전에는 남자나 여자나 순결해야 된다고 믿었고 교육받았던 엄마였으니. 그러나 개방적인 사회가 되었고 자유분방해진다는 것을 엄마도 모를 리 없었다.

엄마는 밤마실에서 동네 아낙들과 불륜이나 성문제에 대해 수다를 떨었지만 그건 어디까지나 겉으로 나누는 공동의 대화였다. 나가면 들리는 남의 집 안 좋은 소문이나 사건은 남들 얘기였다. 우리 집에선 있을 수 없었다. "요새는 사귀면 잠부터 먼저 잔대." 이런 말을 들었지만 얘기일 뿐이었다. 주위에서 가끔 본 일이라서 이해 못 할 일은 아니었지만 딸만은, 정순만은 그러지 않기를 바랐다. 더구나 혼전임신이라니⋯⋯. 우리 집에선 있을 수 없었다. 자식이 직접 관련돼 동네 사람들 입방아에 오르내리는 것은 커다란 수치고 치욕 중의 치욕이었다. 그 배반감은 이루 말할 수 없었다.

엄마는 깊은 한숨을 내쉬었다. 아무리 시대가 개방적이 되어 이상하게 변해가도 엄마의 머리에는 엄격한 관습이 적용되어서 다른 집 자식들은 몰라도 내 자식만큼은 그러지 않길 바랐다. 더구나 수양딸인 정순마저도 용납 안 되는 상대에 미쳐 있었으니 엄마는 환장할 노릇이었다.

감쪽같이 아버지만 모르게 정순의 일대 사건이 지나간 후, 나이가 차면 결혼을 해야 하는 시대의 관습에 동조한 정순도 내심 혼인을 바라고 있었다. 실연의 상처가 결혼으로 치유되기를 바라는 듯.

정순은 그해가 가기 전에 엄마답지 않은 빠릿빠릿한 진척으로 이웃동네 착실한 4H 회원인 청년과 선을 봤다. 청년은 장래 부농을 꿈꾸며 근면성실하게 농사를 짓는 사람이었다. 그는 농촌의 미래를 걱정하고 농민이 잘사는 나라를 만들어야 한다며 밤에는 회원들과 모여 열띤 토론을 했다. 낮에는 농사를 지으며 향후 영농기계화를 도입해야 한다면서 농기계교육을 받고 있다고 한다.

결혼이 확정되자 우리는 그를 '나 서방'이라고 불렀다. 그럴듯한 호칭이 떠오르지 않자 엄마의 제안으로 어차피 올릴 결혼이니 미리 불러두는 것도 친밀감이 든다고 해서다.

나 서방은 근처에 소문이 자자할 정도로 효자에 검약에 (좋게 말하면 검약이고 나쁘게 말하면 구두쇠다) 몸에 밴 근면한 노동 덕분에 끼니 굶을 일 없는 앞날이 보장되는 젊은이였다. 그 시절 밥을 안 굶는 일은 생존만큼 중요했다.

나 서방은 광대뼈가 나오고 볼이 움푹 패어서 잘못 보면 피골이 상접해 보인다. 피골이 상접해도 한편 도사 같은 고

상한 면도 보인다. 흠으로 보면 흠이고 개성으로 보면 개성
이다. 비록 나 서방의 인물이 살짝 뒤처지고 딱 봐도 작은
키에 빈약한 허우대지만 그렇다고 평균 이하는 아니었다.
숯검댕이를 칠한 듯 유난히 짙은 눈썹과 검은 눈은 총기로
빛났다.

나 서방은 도사 같은 생김새와 달리 누구라도 잠깐만 함께
있으면 진국 같은 면이 드러났는데, 겪어보면 더 진국인 것
을 알게 되어 나 서방을 칭찬 안 할 수가 없었다. 몸집이 작
고 외모가 좀 떨어지는 점도 그가 건실하고 소신 있고 미래
가 보이는 젊은이란 점에 묻혀버린다.

정순의 시집갈 날을 받아놓고 엄마는 혼수 준비로 그녀를
데리고 도청 소재지인 S시에 두 번이나 갔다 왔다. S시의 작
은아버지 집에서 묵으며 이것저것 혼수물품과 예단을 준비
해 온 것이다.

S시에 가기 전에 엄마는 이런 말을 했다.

"인간관계란 계산을 안 할 수가 없다. 오고 가고가 같아야
이치에 맞다."며 나 서방 쪽에서 무엇무엇을 해주는지 나 서
방한테 물었다. 거기에 따라 엄마가 혼수를 준비한다는 것이
다. 엄마는 '기브 앤 테이크' 법칙을 철저히 따르려는 것 같았
다. 평소 철두철미하고 깐깐한 성격에서 먼, 오히려 주마간
산식이던 엄마로 알고 있던 나는 살짝 당황했다.

나 서방 집과 우리 집을 부지런히 오가던 나 서방이 혼수 목록을 엄마에게 전했다. 엄마는 수첩에 비교해 적으면서 더도 말고 덜도 말고 똑같이 하려는지 내가 쓰는 두 가지 소설 버전처럼 두 집 것을 검토했다. 엄마가 주장하는 '인간관계란 계산'식으로 하려는 모양이었다.

나는 '내 식'으로 계산해봤다.

'근 6년 동안'의 식모 월급을 합산하면, 다는 못 줘도 시집가는 일체의 비용 더하기 '상당히 많은 액수의 지참금'을 줘도 한참 줘야 했다. 현재 물가로 계산하면 기둥뿌리가 뽑힐 만한 액수가 나온다. 엄마식의 계산법과 내 식의 계산법은 많은 차이가 난다.

엄마는 혼수를 포함한 결혼식 비용 전체를 대준다고 한다. 대략 계산해도 결혼 비용보다 6년 식모 월급이 훨씬 많다. 얼추 계산해봐도 엄마의 계산법과 내 계산법은 차이가 난다. 나는 내 식의 계산법이 맞는 것 같다. 엄마의 계산법이 이상하다는 걸 엄마는 알까. 나는 내 식의 계산법을 적용한 '액수'를 엄마가 감히 상상도 못 할 거라고 생각한다. 엄마의 꼬롬한 계산법을 알 것 같은 나는, 엄마가 추후 얼마만큼 정순을 위해 '기타비용'에 돈을 더 쓸 것인지 지켜보기로 했다. 기타비용에 돈 쓸 확률에 확신이 서지 않는 나는 고개를 절레절레 내젓다 혼자 내기를 걸었다. 쓴다, 안 쓴다에 2대 8이 나왔다.

또 한편으로 나는 엄마를 나쁜 쪽으로 몰고 가기 싫어서 다른 버전으로 생각하기로 한다. 사람의 마음관계도 기브 앤 테이크니 혼수도 기브 앤 테이크가 당연하고, 엄마는 충분히 비싸고 질 좋은 품질의 혼수로 했을 거라고. 그러자 마음이 조금 흡족해지며 누그러졌다.

나는 정순이 혼수에 만족했으면 하는 마음이었다. 그렇다고 어린 내가 일일이 가격을 물어보고 따질 수도 없고 가격 또한 정확히 알 수 없으니 돌아가는 상황을 보고만 있을 수밖에.

나는 엄마가 '인간관계는 계산하는 관계' 식의 카드를 내밀지 몰랐다.

그렇지만 내 예상이 살짝 빗나가기는 했다. 엄마는 혼수를 준비하는 와중에 이렇게 말했던 것이다.

"아무리 그래도 여자 쪽에서 더 해 가야지. 안 그러면 나중에 우리 순아가 설움 받는다. 잘해 가야 우리 순아가 기를 펴고 산다."

엄마는 이렇게 말함으로써 생색을 내려는지 뒤끝을 없애려는지 뭉툭하게 결론을 내고 혼수를 준비해 나갔다. 누가 봐도 수양딸을 알뜰히 챙겨서 보낸다는 티가 나기는 했다. 특히 밖으로 드러나는, 가장 말 많고 탈 많은 시부모 예단을 제일 신경 써서 했다. 시부모가 입을 혼수 옷을 값나가는 걸로 맞춰주고 공단 이부자리에 비단 보료는 최고급으로 맞췄

다. 나 서방 남매들에게는 일류인 서울양복점과 빠리의상실
에서 옷 한 벌씩을 맞춰주고 사촌과 오촌까지도 섭섭하지 않
게 스웨터라도 알뜰히 챙겨서 보냈다. 생색을 내려면 이 정도
는 해야 한다는 듯이.

엄마가 정순에게 얼마나 해줬는지는 모르나 흔히 말하는
기둥뿌리가 뽑힐 정도에는 턱없이 못 미친 건 사실이었다.

나도 정확한 물가는 모를뿐더러 엄마의 속셈 또한 알 수 없
어서 혼자 내기 걸었던 2대 8 숫자가 무의미한 건 당연했다.

정순의 진짜 부모님은 결혼식이 끝나고 집으로 돌아가기
전에 엄마 손을 꼭 붙들고 너무나 과한 치하를 했다.

"형님. 우리 정순이가 사주에 인복이 많다고 나오더니 그 말
이 딱 들어맞네요. 거둬준 은혜 두고두고 잊지 않을랍니다."

나는 그 순간 이런 생각이 들었다. 엄마는 수완 좋은 책략
가가 틀림없다고, 사업은 아버지가 아니라 엄마에게 맞다고.

정순은 결혼하자마자 바로 애가 들어섰는데도 우리 집에
매일 들르다시피 했다. 나 서방도 정순과 함께 우리 집에 오
곤 하는데 내가 봐도 진국인 데다 부지런하고 깍듯한 예의
까지 갖춘 나 서방을 정순은 너무나 사랑하고 있다고 느껴
졌다.

나 서방은 우리 집을 진짜 처가라고 예우해주고 잔손이 가
는 일도 만들어서 하고 농기계를 고치고 귀찮아서 미뤄둔 일

을 팔을 걷어붙이고 나서서 해주었다. 부모님은 이만하면 수
양딸 사위 덕을 톡톡히 보고 있었다.

정순은 집안일을 후딱 해놓고 그새 낳은 아기를 업고 우리
집인 친정에 와서 김치도 담그고 밑반찬도 해놓고 국을 끓여
놓고 간다. 갈 때는 반찬이나 푸성귀 따위 챙겨 가는 걸 잊지
않는다. 수이언니보다 몇 배는 더 딸 노릇을 하는 정순은 부
모님을 알뜰히 챙긴다.

엄마는 정순까지 나가고 나니 한층 더 횅뎅그렁해진 집 안
에서 느리게 살림을 하며, 갱년기가 일찍 온 탓에 외출도 별
로 안 하고 늙어가는 중이다. 갱년기가 주는 무기력함 때문
에 과거의 화려한 치장도 시들해져서 나갈 때도 대충 입고
나간다.

남편에게 사랑받으며 지지고 볶으며 알콩달콩 살기를 바
람과 동시에 자유로워지고 싶은 젊은 날은 가고 갱년기가 와
서 삶의 정지선에 서버린 느낌을 나는 엄마에게서 받는다.

사람 안 바뀐다고 아버지는 지치지도 않고 바깥세상에 귀
를 열어두고 농사일과 병행해 새 사업을 구상한다고 여전히
출타가 잦았다. 그러나 한 가지, 엄마에 대한 윽박지름과 불
호령은 반으로 줄어들었다. 젊을 적 본인 뜻대로 밀어붙이던
우격다짐은 나이가 들면서 다 소용없다는 것을 늦게나마 터
득한 듯했다.

엄마의 최선은 아버지의 화가 가라앉기를 기다리는 것이

며 아버지의 진가를 안다는 것을 얼굴에 나타내는 것이다.

아버지의 불호령이 줄었다고는 하나 뭐든 독단으로 밀고 나가는 것은 여전했다. 엄마에게 양해를 구하는 것은 물론 은근한 시선을 던지는 것도 본 적이 없는 나는, 아버지가 엄마를 사랑하는지 의심이 들었지만, 그래도 깊은 정이 있다고 믿어버린다. 사네 못 사네, 한 적은 없었으니까. 오히려 아버지가 말랑말랑하게 나오거나 사랑의 제스처를 하면 정말 이상할 것이다.

나는 부모님을 보면서 이런 생각이 들곤 했다. 과연 엄마와 아버지는 안방에서 친밀하게 애정표현을 할까. 내가 안 볼 때 하는 걸까. 부부니까 하겠지. 그러나 어쩐지 믿을 수 없었다. 내가 보기에 그냥 부모님 역할만 하고 있는 것 같다.

아버지의 돌 같은 자세에 엄마와 우리 남매들은 강 같은 평화를 느끼며 잘 살고 있음을 너무나 깊이 느끼는 것은 두말할 나위가 없다. 권위의 끝판왕이고 우격다짐의 황제긴 할망정 바람피우지 않고 생활비 제때 주고 살고 있는 아버지가 있으니 말이다.

엄마는 아버지에게 기대 평생 종속적인 삶을 살아가고 아버지는 식구들을 신하처럼 거느리고 살아간다. 그런 생각에 미치면 엄마가 조금 가련하게 보인다. 아버지와 엄마의 거리는 왜 그렇게 먼 것일까. 함께 일생을 보내고 애를 만들면서 사는데도 무엇이 거리를 만드는지 알 듯 말 듯한 나는 서글프다는 생각에 우울감까지 든다. 이런 것도 조금 크니 보인다.

엄마 아버지는 얇은 베일이 쳐진 상태로 평생을 살아갈 것이다. 나는 사람 간은 누구나 깊은 소통이 안 된 채로 살아간다는 걸 알아야 했다.

again, 유경

중2가 되자 아동 티에서 벗어난 아이들이 쉬는 시간 한쪽에서는 남학생들 얘기를 하고 한쪽에선 쌍꺼풀을 만든다고 거울을 들고 모여 앉아 유리테이프를 붙이고 난리를 피웠다. 드디어 외모에 눈뜨기 시작하고 죽을 듯이 지키던 우정을 넘어 '사랑'에 대해 알고 싶고 '직접 체험'하고 싶어 하는 것이다. 모든 것이 궁금한 나이였다.

홑꺼풀 눈인 나도 쌍꺼풀진 눈이 궁금해서 유리테이프 붙이는 법을 배운다고 쉬는 시간이면 정신없이 보냈다. 쌍꺼풀 눈이 되면 곧바로 매력이 살아나 뛰어난 외모가 된다는 착각에 빠져서. 그러나 단 한 명의 아이만이 흔들리지 않고 자리를 지키고 앉아 있었으니 바로 함유경이었다. 내가 유경을 불러도 유경은 살짝 미소만 지을 뿐 책상을 붙잡고 잠을 자거나 멍청하게 앉아서 그림이나 그리고 책을 보고 있었다. 분위기에 휩쓸리지 않기가 쉽지 않은데 좀 기이한 아이인 것만은 확실했다.

나는 봄방학 때 진외가의 손녀딸에게 적나라하게 유경 집 내막을 들었던 터라 되도록 유경한테 뭘 캐묻지 않는 선에서 관계를 이어갔다. 내 입장에서는 말을 가려서 한다는 자체가 머리를 좀 굴려야 해서 살짝 피곤했지만 어쩔 수 없었다.

나는 섣부른 위로 따윈 하지 않았다. 위로라도 한다면 내가 그녀 집 사정을 다 안다는 것을 유경이 알고 얼마나 자존심 상해할지 짐작이 되었다. 나는 다만 모르는 척해 줄 뿐이다. 우정을 존중하는 내 나름의 방식이었다. 때론 너무 많이 알고 있다는 것이 고통이 되기도 한다.

유경은 어쩌다가 고민을 털어놓았지만 자신의 전부를 털어놓지는 않았다. 고민은 장래문제나 학업문제에 국한되고 문학에 대해 서로의 의견을 교환하는 정도에서 그쳤다. 유경은 해야 하는 말만 했다. 하지 않아도 될 말은 절대 하는 법이 없었다. 불리하거나 처지를 낮추는 말도 절대 하지 않았다. 유경은 자존심이 강하고 나이답지 않게 지나치게 신중했다. 지금 기분에 들떠 발설해서 나중에 땅을 치고 후회할 말은 하지 않았다. 그건 엄청난 자기 인내고 아무나 할 수 있는 일이 아니었다. 특히 우리 나이의 애가 가질 생각이 아니었다.

유경은 절대로 집안 얘기는 하지 않았다. 어쩌다가 동생들 말은 본인도 모르게 나오긴 했지만, 그것도 몇 번 되지 않았다. 나도 묻지 않을뿐더러 우리 집 말도 피했다. 그건 유경에 대한 나의 예의였다.

그런 만큼 생각이 깊어서 어른에 가까운 유경은 신중하고 실속 있고 엉큼했다.

유경과 대화하면 상담 받는 기분이 들기도 했는데 그녀는 삶에 대해 나보다 훨씬 노련해 보였다. 나는 처음엔 이런 유경을 매력적으로 느꼈으나 무서울 때도 있었다. 높이 평가하는 것도 대화할 때뿐이었다.

유경은 나뿐 아니라 누구와도 관계를 이을 마음이 없는 것 같았다. 그 징후로 그녀는 부쩍 생기 없이 멍청히 앉아 있었다. 그러는 유경이 안돼 보였다. 나는 유경에게 다가가다가도 스스로 눈치를 살피는 횟수가 늘어났다. 곁을 주지 않는 유경이 서운한 것도 같고 배신 맞은 것도 같은 묘한 심리상태가 계속되었고 나는 아무것도 파악할 수 없었다. 한번 우정은 영원한 우정이라는 정답을 나는 부수고 싶지 않았다.

내 성격도 유경과 어느 정도 비슷한 면이 있지만 알고 보면 다른 차이가 있었다. 유경이 매사에 신중하고 조심스럽고 가만가만하다면 나는 그러면서 한 번씩은 직설적으로 내뱉고 표정을 숨기지 못하면서 흥분할 때가 있다. 내숭이 심하고 엉큼하다는 점은 나와 유경의 공통분모지만.

이를테면 유경이 사는 삶과 유경이 기대하는 삶 사이에는 엄청난 차이가 있다고 나는 봤다. 지금 유경은 그녀가 기대하는 삶을 이루기 위해 책을 읽고 공부를 하는 건 아니었다.

공부나 책은 유경의 천성이고 끌리는 것이었다. 그러나 유경은 자신이 기대하는 삶으로 가기 위해서 공부를 잘해야 한다는 것쯤은 알고 있었다.

"나는 이 다음에 아름다운 삶을 살 거야."

지나가는 말처럼 이렇게 말했는데 가슴에 쏙 박히는 말이었다. 그녀는 훌륭한 사람이 된다는 말보다 아름다운 삶을 살 거라고 했다. 그녀가 말하는 아름다운 삶 안에는 출세, 돈, 명예가 들어 있을 테지만.

중간고사 마지막 날, 학교를 마치고 유경과 나는 나란히 운동장을 가로질러 다리께로 걸어갔다.

내가 먼저 물었다.

"유경아, 안 물어도 시험 잘 봤겠지? 난 미치겠어. 아는 걸 네 개나 틀리고. 난 왜 이럴까?"

나는 내 가슴을 툭툭 쳤다. 자신이 있다는 투로 유경은 배시시 웃기만 했다.

"에휴, 수자야. 넌 항상 그것이 문제야. 궁둥이가 가벼운 거."

"너처럼 끝날 때까지 개기면서 보고 또 보고 해야 하는데. 이번 시험은 완전 망쳤어."

나는 내가 한심해서 미칠 지경이었다. 시험 볼 때마다 망쳤다는 말을 되풀이하는 나 자신을 때리고 싶었다. 물고 늘어지는 집요함이 없는 나는 답안지를 빨리 내고 교실을 나가고 싶어 궁둥이가 들썩거렸다. 이 정도면 완벽은 아니지만 내 딴에는 잘 봤다고 생각하고 대충 한번 쓱 훑은 다음 답안지를 제출하고 나왔다. 나오자마자 의심이 들어 비교해보니 또 실수를 했다. 그것도 두 과목에서 각각 두 문제씩. 나는 늘 이것이 문제였다. 성급하고 즉흥적이고 확신부터 앞서서 결론부터 내는 것, 이것이 문제였다. 시험 때마다 되풀이해서 시험을 망치는 정말 문제적인 인간이 나였다.

유경은 내 말에 리액션을 취하지 않고 조용히 걷기만 했다.

"유경아 우리 집에서 놀다 갈래? 라면도 끓여 먹고."

이렇다 저렇다 말이 없다. 그러더니 다리께가 가까워지자 "집에 가야 돼. 잘 가." 하고 가버린다. 냉정도 그런 냉정이 없다. 그리고 보니 요새 유경의 낯빛이 유난히 어두워진 것 같다. 본래 샐쭉하기도 하지만 고민이 있지 않고서야 저렇듯 딴전일 수가 없다. 나는 유경 집안 사정을 대충 아는 터라 저만큼 가버리는 유경의 뒷모습을 바라볼 뿐이다.

유경은 '도내 중고등학교 시 짓기 대회'에 우리 학교 대표로 나가서 장려상을 받고 돌아왔다. 선배들이 받고 와서 화려한 대접을 받았던 대상, 우수상에는 못 미쳐도 장려상도 큰 상임엔 분명했다.

월요일 아침 전체 조회시간에 유경의 이름이 불리고 유경은 연단에 나가 상패와 상장을 받았다. 전교생이 유경의 이름과 얼굴을 알게 되었다. 유경의 장려상 당선작은 교무실로 들어가는 현관 벽에 내걸렸다. 표구한 액자 속의 유경의 시는 앞서 받은 선배들의 작품과 나란히 내걸렸다.

중간고사를 치르고 샌님은 2학년 담임들과 의논한 결과, 석차를 공개하기로 했다며 등수를 복도에 붙였다. 어느 선생님의 아이디어인지 '학급 석차 10등까지만 공개'라는 것이다. 2학년만 이렇게 하기로 했고 성적 향상에 도움이 될 거라는 차원에서 그랬다고 덧붙였다.

1학년 때도 1등에서 3등까지 이름은 불러줬고 일이삼등이 누구라는 것은 다 아는 사실이었다. 2등과 3등은 지네들끼리 돌아가며 순위가 뒤바뀌기도 하지만 1등 자리는 변함없이 1등만이 지켰다. 마치 수학의 정석 같았다. 나는 1등 자리를 한 번도 놓치지 않는 1등이 신기하기만 했다. 석차 3등 안의 아이들은 담임이 자신의 이름을 부르면 표정을 숨기고 마치 남의 이름 듣듯이 가만히 있었다. 속으로는 불타오르는 오기로 가득해서 다음 번엔 1등을 해야지 라거나 그래도 3등 안이 어디야 하며 환호라도 할 텐데 그 애들은 그것도 부족한지 티를 내지 않고 꿋꿋이 시큰둥한 표정을 유지했다.

샌님은 3등까지 불러주면서 꼴등 두 명의 이름을 은근슬쩍 흘렸다. 수업료를 기한 내에 안 내고 또 덤으로 주는 유예기간에도 안 내면 이름을 불러 창피를 주듯 꼴찌 두 명의 이름을 부름으로써 얼굴을 들 수 없게 만드는 것도 샌님의 기발한 착상인 듯했다.

샌님은 꼴찌 이름을 부르면서 절대로 정색하지 않고 빙글빙글 웃음기를 보임으로써 장난이야, 공부 좀 해라, 라는 뜻을 전달하려 했다. 꼴찌들은 부끄러운 듯 억지웃음으로 넘기지만 진정으로 부끄러운 얼굴은 아니었다. 하도 많이 불렸던 터라 내성이 생겨서였다.

어느 날 2층의 2학년 복도에서 일대 사건이 발생했다. 2학년만 1등부터 10등까지 등수를 복도 벽에 붙여서 공개한 것이다. 온 학교가 술렁거렸다. 어느 반 선생님 아이디어인지 잔혹한 경쟁방식의 행위였지만 아무도 탓하는 이는 없었다. 이름이 공개된 10등까지는 고개를 쳐들고 당당히 다니고 나머지 꼴등까지는 별 볼일 없는 인생이니 있는 듯 없는 존재라는 말이나 다름없었다. 이름이 없는 나는 참혹한 심정이었다. 더 잘해서 10등 안에 들어야겠다는 생각보다 비참해서 공부를 때려치울까 하는 생각이 먼저 들었다. 잔혹한 경합을 부추기는 사회를 용납하기 싫었다. 잔혹한 아이디어를 낸 선생님이 누군지 속으로 욕설을 퍼부었다. 1학년과 3학년 담임들도 우리도 그렇게 해야겠다, 좋은 것 배웠다며 굿 아이디어라고 2학년 담임선생님들을 추켜세웠다.

반마다 자기 반 신발장 옆의 빈 공간을 이용해 누구나 볼 수 있도록 10등까지 명단을 내건 각 담임들은 얼굴에 빵빵

이 웃음기를 매달고 즐기고 있었다. 아이들은 서로 보려고 야단들이었다. 나는 조용히 걸어가서 눈으로 훑었다. 유경의 이름이 없었다. 의아했다. 10등 밖으로 밀려나다니 있을 수 없는 일이었다. 아무리 못해도 5등을 벗어난 적이 없고 2등과 3등에서 왔다 갔다 한 유경이었다.

2학년 2학기로 들어서면서 유경과 심하게 데면데면하게 되었는데 내가 의도한 건 아니다. 유경 쪽에서 나를 피했다고 본다. 피한다기보다 관심에서 멀어졌달까, 관계를 이어가는 게 피곤해 보인다고 할까, 내가 보기엔 그랬다. 1학기 때보다 시들함이 더 많이 보였다. 시들함을 넘어서 무관심에 가까웠고 표정은 한층 어두워졌다.

우정의 속성은 서로가 관심을 가져야 지속되는데 유경이 우정 같은 데 별 관심 없어 보이니 내가 스스로 우리의 관계를 놔버린 결과가 되었다. 예전처럼 붙어 다니고 친밀하지는 않았으나 되도록 어색하지 않게 서로가 조심하고 있었다.

나는 한번 태연을 가장한 채 유경에게 물었다.

"지금도 성당 가니?"

으응, 하고 말끝을 흐렸다. 유경의 표정에서 안 간다고 읽은 나는 더는 물어보지 않았다.

친한 사이가 데면데면해지면 그것처럼 불편하고 신경 쓰이는 게 없다. 차라리 친하기 전의 상태가 더 낫다.

우정은 전과 같지 않았다. 심지어 서먹하기까지 했다.

유경이 먼저인지 내가 먼저인지 알쏭달쏭해지고 나는 잠깐 그녀에게 무얼 잘못했는지 되짚어 보았다. 그 어떤 잘못된 행동도 상호간 없었다.

그녀는 딱 한 번 망설임 끝에 고민을 말했는데 도시로 가고 싶다는 거였다. 그러면서 내게 물었다.

"수자야, 너는 도시에 친척이 있지? 작은아버지도 계시고……."

"으응, S시에 작은아버지가 살지. 오빠, 언니도 서울 있잖아."

"좋겠다. 난 도시로 가고 싶어. 여기 시골에는 몇 년에 한 번씩만 손님으로 오고 싶어. 네가 부러워. 도시에 친척집이 있으면 끈으로 삼을 수 있을 텐데."

나는 그녀의 이 말에 대꾸해줄 말이 없어서 듣기만 했다. 다만 이런 말을 함으로써 용기를 주려고는 했다.

"유경아, 너는 공부를 잘하잖아. 특기도 많고. 공부로 무엇도 될 수 있다고 선생님들이 누누이 강조했잖아."

유경은 벌써부터 장래에 대해 생각이 많은가 보았다. 나는 미래에 딱히 뭐가 되겠다는 결심은커녕 목표 따위 아무것도 없이 그냥 흘러가는 대로 오는 대로 받아들이며 사는데, 내적 성숙도 유경이 한참 위라는 생각이 들었다.

유경의 없는 말수가 더 줄어들고 우리의 관계는 눈에 띄게 서먹해져 갔다. 유경이 변했다고 믿을 만큼 이상해지고 우리는 더 이상 문학에 대해 장래에 대해 얘기하지 않게 되었다. 유경은 학교에는 나왔지만 열정도 무엇도 없어 보였다. 그러나 여전히 성적은 좋았다. 유경 정도라면 도시의 좋은 고등학교에 들어갈 수 있었다.

단짝과 멀어지는 이유는 다 비슷하다.

1. 내 입의 사탕도 꺼내줄 것처럼 굴지만 상대가 뛰어난 재능을 발휘하면 시기가 생겨 질투하며 멀어진다.
2. 신분 격차가 크다는 걸 알 때도 그렇다. 우정도 사랑처럼 비슷한 맥락이 있다.
3. 친한데도 내 말을 나쁘게 하고 다니는 걸 제3자가 내게 일러바칠 때다.
4. 한쪽에서 시들해지면 차차 관계정리에 들어가게 된다.

나는 낙서장에 이렇게 쓰고 잉크를 묻혀 다시 죽 엑스 자로 그어버린다. 유경과 나 사이에 위의 것은 어느 것일까. 있는 것도 같고 없는 것도 같다. 왠지 서글퍼진다.

시들어가는 사람은 폭력의 당사자인 유경 엄마가 아니라 유경인 것 같았다.

유경은 나날이 생기를 잃어갔다. 의무적인 학교생활만 했다. 난 한 발짝 떨어져 그녀를 관찰했지만 그녀는 중학교를 졸업할 때까지 외톨이 아닌 외톨이로 지냈다. 나 아닌 조금 친한 아이와도 유경은 서먹하게 지냈다. 어느 선까지는 허용을 해도 그 이상은 곁을 내주지 않았다. 모든 관계를 밀어내는 그런 면은 유경의 천성 같기도 했다. 내가 늦게 발견한 천성인지도.

유경이 우정마저 외면한다는 느낌을 받았을 때 나는 실은 막다른 골목에 맞닥뜨린 느낌이었다. 나는 유경이 서운하다는 생각 외엔 다른 생각은 안 들었다. 그녀가 우정을 하찮게 여길 만큼 더 너머의, 더 크고 무거운 철근 같은 삶과 마주하고 있다는 걸 알 수 없었다. 알 수 없는 건 당연할지 모른다. 내가 어려서라고 말한다면 변명이 될 것이지만 그때 나는 너무 어렸다. 그리고 유경이 털어놓지도 않았는데 짐작만으로 그녀의 고뇌를 알 턱이 없지 않은가. 우물거리다 보면 시간은 금방 지나가 버리고 말아서 뭔가를 깨달았을 때는 언제나 너무 늦어 있었다. 그리고 지나간 뒤였다.
우리의 관계가 서글픈 건 나였다. 사람은 본인 위주로 생각하는 게 있어서 나는 유경의 고뇌나 힘듦을 짐작할 뿐이고 그것 또한 표면적인 것일 뿐이다.
유경과 나는 다소 어색하게 그렇지만 여전히 친구로 중학교를 졸업했다.

again, 나

유경에게 질투를 느낄 때마다 우주에 대해 생각한다.

친한 친구 앞에서 질투를 보여서는 안 된다. 그러면서 생각한다. 그 애도 나한테 질투를 느낄까. 아닐 것 같다. 속이 좁은 나만 그럴 것 같다. 그녀보다 공부도 못하고 월등한 특기도 없는 나를 유경이 질투할 리가 없다. 집안 환경을 질투한다면 모르지만 그것도 집 문제일 뿐이고 학교에서는 학생의 능력과 성적이 먼저이니 내게 질투를 할 만한 요소가 없다는 생각이다.

질투는 드러내면 안 된다. 질투란 감정은 숨겨야 한다. 갑자기 부끄러워진다. 그때 우주에 대해 생각하면 아무것도 아닌 것을 가지고 집착한다는 생각이 들어서 곧바로 지워진다. 우주에 대한 담론만큼 사람을 허망하게 하는 건 없는 것 같다. 어쩌면 이것은 질투를 미화하려는 나의 트릭인지도 모르나 내 본능이 시킨 거니 내 마음이 그렇다고 할 수밖에.

나는 여중과 붙어 있는 여고에 진학했다. 특별히 도시로 고등학교를 간 아이를 빼고는 여중과 붙어 있는 여고로 곧바로 올라가니 여고라고 해도 다 아는 애들뿐이었다. 군내의 다른 중학교에서 얼마의 아이들이 우리 학교로 왔다.

수이언니 때는 고등학교 진학률이 낮았는데 그새 경제사정과 교육인식의 상승효과로 형편이 어려운 집을 빼고는 고교 진학률이 높아졌다. 그러나 여전히 중학교를 마치고 진학하지 않은 아이들이 꽤 되기는 했다.

유경은 고등학교에 진학하지 않았다. 그녀가 좋은 고등학교에 진학하는 것은 너무도 쉬운 일이었다. 그녀는 잘난 재능을 발휘할 수가 없었다. 그 점은 진실로 아쉬웠다. 이후 어느 시점에 그녀는 우체국에 들어갔다.

유경과 나는 더 이상 만나지 않았다.

나는 한번 우체국 앞을 지나다가 먼발치로 우체국 안을 들여다봤다. 그녀는 업무를 처리하는지 고개를 숙이고 있었다. 길어진 머리가 얼굴을 뒤덮고 있었다. 나는 딱 한 번 우체국에 가봤는데 유경을 부르지 않고 밖에서 보고 그냥 와버렸다.

두 오빠도 수이언니마저도 하나같이 나를 '막냇동생'에만 포커스를 맞춰 취급하는 것은 내가 제법 커서도 마찬가지였다. 생각지도 않게 태어난 존재인 나는 귀여운 막내 자리, 딱 그만큼만 취급받는다. 그들에게 '귀여운 존재'인지는 알 수 없지만.

'나'라는 인격체에 조준하지 않고 단지 식구로만 취급하니 오빠들도 언니도 내게 의논이나 조언은 한 적이 없고 적당히 무시하며 존재만을 인정해준다. 그 대신 이래라 저래라 참견도 과하게 없다. 훈계도 적당히만 한다. 의논과 조언이 없음은 서운하지만 참견하지 않는 점은 꽤 괜찮은 삶의 태도라는 생각도 든다. 그런 만큼 형제간의 틈은 작지만 있었다.

엄마도 아버지도 성격에서 드러나듯 오빠들이나 수이언니보고 막내한테 신경 쓰라는 빈말 같은 건 일절 없었다. 그것만 놓고 보면 부모님도 꽤 냉정하게 보인다.

그들에게 나는, 있어도 그만 없어도 아쉽지 않은 한참 아래 막냇동생 자체일 뿐이다. 진정한 인격체보다 어느 날 툭 생긴 액세서리처럼, 그래서 연민의 눈으로 나를 바라본다. 말은 안 해도 나는 다 알고 있다. 내가 사춘기든 재수생이든 관심 없고 내 앞에서만 나를 걱정하는 척한다. 걱정도 심도 있는 게 아닌 겉치레라서 내가 눈앞에 안 보이면 곧바로 잊어버릴 거면서 말이다. 그들도 누구나 그렇듯 본인의 문제만 중요하다. 나 역시 그렇기는 마찬가지란 걸 나는 크면서 터득하게 되었다.

가만 있어도 흐르는 시간처럼 나는 어른에 가까워지고 있었다. 아이들이 크는 속도는 어른이 늙는 것보다 몇 배는 빠르다.

만 19세, 나는 법적인 성인이 되었다. 민법상 부모에게서 독립해 법률행위를 할 수 있고 선거권이 주어져 투표를 할 수 있으며, 내 명의로 부동산 계약을 할 수 있고 결혼도 할 수 있다. 나는 독립적인 '나'로 이 세상에 내던져진 것이다. 라디오에서 '만 19세는 이제 어른이 되었습니다.'라고 나오는데 만감이 교차하며 혼란스런 감정이 되면서 두려움에 휩싸였다.

성인이 된 해, 나는 재수학원에 다니고 있었다. 우울했고 암담했고 지쳐 있었다. 앞으로는 내 행동에 책임을 져야 하는데 거부하고 싶은 몸짓으로 나는 바들바들 떨었다. 거부하고 싶은 '성인'이라는 단어. 검은 물체가 나를 짓누르는 희한한 감정은 이제까지 겪어보지 못한 세기말적인 고통으로 나를 짓눌렀다.

나는 어른이 되었다.

재수생이니만큼 나는 적이 없었다. 적은 사회적 소속이며 신분이었다. 적이 없는 건 두려움이고 불안이고 멋쩍게 하는 요소였다. 사회에서 적은 자신을 지칭하는 요소인데, 없으니 소외감이 늘고 자존감 없이 초라하고 심지어 부끄럽게까지 느껴진다. 사회적 규정에서 무소속은 기를 죽여 놓는다. 적이 없는 현재가 초라하기는 하지만 내 자아를 표현한 것 같게도 여겨지니 이것 또한 모순이었다.

정체성 또한 여전히 어정쩡하고 미완성이다. 완성됐다고 믿었으나 실은 그렇지 않았다. 정체성은 왔다 갔다 했다. 나이에 따라 상황에 따라 달라지기도 했다. 이것도 저것도 결정 못 하는 결정장애처럼 나는 불안하게 스무 살을 넘기고 있었다.

사회에서 나를 규정하는 것은 한 문장에 그친다.

'스무 살에 소속 없는 재수생.'

이것이 전부다.

여전히 역동적인 걸 싫어하고 주시받는 게 부담스럽고, 체념을 쉽게 잘하고, 시큰둥함과 시니컬함을 가지고 있고, 약간의 엉큼함이 있어서 누구 앞에서든 제때 입을 열지 않고 상황을 봐가면서 입을 연다. 그것이 때에 따라서는 타인으로부터 비난을 받기도 한다.

"말을 못 하는 것은 뭘 모른다는 거지, 자기 생각이 확실하고 문제를 알면 말을 안 할 수가 없지. 맹한 거야, 뭐야." 그들은 이런 말을 함으로써 내 기를 더욱 죽여 놓는다.

나는 점점 기가 죽고 의욕을 상실해간다. 아무래도 생존본능이 약한 부류임에 틀림없다. 내 이런 성향은 어디를 가도 뒤처질 게 분명하다. 나는 점점 더 자신이 없어진다. 내가 뭘 할 수 있을까? 잠깐 이런 생각이 들면 초라하고 비참해진다. 중학교에 들어가고 나서도 뚜렷하게 없던 가치관은 어려서라 치지만 지금은 스무 살인데, 하는 데까지 생각이 미치면 극도로 초조해지며 내 존재가 미약하게만 느껴진다.

여기에 덧붙이자면 타인에 점점 무관심해져 가는 나를 느낀다. 그러니 '스무 살의 재수생'만으로 나를 규정하면 안 된다. 그들은 심리적인 부분은 보려고 하지 않는다. 내 내면은 이토록 다양한 소심함으로 가득하지만 또 다른 다양한 어떤 것이 있다는 걸 말이다.

나를 규정함은 상대방이 나를 보는 단편적인 시각에 그칠 뿐이다. 타이틀에 그칠 뿐이다. 누구도 그 어떤 말을 나한테 할 수 없다. 누구도 나를 안다고 말하면 안 된다. 안다고 말해서도 안 되고 알 수도 없다. 나도 때에 따라서는 내 속을 잘 모르기도 하니까. 내 모습도 내가 못 본 게 많을 테고, 내 안의 나를 발견하지 못한 것이 많을 테니까. 타인의 내면은 말하지 않으면 알 수 없기에 겉모습만 가지고 판단한다. 그러니 우리 인간들이 저지르는 오만과 오류와 실수는 얼마나 많을 것인가.

그리고 뚜렷하게 터득되는 것이 있었다. 나는 되도록 타인에게 정곡을 찌르는 말은 피하고 두루뭉술 말하게 되었다. 나쁜 말이 아닌데도 날카롭게 지적하면 상대방이 싫어한다는 걸 알았기 때문이다. 특히 정곡을 찌르는 충고를 하면 맞는데도 화를 내고 다시는 나를 보려 하지 않았다. 되도록 돌려 말하고 웃어넘기고 상황을 피하는 어른스런 행동 같은 것을 스스로 터득한 나는 스무 살에 들어서 여전히 나답게 나이를 먹어가고 있었다.

에필로그

버스가 차부에 섰다. 나는 내렸다. 나는 버스가 오던 길을 역으로 걸어갔다. 소읍의 사거리가 나왔다. 정미소 들어가는 길이 보이고 초등학교 정문 맞은편 길 건너에 우체국이 보였다. 우체국을 일별하자 잠시 방황하는 마음이 되었다. 나는 돌아서서 번잡한 차부 쪽으로 눈길을 돌렸다.

버스는 뭐가 그리 바쁜지 도착하는 족족 무정한 사람처럼 길가에 손님들을 내려주고 떠나버린다. 신작로에 먼지가 뽀얗게 일어 버스 꽁무니를 따라간다. 나는 떠나는 버스를 망연히 바라보다가 다시 우체국 간판으로 눈길을 돌린다.

조그마한 단층 건물인 우체국은 그 자리에 변함없이 그대로 있다. 유경이 우체국에 있을 리 없지만 우체국을 보는 것만으로도 내 가슴에 멍울 같은 싸함이 훑고 지나간다. 더없이 크고 소중한 것도 결국은 소멸해가고 없어지는 걸까. 문신처럼 기억에만 남게 되는 것일까. 좋은 것도 마음 아픈 것도 기억에 쓰라리게 남는 것, 그것을 상처라고 부르는 것일까. 지금 유경은 어디에 있을까. 우체국에 있던 때도 오래전

이다. 유경이 우체국에 다니지 않은 지 한참 후에 소문으로
내 귀에 들어왔다.

나는 정순이나 동숙이 아닌 동네 처녀들에게 유경의 소식
을 들었다. 어느 바닥이든 바닥은 좁았다. 그 좁은 바닥은 먼
데로 이사 가지 않는 이상 소문의 꼬리에서 자유로울 수 없
었다.

나와 유경의 우정을 알던 어떤 이가 내게 전해주었다. 그이
는 우선 이렇게 말의 포문을 열었다.

"유경이 그 애. 결혼식도 안 하고 처음엔 그냥 살았어. 나중
에 혼인신고를 했다지 아마? 왜 그런 선택을 했을까. 난 도
무지 이해가 안 돼." 하더니 "하기야 사람 일이란 알 수 없는
것투성이니까. 누구든 당사자 맘속에 들어가 보지 않은 이상
이러쿵저러쿵 말할 수 없긴 해."

그이는 말에 확신을 주지 않고 애매모호하게 처리하면서
내 눈치를 살폈다. 본인도 정확하게 모르고 있다는 방증으로
들렸다. 나는 숨을 참은 채 듣고만 있었다. 마음의 평정을 유
지하기 위해 애쓰면서 말이다. 되도록 먼 사람의 얘기인 것처
럼 들으려고 안간힘을 쓰면서 말이다.

그러면서 그이는 소설 속 이야기처럼 내게 전했다.

유경은 끈질기게 따라다니던 남자와 결혼을 했다고 한다.
그이가 알기로 유경의 남편은 우리 군과 경계인 C읍에서 택
시를 몬다고 했다. 유경이 처음에는 남자의 구애를 여러 차

례 거절했는데 어떻게 된 건지 나중에 보니 함께 살더라고 했다. C읍은 그이의 언니가 결혼해 사는 곳인데 언니네에 갔더니 유경이 언니네 근처에 살더라고. 애는 벌써 남매를 뒀고 살림은 단출한 것 같더라고.

그이가 여기까지 말할 때는, 그렇고 그런 단출히 살아가는 여느 친구와 같은데 그이가 결정적인 말을 함으로써 내 평정심이 깨졌다. 그이는 이렇게 덧붙였다. 나는 받아들이기 힘들었다.

"남편이 손찌검을 자주 하는 모양이더라고. 생긴 것하고 똑같이 손버릇이 안 좋은 모양이더라고."

그이의 말은 비보처럼 들렸다. 끔찍했지만 표시를 내지 않고 나는 듣고만 있었다. 최대한 티를 내지 않았지만 나는 묻지 않을 수 없었다.

"근데 유경이는 왜 결혼을 그렇게 빨리 했을까? 그리고 싫어서 거절했을 텐데 받아준 이유가 있을 것 같은데? 뭔가 특별한 이유 같은 거. 몰라?"

그이가 잠깐 뜸을 들이더니 얼굴을 찡그렸다.

"나도 나중에 안 사실인데……. 그가 유경이가 안 받아주면 죽어버린다고도 하고 아무튼 엄청 매달렸대나 봐. 납치까지 하고 강간도 했다던데? 사실인지는 모르겠고 들리는 소문으로는 그래. 그래도 끝까지 도망갔어야지."

"그 정도였어? 아니 맞고 산다니까 하는 말이지. 왜 맞고

살아, 맞고 살길……. 안 살면 되지. 그리고 사실인지 아닌지
도 정확하지 않다는 거네?"

거기다 납치에 강간, 상상하기도 싫은 끔찍한 잔혹영화
였다.

"참 그러게 말야. 사실이 아니라면 결혼을 왜 해? 빠져나올
수 없는 함정에 갇힌 거 같애. 그렇지 않고서야……."

"그리고 강간당했다고 결혼을 해? 그건 진짜 아니다."

나는 어이가 없었다. 말도 안 되는 소리였다.

"네가 잘 모르나 본데 악착같이 따라다니는 놈한테는 못
이겨. 이길 수가 없어. 얼마나 끈질긴데. 한쪽이 죽어야 끝
나."

그이는 조소가 깃든 입술에 침을 발랐다. 나는 나오는 대
로 힘없이 뇌까렸다.

"그렇다고 결혼은 아니지 않나? 모르긴 해도 아마 다른 이
유가 있을 거야."

"그래 그렇겠지. 이유는 본인만 아는 거겠지. 그러니 세상
은 알 수 없다니까. 유경이는 더 알 수가 없고. 중요한 건 그
물에 한 번 걸리면 빠져나오기 어려워. 생은 이미 진행 중이
니깐."

나는 아까부터 묻고 싶은 걸 물었다.

"아까 외모를 언급했는데 어떻게 생겼길래?"

그이는 얼굴을 잔뜩 찡그리더니 눈썹을 모으고 나를 똑바

로 보며 말했다.

"으응, 좀 특이하지. 산적 두목 같다고 해야 되나, 우락부락하다고 해야 되나. 아무튼 평범 쪽은 아니야."

"그렇구나. 봤어?"

"어, 내가 직접 봤지."

말은 심상하게 하고 있는데 나는 자꾸 잘못 듣고 있는 것 같았다. 어떻게 생긴 유형을 저렇게 표현하는 걸까.

나는 유경이 결혼을 빨리 했다는 데도 충격을 먹었지만 맞고 산다니 더 기가 찼다. 더구나 납치에 강간 같은 그런 문제라면, 끔찍 이상도 이하도 아니었다. 최악 중의 최악이었다.

폭력이라면 지긋지긋할 텐데 남편도 폭력을 쓴다니. 나는 다시 생각했다. 아마도 유경에겐 남편을, 결혼을 받아들일 수밖에 없는 상황이 있었을 거라고. 나는 몹시 쓴 것을 삼켰을 때처럼 얼굴을 찡그렸다. 신물이 올라왔다. 나는 갑자기 환타가 먹고 싶어졌다. 톡 쏘며 착 감기는 환타 맛을 보고 나면 좀 나을 것 같았다. 나는 내가 몹시 아둔하게 느껴졌다. 얼마간의 죄의식마저 들었다. 나도 모르게 내가 개입해서 유경을 망친 것 같다는 망상 같은 것이었다. 무엇 때문인지 몰라도 그런 생각이 들었다.

유경의 근황을 듣고 일 년쯤 후, 나는 유경과 마주친 적이 있었다. 내가 마지막으로 보았던 유경의 모습이다. 우리는 둘 다 어른이 되어 있었다. 그래봤자 이십대 중반도 되기 전이었다.

나는 목을 덮은 중간 길이의 생머리를 반을 올려 핀을 꽂고 있었다. 머리의 반을 뒤로 올려 핀을 꽂은 반머리는 그 당시 내 또래의 아가씨들이 많이 하던 스타일이었다. 하고 싶긴 한데 파마를 하기엔 큰 용기가 필요해서 미루고 있었다.

있으나 마나 한 차부 안을 넓혀서 차부 안에는 매점도 화장실도 딸려 있었다. 사는 것만이 중요하던 시절, 소읍에는 단 하나의 제과점과 찐빵집과 서점과 극장이 문화의 전부이기도 했다. 아, 맞다. 단팥죽집도 있었다. 그런 집들은 모두 다 하나씩밖에 없었다. 제과점과 단팥죽집을 가끔 가보는 것은 세련된 문화에 대한 동경 때문이었다. 거기서 누군가를 만나면 살짝 자긍심이 솟았다. 차부를 중심으로 많은 우연이 일어났다. 역사는 차부에서 이루어진다고 해도 틀린 말이 아니었다.

우연히 차부에서 마주친 유경은 아이를 둘 양쪽에 매달고 있었다. 손에는 캠퍼스백 스타일의 양장점 봉투를 들고 여름인데 긴 치마에 얇은 블라우스를 입었다. 파마를 한 짧은 머리에 녹색 머리띠를 두르고 있었다. 일명 뽀글이 파마인데 좀 과감해 보였다. 유경의 차림에서 녹색 머리띠가 돋보였고 머리띠 때문인지 학생처럼 어려 보였다. 파마한 머리만 아니라면 가냘픈 데다 작은 얼굴이어서 앳된 소녀처럼 보일

뻔했다.

차부 안에서 딱 마주쳤기 때문에 서로 모른 체할 수가 없었다. 나도 유경도 바로 서로 알아보았다. 그녀는 젊은 엄마다운 생기도 활력도 화사함도 없어 보였다. 앳되지만 끈질기게 삶의 중앙에 들어앉은 듯한 노련함과 세속적인 무엇이 있어 보였다. 나이에 비해 여물어 보였다. 내가 알던 중학교 시절의 그녀 모습에서 많이 달라져 있었다.

나는 한동안 가만히 서 있었다. 유경아, 라고 불러야 되는데 말이 안 나왔다. 유경의 치마에 착 달라붙은 남자아이와 여자아이 때문이었다. 아이들은 눈을 똥그랗게 뜨고 나를 쳐다봤다. 아이들에게라도 무슨 말을 해줘야 했지만 그러지 않았다. 아니 그러지 못했다. 20대 초반인 내게 정말이지 아이들은 낯설었다.

유경은 수자야, 하고 나를 부르지 않았다. 그냥 서 있었다.

내가 유경아, 하고 불렀다. 그녀의 눈이 잠시 흔들렸다. 눈안에 긴장감이 바로 채워졌다. 단단한 긴장감, 내가 아는 유경의 눈빛이었다. 그러나 침착하게 서서 나를 봤다. 유경이 뭐라고 우물거렸다. 뭐라고 하는지 잘 들리지 않았다.

나는 재차 유경아, 하고 불렀다. 아이들이 칭얼거렸다. 그녀는 더 이상 말을 잇지 않았다. 내 눈을 일별하고 아이들을 한데 모아 데리고 바삐 가버렸다. 냉정한 모습도 역시 그녀다웠다.

이것이 내가 유경을 마지막으로 본 모습이다.

내가 뒤돌아봤을 때 유경이 막 차부 바깥으로 나가고 있었다. 그녀의 치맛자락이 휙 사라졌다. 그리고 끝이었다.

그 후 유경과는 더 이상 우연으로라도 마주치지 않았다. 다만 좁은 동네니만큼 소문으로만 간혹 그녀 소식을 들을 수 있을 뿐이었다. 유경이 맞고 산다는 말 없이 그냥 산다고, 아이 하나를 더 낳아 아이가 셋이라고.

고향집에 갈 때 유경의 소식을 애타게 알아낸다면 못 알아낼 리 없었지만 나는 알려고 하지 않았다.

여기저기서 얻어들은 것 말고는 유경의 집안형편과 상황에 대해 정확히 아는 것이 없는 나는, 아무리 친했어도 유경에 대해 섣부르게 단정 지을 수는 없었다. 다만 한 가지, 아버지의 폭력으로 인해 유경이 그처럼 우울하게 학교를 마친 것이라는 생각은 안 할 수가 없었다. 그녀의 아버지가 유경본인에게 무슨 짓을 한 것이 아닌데도, 단지 엄마에게 폭력을 쓰는 아버지를 보기만 하는데도 그녀에게는 엄청난 상처가 깊게 자리 잡았을 거고, 장래가 예상과 다르게 바뀌었을 거라고. 폭력으로 인해 발생되는 후유증으로 예정된 삶이 망가졌을 거라는 추측도.

폭력의 당사자는 유경 엄마지만 엄마가 당하는 것은 유경 자신이 당한 것과 똑같았을 것이다. 엄마가 매를 맞고 산다면 나도 내가 맞는 것 같았을 것이다. 그런 식으로 따지고 애써 구분하자면 나도 비슷한 면이 있다.

아버지의 방임과 방치를 포함한 폭력은 정서적인 것이니 뭐라 꼬투리 잡을 수는 없다. 폭력이라는 말이 틀릴 수도 있다. 아버지는 때리지는 않지만 다른 방식으로 폭력을 행사했다. 별거 아닌 일에도 성질을 부리는 것은 다른 버전의 폭력이었다. 아버지는 본인의 의무를 다하며 잘해줄 때 잘해주지만, 성질에 겨운 버릇으로 윽박지르고 고성을 내질렀으니 미성숙한 인격이었다. 한 성깔 부림과 윽박지름과 고성, 제왕적 태도, 이런 것을 통틀어 폭력이라고 한다면 폭력은 도처에 널렸을 것이다. 흠잡을 데 없이 잘하고 좋게만 행동하고 반듯하게, 도덕적으로 완벽하게 자녀를 기르는 가정이 얼마나 될 것인가마는. 어쨌든 '정서적'과 '직접적'은 거리가 있고 구분은 분명하면서 모호하다.

그 시절 그런 일은 자주 일어났다. 평범할 정도로.

내가 목도한 광경도 자주 있었다. 남편이 패는데 손으로 얼굴을 감싸고 맞고 있는 아내도 수없이 봤고, 때리는 남편을 피해 맨발로 도망가는 아내도 봤다. 사람 많은 곳에서 아무렇지도 않게 아내를 패며 질질 끌고 가는 남자도 있었다. 심지어 학교 선생님이 아버지가 엄마 때리는 집 손들어 봐라, 고 한 적도 있었다. 너무 많아서 그런 일을 일상다반사로 받아들이는 훈련이 될 정도였다.

내 속마음에는 부모님의 방임과 방치 억압 통제, 그런 것들을 겪으며 성장했다는 느낌이 강하게 남아 있다. 그러나 생각을 바꾸니 또 다른 면이 보인다. 두 분은 자식들에게 깊은 애정이 있었다는 생각이 드는 것이다. 나는 이제 그것 하나만으로도 부모로서 충분하다고 생각하는 나이에 와 있다. 부모님에게 폭력 같은 안 좋은 말을 쓰고 싶지도 않을뿐더러 인정도 하기 싫다. 두 분은 자식을 넷이나 만들었으니 겉보기완 달리 속정이 있었다고도. 넷에게서 자식이 태어나고 머지않아 자식의 자식이 태어나 피붙이 숫자가 늘어나면 그중에 아버지를 닮은 아이도 나올 것이라고. 이미 한 가족의 그림은 완성되었다고. 부부의 유형도 사랑의 형태도 가지가지라고.

내가 유경이 될 수 없고 유경도 내가 될 수 없듯이 우리는 각자의 환경에서 각자 몫으로 각자의 방식의 폭력을 받아들이며 살아간다. 유경의 가정사를 익히 아는 나로서는, 그녀의 불행의 깊이를 가늠할 수 없으나 어느 정도는 가슴에 와 닿아서 생각할 때마다 소름이 돋았다. 그러니 유경의 내상이 나보다 훨씬 크겠지만 나의 내상도 적은 것은 아니다.

우리는 누구나 사람으로 사는 이상 상처를 받고 내상을 참으며 어느 정도 굴욕을 감당하며 살아간다. 존경받으며 귀히 대접받으며 자존심 한번 안 구기고 거침없이 사는 사람이 얼마나 될까. 그렇게 사는 사람이 있긴 할까. 난 끝없는 상상으로 괴로운 지경까지 갔다. 생각은 할수록 꼬리를 물고 가지를 친다. 글과 같다. 글을 쓰면 다음 글이 나오고 문장은 다음 문장을 불러온다.

생각도 그렇다. 생각은 다음 생각으로 이어지고 끝이 없다. 이러다 보면 망상 병에 걸려 신종 병명인 '망상으로 인해 도무지 종결 안 되는 실핏줄 같은 마음의 병'으로 병명이 나올지도 모르겠다. 그러니 그만, 이런 문제는 그냥 받아들이면 된다. 가슴으로.

* * *

뒤늦게 중학생 시절을 불러내고 싶은 건 무엇 때문이었을까.

이 글을 쓰는 동안 나는 줄곧 생각했다. 그렇다. 나는 나 자신에게 온전히 집중하는 시간이 그리웠던 것이다.

중학생 즈음의 사춘기, 그때 그 시절은 온전한 나의 시간이었다. 그러나 그 시절은 아침 해가 뜨는 순간만큼이나 짧았다. 그 시절 이후, 나는 나로만 살아갈 수가 없었다.

나는 왜 나로만 살아가지 못하는가. 인생에는 나를 방해하는 존재가 많다. 나를 방해하는 도처에 널린 존재들은 말한다. 물리치면 냉정하다고 야박하다고 못됐다고 사회성이 부족하다고 한다. 다 들어주자니 내가 피곤하다. 점점 외로워진다. 도대체 어떻게 조율해야 한단 말인가. 이것처럼 인생에는 맞는 것도 틀린 것도 없다. 아닌 것만 있다. 그러니 그냥 끌리는 대로 살아갈 뿐이다.

내가 소설을 쓰겠다고 작정했을 때부터 나는 인생을 즐길 수가 없게 되었다.

나는 홍차 티백을 우려서 찻잔에 따라 들고 책상 앞에 앉는다. 차를 마신다. 차 맛은 떫고 달고 쓴 듯도 하다. 마른풀 향도 나고 초여름 숲 향기도 난다.

차 한 잔 안에도 여러 가지 맛이 들어 있다.

차를 마신다.

그 시절의 나를 돌아봤을 때 한 번은 짚고 넘어가고 싶은 게 있었던 것 같다고 나는 생각하기로 한다. 아주 단순히 말이다. 그 결과물이 열네 살 시절에 대해 쓰기로 한 것이다.

그 시절만 떠올리면 언제나 맨 앞은 유경이다. 눈을 감으면 고향집 마당이 떠오르듯이.

나의 사춘기, 그리고 너의 사춘기…….

나는 그 시절로부터 헤일 수 없이 멀리 떠나왔다. 그 시절 이후 유경이 같은 친구는 만나지 못했다. 어쩌면 그 시기는 알 듯 말 듯한 이성의 사랑을 추구했으나 '사랑'이 두려운 나머지 호기심을 '우정'으로 대체한 건지도 모르겠다. 지금 그런 생각이 든다. '우정'은 사랑의 다른 이름이며 사랑의 전 단계라고 말이다. 내가 훗날 사랑을 하게 되었을 때 사랑과 우정은 한 끗 차이라는 걸 알게 되었다.

오직 나만이 전부였고 내게만 집중하던 그 시절은 그때뿐이었다. 그 이후로 나는 나에게 온전히 집중할 수가 없었다. 청춘이 시작되었고 애인이 생겼고 결혼을 했고 부모가 되었고 누구나 겪는 과정을 나도 겪게 되었기 때문이다.

나는 때로 누군가 단 한 사람만이라도 나를 알아준다면, 그의 손을 덥석 잡고 내 이야기를 할 텐데, 하는 순간이 많았다. 내게 절대적으로 필요한 것은 이것 하나였다. 인생을 살면서 이것은 중요했다.

나는 어른이 돼가면서 마음 터놓을 사람 만나기가 어렵다는 걸 알게 되었다. 이제 나는 스무 살 시절 역시 어린 시절이라고 말할 만큼 나이를 먹었고, 계속 나이를 먹어간다.

고향을 떠나온 후, 나는 가끔 손님으로만 그곳에 간다.

"난 가끔 손님으로만 이곳에 오고 싶어."

막연한 것을 기대하듯 유경이 했던 말이다.

세상은 변해간다고 난리인데 고향 동네는 기와 얹은 담벼락이 여전하고 그때보다 몰라보게 더 조용해지고 주저앉을 듯이 나지막해졌다. 동네 풍경은 그대로인데 내가 보는 시각은 달라졌다. 오랜만에 찾은 동네는 내려앉을 듯이 초라하게 느껴져서 나는 이상한 마음이 되었다. 한참을 설명할 수 없

는 마음이 이리저리 뒤엉켰다. 골목을 걸어가는데 몸만 자라
고 마음은 미성숙한 어른이 된 것 같은 이상한 불안이 밀려
오는 걸 느꼈다.

나는 점점 아주아주 가끔 손님으로만 그곳에 간다.

나는 타인이 나를 알아준다는 생각을 접었다. 나를 이해해
줄 거란 생각도.

그것은 열네 살 때도 그랬던 것 같다. 호기심은 빨리 사라
지고 나는 점점 더 타산적이 되어간다.

어느 누구도 다가올 미래를 알지 못한다. 이 포인트에 사는 맛이 있을지도 모른다. 내일 일을 모르기 때문에 기대가 있어서일 것이다. 예감도, 예견도 절대로 믿으면 안 된다. 단지 예감이고 예견일 뿐. 그 순간의 나가, 네가, 또 모두가 현재 상황이라고 보면 안 된다. 앞 일 어떻게 될지 모르니까. 그러니 그 순간의 진심을 따라갈 일이다.

우리는 종종 삶 속에서 흔들리기도 하고 헤매기도 하고 길을 가다가 되돌아오기도 한다. 미숙함, 우유부단함, 섣부른 판단이나 섣부른 정의감, 자의적 해석과 곡해 같은 것들은 얼마나 자주 있었는지.

세상은 빛의 속도로 변화하니 개혁에 공감하고 더 나아가 실천하면서도 여전히 한쪽에서는 안 좋은 일이 벌어지는 뉴스를 본다. 신식은 잘 받아들이면서 의식은 과거에 머무는지, 소위 권위 의식, 가부장적, 폭력은 끊이질 않는다. 시대가 세련되게 변해도, 사는 한 그런 문제는 영원히 없어지지 않을지도 모른다는 비관론이 든다.

이 소설의 막연한 시작은 성장통의 저릿함을 쓰는 것이었
는데 빗나갔다. 알지 않는가. 애초 계획대로 되지 않는 게 인
생이더란 걸. 마찬가지로 소설도 쓰다 보면 엉뚱한 방향으로
가더라는 걸. 빗나감에 대한 얄팍한 변명이겠지만 말이다.

그러니 막연히 시작은 좀 무리였다.

어쨌거나 손끝이 자꾸 명랑해져서 명랑에 진심인 나를 새
로 발견했다. 정체성에 혼란이 온다. 난 명랑 쪽이 아닌데.

어느 시기, 이를테면 성장기에는 그런 것이 있다. 따라 하
고 시기하고 선망하고 동경하는, 모방도 하나의 창조라고 우
기는 좀 억지가 통하는 미숙한 시기 말이다.

아득해도 너무 아득한 시기를 불러내는 작업은 재미가 남
달랐다. 좀 슬프기도 했고.

마치 긴 꿈 같았던 어린 시절. 그 시절은 아침 해가 뜨는
것만큼이나 짧았다.

내가 거쳐 온 시기에 키스를 보낸다.

2023년 여름 조화진